忆老师

忆老师

考其生平，以大勋章作扇坠，临总统府之门，大诟袁世凯的包藏祸心者，并世无第二人；七被追捕，三入牢狱，而革命之志，终不屈挠者，并世亦无第二人。这才是先哲的精神，后生的楷范。

——鲁迅《关于太炎先生二三事》

鲁迅先生的笑声是明朗的，是从心里的欢喜。若有人说了什么可笑的话，鲁迅先生笑得连烟卷都拿不住了，常常是笑得咳嗽起来。

鲁迅先生走路很轻捷，尤其他人记得清楚的，是他刚抓起帽子来往头上一扣，同时左腿就伸出去了，仿佛不顾一切地走去。

——萧红《回忆鲁迅先生》

朱光潜先生的文章朴实、诚笃、直率简练，有如其人。他为人毫无世故气，为文毫无江湖气。这种风格是值得我们学习的。……朱先生用毕生的时间和精力，介绍西方古典美学理论，孜孜不倦，积数十年的辛勤劳动，终于在晚年完成了他的巨著《西方美学史》，对我国学术界做出重大的贡献。他的精神和毅力令人佩服，他的学风值得我们学习。

——罗大冈《值得尊敬的智力劳动者》

忆老师

名人忆老师

永在的温情

德玄馨　主编

北京日报报业集团
同心出版社

图书在版编目(CIP)数据

永在的温情 / 德玄馨主编.—北京：同心出版社，2009.
(“名人忆老师” 系列丛书)
ISBN 978-7-80716-905-5

Ⅰ. ①永… Ⅱ. ①德… Ⅲ. ①散文 – 作品集 – 中国
②随笔 – 作品集 – 中国 Ⅳ. I16

中国版本图书馆 CIP 数据核字（2009）第 190045 号

永在的温情

出版发行：同心出版社
地 址：北京市东城区朝阳门南小街 6 号楼 303
邮 编：100010
电 话：发行部（010）65255876 65251756
网 址：www.bjd.com.cn/txcbs/
印 刷：北京合众伟业印刷有限公司
经 销：全国新华书店
版 次：2010 年 1 月第 1 版 2010 年 1 月北京第 1 次印刷
开 本：710 毫米 × 1000 毫米 1/16
印 张：54
字 数：780 千字
定 价：84.00 元（全三册）

忆老师

永在的温情

YONGZAIDEWENQING

目录

CONTENTS

林琴南先生

苏雪林

【三言两语】

苏雪林（1897-1999），原籍安徽太平,生于浙江。20世纪30年代初，苏雪林曾被称为“女性作家中最优秀的散文作者”，其散文除若干写景作品外，多为记人叙事抒怀的随笔小品。与凌叔华、袁昌英一起被戏称为“珞珈三剑客”。

林琴南（1852-1924），即林纾，中国近代文学家，翻译家，福建福州人。他自幼十分刻苦，勤奋好学，一生创作了大量的文学作品，还翻译了170多部外国文学著作，其中包括小仲马的《茶花女》。

苏雪林对林先生也虽然未曾当面受教，却从其书中得益甚深。林先生的译著，是借别人口述翻译，他用桐城派的文法也就是古文写就的，许多年轻人既喜欢典雅的文字，又喜欢离奇的故事，这让外国文学可以逐渐的过渡到被人接受。林先生不光是翻译，对国学也有着根深蒂固的忠诚和热爱。他是一位值得尊敬的国文导师。

当林琴南先生在世时，我从不曾当面领过他的教，不曾写过一封问候他起居的信，对他的道貌虽曾瞻仰过一次，也只好像古人所说的“半面之识”。所以假如有人要我替他撰什么传记之类，不问而知是缺少这项资格的。

不过，在文字上我和琴南先生的关系却很深。读他的作品我知道了他的家世行事，明了了他的性情、思想、癖好，甚至他整个的人格。读他的作品，我因之而了解文义，而能提笔写文章。他是我幼年时最佩服的一个文士，又是我最初的国文导师。

这话说来长了，只为出世早了几年，没有现在一般女孩子自由求学的福气和机会。在私塾混了二年，认识了一二千字，家长们便不许我再上进了。只好把西游封神一类东西，当课本自己研读。民国初年，大哥从上海带来几本那时正在风行的林译小说，像什么《茶花女遗事》、《迦茵小传》、《橡湖仙影》、《红礁画桨录》等等，使我于中国旧小说之外，又发见了一个新天地。渐渐地我明白了之乎者也的用法，渐渐地能够用文言写一段写景或记事小文，并且模拟林译笔调，居然很像。由读他的译本又发生读他创作的热望。当时出版的什么《畏庐文集》、《续集》、《三集》，还有笔记小说如《技击余闻》、《畏庐琐记》、《京华碧血录》，甚至他的山水画集之类，无一不勤加搜求。可惜十余年来东奔西走，散佚得一本都不存了，不然我倒可以成立一个小型的“林琴南文库”哩。

苏雪林年轻时的照片

她11岁开笔写日记直至百龄，未有一日中断，其毅力和勤勉，在文化人中实属罕有。已整理出版的50至100岁的日记，煌煌15巨册，450万言，是动荡时代与个人非凡经历的忠实记录，弥足珍贵。

民国八年升学北京女子高等师范，林先生的寓所，就在学校附近的绒线胡同。一天，我正打从他门口走过，看见一位须发苍然的老者送客出来，面貌宛似《畏庐文集》所载“畏庐六十小影”。我知道这就是我私淑多年的国文老师了。当他转身入内时，很想跟进去与他谈谈，兼致我一片渴慕和感谢之意。但彼时究竟年轻胆小，又恐以无人介绍的缘故不能得他的款接，所以只得怏怏走开了。后来虽常从林寓门口往来，却再无碰见他的机会。在“五四”前，我完全是一个林琴南的崇拜和模仿者，到北京后，才知道他所译小说，十九出于西洋第二流作家之手。而且他又不懂原文，工作靠朋友帮忙，所以译错的地方很不少。不过我终觉得琴南先生对于中国文学里的阴柔之美，似乎曾下过一番研究功夫，古文的造诣，也有独到处，其译笔或哀感顽艳，沁人心脾，或质朴古健，逼似史汉，与原文虽略有出入，却很能传出原文的精神。这好像中国的山水画说是取法自然，其实能够超越自然，我们批评时也不可拘拘以迹象求，而以其神韵的流动和气韵的清高为贵。现在许多逐字逐句的翻译，似西非西，似中非中，读之满口槎枒者，似乎还比他不上。要是肯离开翻译这一点来批评，那更能显出它的价值了。他在翻译西洋文艺作品时，有时文法上很不注意，致被人摭拾为攻击之资。他又好拿自己的主观，乱作评注，都有失翻译家严正的态度，不过这些原属小节，我们也不必过于求全责备。“五四”前的十几年，他译品的势力极其伟大，当时人下笔为文几乎都要受他几分影响。青年作家之极力揣摩他的口吻，更不必说。近代史料有关系的文献如革命先烈林觉民《与妻书》，岑春萱《遗蜀父老书》笔调都逼肖林译。苏曼殊小说取林译笔调而变化之，遂能卓然自立一派。礼拜六一派滥恶文字也渊源于它，其流毒至今未已。有人引为林氏之过，我则以为不必，“学我者病，来者方多”，谁叫丑女人强效捧心的西子呢?

在创作里，我知道他姓林名纾，字琴南，号畏庐，福建籍。天性纯厚，事太夫人极孝，笃于家人骨肉的情谊。读他《先母行述》、《女雪墓志》一类文字，常使我幼稚心灵受着极大的感动。他忠君，清朝亡后，居然做了遗老。前后谒德宗崇陵十次。至陵前，必伏地哭失声，引得守陵的侍卫们眙愕相顾。他在学校授课时，总勉励学生做一个爱国志士，说到恳切之际，每每声泪俱下。他以卫道者自居，五四运动起时，他干了许多堂吉诃德先生的可笑的举动，因之失去了青年的信仰。他多才多艺，文字以外书画也著名。他死时寿约七十余岁。

琴南先生在前清不过中过一名举人，并没有做过什么大官，受过皇家什么深恩厚泽，居然这样忠于清室，我起初也很引为奇怪，阅世渐深，人情物理参详亦渐透，对于他这类行为的动机才有几分了解。第一，一个人生在世上不能没有一个信仰。这信仰就是他的思想的重心，就是他一生立身行事标准。旧时代读书人以忠孝为一生大节。帝制推翻后，一般读书人信仰起了动摇，换言之便是失去了安身立命之地，他们的精神哪能不感到空虚和苦闷？如果有了新的信仰可以代替，他们也未尝不可以在新时代再做一次人。民国初建立时，一时气象很是发皇，似乎中国可以从此雄飞世界。琴南先生当时也曾对她表示热烈的爱和希望。我恍惚记得他在某篇文字的序里曾说过“天福我民国”的话。但是这新时代后来怎样？袁世凯帝制自为了，内战一年一年不断了。什么寡廉鲜耻，狗苟蝇营，覆雨翻云，朝秦暮楚的丑态，都淋漓尽致地表演出来了。像林琴南先生一辈的人不知道这是新旧递嬗之际不可避免的现象，只觉得新时代太丑恶，他们不能接受，不如还是钻进旧信仰的破庐里安度余生为妙。在新旧过渡时代有最会投机取巧的人，也有最顽固守旧的人，个中消息难道不可以猜测一二。第二，我们读史常见当风俗最混乱，道德最衰敝的时候，反往往有独立特行之士出于其间。譬如，举世皆欲帝秦而有宁蹈东海的鲁仲连，旷达成风的东晋，而有槁饿牖下不仕刘宋的陶渊明，满朝愿为异族臣妾的南宋，而有孤军奋斗的文天祥，只知内阋其墙不知外御其侮的明末，而有力战淮扬的史可法，都可为例。我觉得他们这种人行事，如其用疾风知劲草，岁寒见松柏的话来解释，不如说这是一种反动，一种有激而为的心理表现。他们眼见同辈卑污龌龊的情形，心里必痛愤之极，由痛愤而转一念：你们以为好人是这样难做么？我就做一个给你们看！你们以为人格果然可由利禄兑换么？正义果然可由强权压倒么？真理果然可由黑暗永远蒙蔽么？决不，决不！为了要证明这句话，他们不惜坚苦卓绝去斗争，不惜斩头

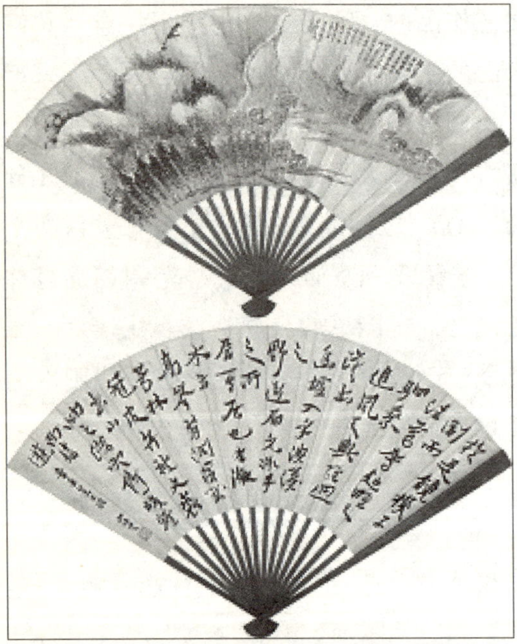

《柴门临水图》和草书书法（扇面）

林琴南1921年所作的《柴门临水图》和草书书法，从中可看出林琴南书法流动的神韵和清高的气韵。

流血，不惜一身死亡，九族覆灭，历史上还有许多讲德行讲到不近人情地步的故事，好像凿坏洗耳式的逃名，纳肝割股式的愚忠愚孝，饮水投钱临去留犊式的清廉，犯斋弹妻，纵恣劾师式的公正，如其不是出于沽名的卑劣动机，就是矫枉过正的结果。

还有一个原因比上述两点还重要的，就是林琴南先生想维持中国旧文化的苦心。中国文化之高，固不能称为世界第一，经过了四五千年长久时间，也自有他的精深宏大，沉博绝丽之处，可以教人惊喜赞叹，眩惑迷恋。所谓三纲五常的礼教，所谓孝悌忠信礼义廉耻的道德信条，所谓先王圣人的微言大义，所谓诸子百家思想的精髓，所谓典章文物的灿备，所谓文学艺术的典丽高华，无论如何抹不煞它们的价值。况且法国吕滂（G.Le Bon）说过，我们一切行事都要由死鬼来作主。因为死鬼的数目，超过活人万万倍，支配我们意识的力量也超过活人万万倍。文化不过一个空洞的名词，它的体系却由过去无数圣贤明哲英雄名士的心思劳力一点一滴建造成功。这些可爱的灵魂，都在古书里生活着。翻开书卷，他们的声音笑貌，思想情感，也都栩栩如生，历历宛在。我们同他们周旋已久，就发生亲切的友谊，性情举止一切都与他们同化。对于他们遗留的创造物，即有缺点也不大看得出来，并且还要当做家传至宝，誓死卫护。我们不大读古书的人，

林纾的山水立轴

林纾是著名的文人和翻译家，虽然画画并不是他的本行，只是他的一个业余爱好，但他的画往往透出一种古朴、厚重的书卷气。

不大受死鬼的影响，所以对于旧文化还没有什么眷恋不舍之意，至于像琴南先生这类终日在故纸堆里讨生活的人，自然不能和我们相提并论了。他把尊君思想当做旧文化的象征。不顾举世的讥嘲讪笑，抱着这五千年僵尸，同入墟墓，那情绪的凄凉悲壮，我觉得是值得我们同情的。辜鸿铭说他之忠于清室，乃忠于中国之政教，即系忠于中国的文明——见林语堂先生的《辜鸿铭》——王国维先生之投昆明湖也是一样。如其说他殉清，不如说他殉中国旧文化。

总之，林琴南先生可谓过去人物了，但我个人对他尊敬钦慕之心并不因此而改。他是一个典型的中国读书人，一个有品有行的文士，一个木强固执的老人，但又是一个有血性，有骨气，有操守的老人！

悼高尔基

叶 紫

【三言两语】

叶紫 (1910–1939)，原名俞鹤林，湖南益阳人，现代作家。1926 年就读于武汉军事学校第三分校；"四·一二"政变，家人被害，只身逃离家乡，先后流落到南京、上海等地；1932年加入"左联"，走上文学道路；1933年加入中国共产党，以叶紫为笔名发表处女作短篇小说《丰收》，随后又创作大量散文和小说；1935年在鲁迅支持下，自费出版了短篇小说集《丰收》。后患上严重肺病，病中写作和出版了中篇小说《星》及短篇小说集《山村一夜》。1939年不幸英年早逝。

高尔基是作者的精神导师，"高尔基是我受影响最大，得益最多，而且最敬爱的一个作家"。作者虽在旅行中还在挂念高尔基的病情，并随着他病情的好转变坏而欢喜忧愁，但他最终还是去世了，这不仅是苏联文学的损失而且是全世界文学的损失。我们只能深切地怀念他，只能从他的遗作中寻找继续前进的道路。

高尔基是我受影响最大，得益最多，而且最敬爱的一个作家。

当从报纸上得到他的病讯的时候，我正应一个朋友的邀约，准备到杭州去作一个短时间的旅行，为了挂念这病着的大作家，我带了两本最心爱的他的著作：一本是《短篇创作选集》，一本是《草原故事》。因为从这两本书里，我可以看到这个作家的伟大的灵魂，也可以学到一些"怎样去生活"的方法。当然，他的伟大还不仅仅是这两本书，我爱他的

高尔基素描

列宁说高尔基是“无产阶级艺术最伟大的代表者”。他的散文诗《海燕》,充满革命激情,被认为是“革命的宣言书”。

也不仅仅是这三数篇作品。然而我所得到的关于这两本书的益处，也就不少了。

虽然在旅行中，我是每天都在挂念着他的消息。我看到他体热降低，我觉得欢喜，看到他体热增高，我觉得忧虑，而且也更能从那两本书里看出他的伟大处来。

他的死讯，是我重回上海的第二天才得到的，我的心里当时觉得一下子沉下去了！我不能找出一句适当的话来形容我的心中的悲哀和纪念他的人格的伟大！

他的死，不但是苏联的损失，而且是全世界文学青年的损失。因为我们将再得不到他的新的指示，再看不到他的新的伟大的作品了。

纪念他和哀痛他，只能由他遗留下来的作品里去找寻我们“怎样去生活”的路。

这“路”是非常的长的，黑暗而且艰难的，他的作品将永远像一盏明灯那样地照耀我们前进！

藤野先生

鲁　迅

【三言两语】

鲁迅（1881–1936），原名周树人，笔名鲁迅，浙江绍兴人，20世纪中国伟大的文学家、思想家和革命家。1902年，鲁迅东渡日本，钻研医学，但在仙台，他受到了日本学生的歧视，尝到了弱国受侮辱的滋味，内心郁积着一股愤懑不平之气。在这种背景下，他遇到了藤野先生，藤野先生相貌平平，语不惊人，但他有一颗正直、善良的心，他毫无民族偏见，毫无强者的霸气，诚恳地对待这位异国学生，关心他的食宿，关心他的学习，给他用红笔在讲义上细细改错，这还引起了日本学生“漏题”的怀疑。

藤野先生是鲁迅最尊敬的一位老师。不仅如此，鲁迅还把他的精神当做自己终身战斗的动力：“每当夜间疲倦，正想偷懒时，仰面在灯光中瞥见他黑瘦的面貌，似乎正要说出抑扬顿挫的话来。于是点上一支烟，再继续写些为‘正人君子’之流所深恶痛疾的文字来。”

散文《藤野先生》最初发表于1926年12月10日《莽原》半月刊上。鲁迅逝世之后，藤野先生也写了一篇回忆鲁迅的文章，发表于1937年3月号的《文学案内》上，现将藤野先生的纪念文章《谨忆周树人君》（林思云译）附于《藤野先生》之后，以供参照。

东京也无非是这样。上野的樱花烂熳的时季，望去确也像绯红的轻云，但花下也缺不了成群结队的“清国留学生”的速成班，头顶上盘着大辫子，顶得学生制帽的顶上高高耸起，形成一座富士山。也有解散辫子，盘得平的，除下帽来，油光可鉴，宛如小姑娘的发髻一般，还要将脖子扭几扭。实在标致极了。

中国留学生会馆的门房里有几本书买，有时还值得去一转；倘在上午，里面的几间洋房里倒也还可以坐坐的。但到傍晚，有一间的地板便常不免要咚咚咚地响得震天，兼以满房烟尘斗乱；问问精通时事的人，答道，“那是在学跳舞。”

到别的地方去看看，如何呢？

我就往仙台的医学专门学校去。从东京出发，不久便到一处驿站，写道：日暮里。不知怎地，我到现在还记得这名目。其次却只记得水户了，这是明的遗民朱舜水先生客死的地方。仙台是一个市镇，并不大；冬天冷得利害；还没有中国的学生。

大概是物以稀为贵罢。北京的白菜运往浙江，便用红头绳系住菜根，倒挂在水果店头，尊为“胶菜”；福建野生着的芦荟，一到北京就请进温室，且美其名曰“龙舌兰”。我到仙台也颇受了这样的优待，不但学校不收学费，几个职员还为我的食宿操心。我先是住在监狱旁边一个客店里的，初冬已经颇冷，蚊子却还多，后来用被盖了全身，用衣服包了头脸，只留两个鼻孔出气。在这呼吸不息的地方，蚊子竟无从插嘴，居然睡安稳了。饭食也不坏。但一位先生却以为这客店也包办囚人的饭食，我住在那里不相宜，几次三番，几次三番地说。我虽然觉得客店兼办囚人的饭食和我不相干，然而好意难却，也只得别寻相宜的住处了。于是搬到别一家，离监狱也很远，可惜每天总要喝难以下咽的芋梗汤。

藤野先生

从此就看见许多陌生的先生，听到许多新鲜的讲义。解剖学是两个教授分任的。最初是骨学。

其时进来的是一个黑瘦的先生，八字须，戴着眼镜，挟着一叠大大小小的书。一将书放在讲台上，便用了缓慢而很有顿挫的声调，向学生介绍自己道：

“我就是叫做藤野严九郎的……”

后面有几个人笑起来了。他接着便讲述解剖学在日本发达的历史，那些大大小小的书，便是从最初到现今关于这一门学问的著作。起初有几本是线装的；还有翻刻中国译本的，他们的翻译和研究新的医学，并不比中国早。

那坐在后面发笑的是上学年不及格的留级学生，在校已经一年，掌故颇为熟悉的了，他们便给新生讲演每个教授的历史。这藤野先生，据说是穿衣服太模糊了，有时竟会忘记戴领结；冬天是一件旧外套，寒颤颤的，有一回上火车去，致使管车的疑心他是扒手，叫车里的客人大家小心些。

他们的话大概是真的，我就亲见他有一次上讲堂没有戴领结。

过了一星期，大约是星期六，他使助手来叫我了。到得研究室，见他坐在人骨和许多单独的头骨中间，——他其时正在研究着头骨，后来有一篇论文在本校的杂志上发表出来。

“我的讲义，你能抄下来么？”他问。

“可以抄一点。”

“拿来我看！”

我交出所抄的讲义去，他收下了，第二三天便还我，并且说，此后每一星期要送给他看一回。我拿下来打开看时，很吃了一惊，同时也感到一种不安和感激。原来我的讲义已经从头到末，都用红笔添改过了，不但增加了许多脱漏的地方，连文法的错误，也都一一订正。这样一直继续到教完了他所担任的功课：骨学、血管学、神经学。

可惜我那时太不用功，有时也很任性。还记得有一回藤野先生将我叫到他的研究室里去，翻出我那讲义上的一个图来，是下臂的血管，指着，向我和蔼地说道：

“你看，你将这条血管移了一点位置了。——自然，这样一移，的确比较地好看些，然而解剖图不是美术，实物是那么样的，我们没法改换它。现在我给你改好了，以后你要全照着黑板上那样的画。”

但是我还不服气，口头答应着，心里却想道：

“图还是我画的不错；至于实在的情形，我心里自然记得的。”

学年试验完毕之后，我便到东京玩了一夏天，秋初再回学校，成绩早已发表了，同学一百余人之中，我在中间，不过是没有落第。这回藤野先生所担任的功课，是解剖实习和局部解剖学。

解剖实习了大概一星期，他又叫我去了，很高兴地，仍用了极有抑扬的声调对我说道：

“我因为听说中国人是很敬重鬼的，所以很担心，怕你不肯解剖尸体。现在总算放心了，没有这回事。”

但他也偶有使我很为难的时候。他听说中国的女人是裹脚的，但不知道详细，所以要问我怎么裹法，足骨变成怎样的畸形，还叹息道：“总要看一看才知道。究竟是怎么一回事呢？”

有一天，本级的学生会干事到我寓里来了，要借我的讲义看。我检出来交给他们，却只翻检了一通，并没有带走。但他们一走，邮差就送到一封很厚的信，拆开看时，第一句是：

“你改悔罢！”

这是《新约》上的句子罢，但经托尔斯泰新近引用过的。其时正值日俄战争，托老先生便写了一封给俄国和日本的皇帝的信，开首便是这一句。日本报纸上很斥责他的不逊，爱国青年也愤然，然而暗地里却早受了他的影响了。其次的话，大略是说上年解剖学试验的题目，是藤野先生讲义上做了记号，我预先知道的，所以能有这样的成绩。末尾是匿名。

我这才回忆到前几天的一件事。因为要开同级会，干事便在黑板上写广告，末一句是“请全数到会勿漏为要”，而且在“漏”字旁边加了一个圈。我当时虽然觉得圈得可笑，但是毫不介意，这回才悟出那字也在讥刺我了，犹言我得了教员漏泄出来的题目。

我便将这事告知了藤野先生；有几个和我熟识的同学也很不平，一同去诘责干事托辞检查的无礼，并且要求他们将检查的结果，发表出来。终于这流言消灭了，干事却又竭力运动，要收回那一封匿名信去。结末是我便将这托尔斯泰式的信退还了他们。

中国是弱国，所以中国人当然是低能儿，分数在六十分以上，便不是自己的能力了：也无怪他们疑惑。但我接着便有参观枪毙中国人的命运了。第二年添教霉菌学，细菌的形状是全用电影来显示的，一段落已完而还没有到下课的时候，便影几片时事的片子，自然都是日本战胜俄国的情形。但偏有中国人夹入里边：给俄国人做侦探，被日本军捕获，要枪毙了，围着看的也是一群中国人；在讲堂里的还有一个我。

“万岁！”他们都拍掌欢呼起来。

这种欢呼，是每看一片都有的，但在我，这一声却特别听得刺耳。此后回到中国来，我看见那些闲看枪毙犯人的人们，他们也何尝不酒醉似的喝彩——呜呼，无法可想！但在那时那地，我的意见却变化了。

毛越寺神社

鲁迅在日本留学期间，最先是在日本仙台学医，有时候也和同学到仙台郊外游览。图为日本仙台毛越寺神社。

到第二学年的终结，我便去寻藤野先生，告诉他我将不学医学，并且离开这仙台。他的脸色仿佛有些悲哀，似乎想说话，但竟没有说。

“我想去学生物学，先生教给我的学问，也还有用的。”其实我并没有决意要学生物学，因为看得他有些凄然，便说了一个慰安他的谎话。

“为医学而教的解剖学之类，怕于生物学也没有什么大帮助。”他叹息说。

将走的前几天，他叫我到他家里去，交给我一张照相，后面写着两个字道：“惜别”，还说希望将我的也送他。但我这时适值没有照相了；他便叮嘱我将来照了寄给他，并且时时通信告诉他此后的状况。

我离开仙台之后，就多年没有照过相，又因为状况也无聊，说起来无非使他失望，便连信也怕敢写了。经过的年月一多，话更无从说起，所以虽然有时想写信，却又难以下笔，这样的一直到现在，竟没有寄过一封信和一张照片。从他那一面看起来，是一去之后，杳无消息了。

但不知怎地，我总还时时记起他，在我所认为我师的之中，他是最使我感激，给我鼓励的一个。有时我常常想：他的对于我的热心的希望，不倦的教诲，小而言之，是为中国，就是希望中国有新的医学；大而言之，是为学术，就是希望新的医学传到中国去。他的性格，在我的眼里和心里是伟大的，虽然他的姓名并不为许多人所知道。

他所改正的讲义，我曾经订成三厚本，收藏着的，将作为永久的纪念。不幸七年前迁居的时候，中途毁坏了一口书箱，失去半箱书，恰巧这讲义也遗失在内了。责成运送局去找寻，寂无回信。只有他的照相至今还挂在我北京寓居的东墙上，书桌对面。每当夜间疲倦，正想偷懒时，仰面在灯光中瞥见他黑瘦的面貌，似乎正要说出抑扬顿挫的话来，便使我忽又良心发现，而且增加勇气了，于是点上一支烟，再继续写些为“正人君子”之流所深恶痛疾的文字。

附录

谨忆周树人君

藤野严九郎

因为是多年前的旧事了，所以记忆不是很清楚。但我可以确定我从爱知医学专门学校转职到仙台医学专门学校是明治三十四年（1901 年）末的事。在那之后两年或三年，周树人君作为第一个从支那来的留学生进入了仙台医学专门学校学习。因为是留学生，不需要参加入学考试，周树人君和一百人左右的新入校生以及三十多人的留级生一起听课。

周君身材不高，脸圆圆的，看上去人很聪明。记得那时周君的身体就不太好，脸色不是健康的血色。当时我主讲人体解剖学，周君上课时虽然非常认真地记笔记，可是从他入学时还不能充分地听、说日语的情况来看，学习上大概很吃力。

于是我讲完课后就留下来，看看周君的笔记，把周君漏记、记错的地方添改过来。如果是在东京，周君大概会有很多留学生同胞，可是在仙台，因为只有周君一个支那人，想必他一定很寂寞。可是周君并没有让人感到他寂寞，只记得他上课时非常努力。

如果留下来当时的记录的话，就会知道周君的成绩，可惜现在什么记录也没留下来。在我的记忆中周君不是成绩非常优秀的学生。

那时我在仙台的空崛街买了房子，周君虽然也到我家里来玩过，但已没有什么特别的印象了。如果过世的妻子还在世的话，或许还可以回忆起一些事情。前年，我的长子藤野达也在福井中学时，主讲汉文的管先生对他说，“这本书上写了你父亲的事，你拿去看看。如果真是那么回事，给我们也讲一讲那些事情”。于是长子达也借回了周君写的书让我看，这些作品似乎都是佐藤翻译的。

这以后大概过了半年，管先生来和我会面，也谈到了书中所讲的那些事情。从管先生那里，我知道周君回国之后成了优秀的文学家。管先生去年去世了。听说在姬路师范当老师的前田先生也说过周君的一些事情。

让我再回到前面的话题。周君在仙台医学专门学校

藤野先生和鲁迅（蜡像）

鲁迅说：“但不知怎地，我总还时时记起他，在我所认为我师的之中，他是最使我感激，给我鼓励的一个。有时我常常想：他的对于我的热心的希望，不倦的教诲，小而言之，是为中国，就是希望中国有新的医学；大而言之，是为学术，就是希望新的医学传到中国去。他的性格，在我的眼里和心里是伟大的，虽然他的姓名并不为许多人所知道。”

总共只学习了一年，以后就看不到他了，现在回忆起来好像当初周君学医就不是他内心的真正目标。周君临别时来我家道别，不过我忘记这次最后会面的具体时间了。据说周君直到去世一直把我的照片挂在寓所的墙上，我真感到很高兴。可是我已经记不清是在什么时候、以什么样的形式把这张照片赠送给周君的了。

如果是毕业生的话，我会和他们一起拍纪念照，可是一次也没和周君一起照过相 。周君是怎样得到我这张照片的呢？说不定是妻子赠送给他的。周君文中写了我照片的事情，被他一写，我现在也很想看看自己当时的样子。我虽然被周君尊为惟一的恩师，但我所做的只不过是给他添改了一些笔记。因此被周君尊为惟一的恩师，我自己也觉得有些不可思议。

周君来日本的时候正好是日清战争以后。尽管日清战争已过去多年，不幸的是那时社会上还有日本人把支那人骂为“梳辫子和尚”，说支那人坏话的风气。所以在仙台医学专门学校也有这么一伙人以白眼看待周君，把他当成异己。

少年时代我向福井藩校毕业的野坂先生学习过汉文，所以我很尊敬支那的先贤，同时也感到要爱惜来自这个国家的人们。这大概就是我让周君感到特别亲切、特别感激的缘故吧。周君在小说里，或是对他的朋友，都把我称为恩师，如果我能早些读到他的这些作品就好了。听说周君直到逝世前都想知道我的消息，如果我能早些和周君联系上的话，周君会该有多么欢喜啊。

可是现在什么也无济于事了，真是遗憾。我退休后居住在偏僻的农村里，对外面的世界不甚了解，尤其对文学是个完全不懂的门外汉。前些天从报纸上得知周君鲁迅去世的消息，让我回忆起上面所说的那些事情。不知周君的家人现在如何生活？周君有没有孩子？

深切吊唁把我这些微不足道的亲切当作莫大恩情加以感激的周君之灵，同时祈祷周君家人健康安泰。

关于太炎先生二三事

鲁　迅

【三言两语】

鲁迅最为敬重的老师有三位：一是他的启蒙塾师寿镜吾先生，一是留学日本时的藤野先生，还有一位就是他青年时期的老师章太炎先生。概括章太炎一生的行迹，是一手执笔，一手执剑。鲁迅在日本常听章太炎先生讲学，由此而折服于章先生渊博的学识以及和蔼可亲的长者风度，更钦敬他的革命精神。1936年6月，章太炎逝世，国民党反动派把他打扮成“纯正先贤”，宣布要搞“国葬”，也有一些报刊贬低他为“失修的尊神”，忽略了章太炎早年岁月中作为一位民主革命家的所作所为。于是，鲁迅不顾病重，于逝世前10天，写下了著名的《关于章太炎先生二三事》，为自己的老师鸣不平。鲁迅尊师尤其重道，这是他尊师的标准。

前一些时，上海的官绅为太炎先生开追悼会，赴会者不满百人，遂在寂寞中闭幕，于是有人慨叹，以为青年们对于本国的学者，竟不如对于外国的高尔基的热诚。这慨叹其实是不得当的。官绅集会，一向为小民所不敢到；况且高尔基是战斗的作家，太炎先生虽先前也以革命家现身，后来却退居于宁静的学者，用自己所手造的和别人所帮造的墙，和时代隔绝了。纪念者自然有人，但也许将为大多数所忘却。

我以为先生的业绩，留在革命史上的，实在比在学术史上还要大。回忆三十余年之前，木板的《訄书》已经出版了，我读不断，当然也看不懂，恐怕那时的青年，这样的多得很。我的知道中国有太炎先生，并非因为他的经学和小学，是为了他驳斥康有为和作邹容的《革命军》序，竟被监禁于上海的西牢。那时留学日本的浙籍学生，正办杂志《浙江潮》，其中即载有先生狱中所作诗，却并不难懂。这使我感动，也至今并没有忘记，现在抄两首在下面——

狱中赠邹容

邹容吾小弟，被发下瀛洲。
快剪刀除辫，干牛肉作糇。
英雄一入狱，天地亦悲秋。
临命须掺手，乾坤只两头。

狱中闻沈禹希见杀

不见沈生久，江湖知隐沦。
萧萧悲壮士，今在易京门。
螭魅羞争焰，文章总断魂。
中阴当待我，南北几新坟。

一九〇六年六月出狱，即日东渡，到了东京，不久就主持《民报》。我爱看这《民报》，但并非为了先生的文笔古奥，索解为难，或说佛法，谈“俱分进化”，是为了他和主张保皇的梁启超斗争，和“××”的×××斗争，和“以《红楼梦》为成佛之要道”的×××斗争，真是所向披靡，令人神旺。前

章太炎故居

章太炎故居建于明末清初，属中式宅院，位于浙江省杭州市余杭仓前老街，现为章太炎纪念馆。故居坐北朝南，面水临街，是一个前后四进加一过道的大宅院。

去听讲也在这时候，但又并非因为他是学者，却为了他是有学问的革命家，所以直到现在，先生的音容笑貌，还在目前，而所讲的《说文解字》，却一句也不记得了。

民国元年革命后，先生的所志已达，该可以大有作为了，然而还是不得志。这也是和高尔基的生受崇敬、死备哀荣截然两样的。我以为两人遭遇的所以不同，其原因乃在高尔基先前的理想，后来都成为事实，他的一身，就是大众的一体，喜怒哀乐，无不相通；而先生则排满之志虽伸，但视为最紧要的“第一是用宗教发起信心，增进国民的道德。第二是用国粹激动种性，增进爱国的热肠”（见《民报》第六本），却仅止于高妙的幻想；不久而袁世凯又攘夺国柄，以遂私图，就更使先生失却实地，仅垂空文，至于今，惟我们的“中华民国”之称，尚系发源于先生的《中华民国解》（最先亦见《民报》），为巨大的记念而已，然而知道这一重公案者，恐怕也已经不多了。既离民众，渐入颓唐，后来的参与投壶，接收馈赠，遂每为论者所不满，但这也不过白圭之玷，并非晚节不终。考其生平，以大勋章作扇坠，临总统府之门，大诟袁世凯的包藏祸心者，并世无第二人；七被追捕，三入牢狱，而革命之志，终不屈挠者，并世亦无第二人。这才是先哲的精神，后生的楷范。近有文侩，勾结小报，竟也作文奚落先生以自鸣得意，真可谓“小人不欲成

章太炎

章太炎精通医学，著有《霍乱论》、《章太炎医论》等。曾有人问他：“先生的学问是经学第一，还是史学第一？”他答道：“实不相瞒，我是医学第一。”

人之美”，而且“蚍蜉撼大树，可笑不自量”了！

但革命之后，先生亦渐为昭示后世计，自藏其锋镳。浙江所刻的《章氏丛书》，是出于手定的，大约以为驳难攻讦，至于忿詈，有违古之儒风，足以贻讥多士的罢，先前的见于期刊的斗争的文章，竟多被刊落，上文所引的诗两首，亦不见于《诗录》中。一九三三年刻《章氏丛书续编》于北平，所收不多，而更纯谨，且不取旧作，当然也无斗争之作，先生遂身衣学术的华衮，粹然成为儒宗，执贽愿为弟子者綦众，至于仓皇制《同门录》成册。近阅日报，有保护版权的广告，有《三续丛书》的记事，可见又将有遗著出版了，但补入先前战斗的文章与否，却无从知道。战斗的文章，乃是先生一生中最大、最久的业绩，假使未备，我以为是应该一一辑录、校印，使先生和后生相印，活在战斗者的心中的。然而此时此际，恐怕也未必能如所望罢，呜呼！

十月九日

纪念先师章太炎先生

许寿裳

【三言两语】

许寿裳（1883–1948），字季黻，浙江绍兴人，现代著名教育家、传记文学作家和最权威的鲁迅研究专家。1902年去日本留学，与鲁迅相识，成为终生挚友；1909年回国，任杭州浙江两级师范学堂教务长；1912年在北京任教育部佥事、教育司司长，兼任北京大学、北京高等师范学校教授；1922年任北京女子高等师范学校校长；1946年任台湾编译馆馆长；1948年，在台北寓所惨遭歹徒杀害。其著作有：《章炳麟传》、《我所认识的鲁迅》、《中国文字学》、《传记研究》等。

作为著述家的许寿裳对章先生极其景仰和尊崇，我们从这篇文章中，可见一二。"先师学术之大，前无古人，以朴学立根基，以玄学致广大。批判文化，独具慧眼。凡古近政俗之消息，社会都野之情状，华梵圣哲之义谛，东西学人之所说，莫不察其利病，识其流变，观其会通，穷其指归。""先师讲段氏《说文解字注》，郝氏《尔雅义疏》等，精力过人，逐字讲解，滔滔不绝，或则阐明语原，或则推见本字，或则旁证以各处方言，以故新谊创见，层出不穷。即有时随便谈天，亦复诙谐间作，妙语解颐。自八时至正午，历四小时毫无休息，真所谓'默而识之，学而不厌，诲人不倦'。"但章太炎先生对他的影响绝不简单的只在为师、为文上，其为革命"七被追捕，三入牢狱"而不屈不挠的精神同样鼓舞着他。

先师章先生是革命大家，同时是国学大师，其阶位卓绝，非仅功济生民而已。前世纪之末，士大夫或言变法，或言立宪，议论纷纷，淆乱民听。自先师以历史民族之义提倡光复，“首正大义，截断众流”，百折不挠，九死无悔，而后士民感慕，翕然从风。其于民国，艰难缔造，实为元功。

清失其鹿，民国肇兴。虽兵不血刃，百日而成。追惟事前经营之力，所以摩荡人心者，盖十有余年矣。炳麟不佞，始以历史民族之义提倡光复。时前总统孙公屏居日本，交游素寡，初与定交，同谋匡济。既而文字兴祸，絷于上海，海内为之激昂，幸得不死，东抵江户。以天之灵，黄农虞夏之佑我子孙，腾书驰说，不为四百兆人遐弃，内外喁喁，延颈望义。逮乎辛亥，大义举于武昌，十有四省，应如反掌。夫惟历史民族之义，足以为全国斗杓，故举兵不为犯顺，推亡不为篡盗。……

（民国三年《致袁世凯书》）

至于先师学术之大，前无古人，以朴学立根基，以玄学致广大。批判文化，独具慧眼。凡古近政俗之消息，社会都野之情状，华梵圣哲之义谛，东西学人之所说，莫不察其利病，识其流变，观其会通，穷其指归。“千载之秘，睹于一曙。”

庄生之玄，荀卿之名，刘歆之史，仲长统之政，诸葛亮之治，陆逊之谏，管宁之节，张机范汪之医，终身以为师资。

……自揣平生学术，始则转俗成真，终乃回真向俗，世固有见谛转胜者邪。后生可畏，安敢质言。秦汉以来，依违于彼是之间，局促于一曲之内，盖未尝睹是也。乃若昔人所诮，专志精微，反致陆沈，穷研训诂，遂成无用者。余虽无腆，固足以雪斯耻。

（《菿汉微言》）

观此三段引文，语语核实，而先师之神解聪察，丰功伟绩，已可窥见一斑。若其闳眇之旨，精微之言，著于简策，长留天地，固非浅学如我者所宜妄赞也。今就于已有关者数事，约略述之，以存纪念。

许寿裳

有人回忆，许寿裳的个性、风度与章太炎有相似之处。

我生也晚，民元前十一年(1901)，始由宋平子（名恕，后更名衡）师得闻先师之大名。时宋师掌教杭州求是书院，其教法迥异恒常，“取法象山，限规不立，经史子集，任择从事”。对于先师之排满论，宋师阳为反对，阴实赞同，尝曰：“枚叔文章，天下第一”，盖先师别号初为枚叔也。我此后得读《正仇满论》及改定本《訄书》，实由宋师启之。《訄书》当初多未了解，首受感动者，仅仅在《订文》之附录及《哀焚书》至《解辫发》数篇而已。《解辫发》有云：

> ……共和二千七百四十一年，秋七月，余年三十三矣。是时满洲政府不道，戕虐朝士，横挑强邻，戮使略贾，四维交攻，愤东胡之无状，汉族之不得职，陨涕涔涔曰：余年已立，而犹被戎狄之服，不违咫尺，弗能翦除，余之罪也。将荐绅束发，以复近古，日既不给，衣又不可得。于是曰：昔祁班孙，释隐玄，皆以明氏遗老，断发以殁。《春秋谷梁传》曰：“吴祝发。”《汉书·严助传》曰：“越劗发。”（晋灼曰：“劗，张揖以为古翦字也。”）余故吴越间民，去之亦犹行古之道也。……

翦辫变夷，所关非浅，故亦必考据凿凿。全文在先师手订《检论》时已经删去。《厄书》之外，如《中夏亡国二百四十二年纪念会书》、

《驳康有为论革命书》等，皆我所百读不厌者。

民元前九年（1903），以《驳康有为论革命书》有云："载湉小丑，未辨菽麦。"又尝为邹容所著《革命军》作序，先师遂与邹容俱被逮。时我在东京编辑《浙江潮》，常从蒋观云先生处，藉知先师狱中状况。一日，观云以先师狱中书视我，书后附写近作诗四首，我求抄以实《浙江潮》，观云即裁下予之。此我得观先师墨迹之始。原纸至今藏在行箧，弥可珍贵。诗录如下：

狱中赠邹容

闰月廿八日

邹容吾小弟，被发下瀛洲。
快剪刀除辫，干牛肉作糇。
英雄一入狱，天地亦悲秋。
临命须掺手，乾坤只两头。

狱中闻沈禹希见杀

六月十二日

不见沈生久，江湖知隐沦。
萧萧悲壮士，今在易京门。
螭魅羞争焰，文章总断魂。
中阴当待我，南北几新坟。

狱中闻湘人杨度被捕有感二首

六月十八日

神狐善埋搰，高鸟喜回翔。
保种平生愿，征科绝命方。
马肝原识味，牛鼎未忘香。
千载《湘军志》，浮名是锁缰。
衡岳无人地，吾师洪大全。
中兴沴诸将，永夜遂沉眠。

长策惟干禄，微言是借权。

藉君好颈子，来者一停鞭。

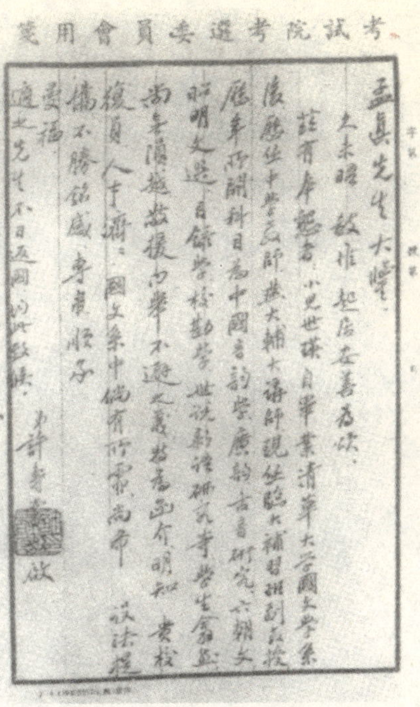
考試院考選委員會用箋

许寿裳手迹

民元前六年（1906）阳历六月二十九日，先师出狱，即日东渡至东京。发长过肩，肌体颇腴，闻因狱中食物无盐之故。七月十五日，留东学生在神田区锦辉馆开会欢迎，先师即席演说，其大意首述自己平生历史，次以涵养、感情两事勉励大众：（一）“用宗教发起信心，增进国民的道德。”（二）“用国粹激动种性，增进爱国的热肠。”此我亲接先师尊容之始。现将演说摘录数段如下：

兄弟少小的时候，因读蒋氏《东华录》，其中有戴名世、曾静、查嗣庭等人的案件，便就胸中发愤，觉得异种乱华是我们心里第一恨事。后来读郑所南、王船山两先生的书，全是那些保卫汉种的话，民族思想，渐渐发达。但两先生的话，却没有什么学理。自从甲午以后，略看东西各国的书籍，才有学理收拾进来。当时对着朋友，说这逐满独立的话，总是摇头，也有说是疯颠的，也有说是叛逆的，也有说是自取杀身之祸的。但兄弟是凭他说个疯颠，我还守我疯颠的念头。……大凡非常可怪的议论，不是神经病人，断不能想，就能想也不敢说，说了以后，遇着艰难困苦的时候，不是神经病人，断不能百折不回，孤行己意。所以古来有大学问、成大事业的，必得有神经病才能做到。……近来有人传说，某某是有神经病，某某也是有神经病，兄弟看来，不怕有神经病，只怕富贵利禄当面现前的时候，那神经病立刻好了，这才是要不得呢！（鼓掌）。略高一点的人，富贵利禄的补剂，虽不能治他的神经病，那艰难困苦的毒剂，还是可以治得的。这总是脚跟不稳，不能成就什么气候。兄弟尝这毒剂是最多的，算来自戊戌年以后，已有七次查拿，六次都拿不到，到第七次方才拿到。以前三次，或因别事株连，或是普拿新党，不专为我一人。后来四次，却都为逐满独立的事。但兄弟在这艰难困苦的盘涡里头，并没有一丝一毫的懊悔，凭你什么毒剂，这神经病总治不好（欢呼）。或者诸君推重，也未必不由于此。若有人说，假如人人有神经病，办事必定瞀乱，怎得有个条理？但兄弟所说的神经病，并不是粗豪鲁莽，乱打乱跳，要把那细针密缕的思想，装载在神经病里。譬如思想是个货物，神经病是个汽船，没有思想，空空洞洞的神经病必无实济，没有神经病，这思想可能自动的么？以上所说，是略讲兄弟平生的历史。

至于近日办事的方法，一切政治、法律、战术等项，这都是诸君已经研究的，不必提起。依兄弟看，第一要在感情。没有感情，凭你有百千万亿的拿破仑、华盛顿，总是人各一心，不能团结。当初柏拉图说："人的感情，原是一种醉病。"这仍是归于神经病了。要成就这感情，有两件事最是紧要的。第一是用宗教发起信心，增进国民的道德。第二是用国粹激动种性，增进爱国的热肠。

先说宗教。……孔教、基督教既然必不可用，究竟用何教呢？我们中国本称为佛教国，佛教的理论，使上智人不能不信，佛教的戒律，使下愚人不能不信，通彻上下，这是最可用的。但今日通行的佛教，也有许多的杂质，与他本教不同，必须设法改良，才可用得。……我们今日要用华严、法相二宗改良旧法。这华严宗所说，要在普度众生，头、目、脑髓都可施舍与人，在道德上最为有益。这法相宗所说，就是万法惟心，一切有形的色相，无形的法尘，总是幻见、幻想，并非实在真有。……有的说佛教看一切众生，皆是平等，就不应生民族思想，也不应说逐满复汉，殊不晓得佛教最重平等，所以妨碍平等的东西必要除去。满洲政府待我汉人种种不平，岂不应该攘逐？且如婆罗门教分出四姓阶级，在佛教中最所痛恨。如今清人待我汉人，比那刹帝利种虐待首陀更要利害十倍。照佛教说，逐满复汉，正是分内的事。又且佛教最恨君权。大乘戒律都说“国王暴虐，菩萨有权，应当废黜”。又说“杀了一人，能救众人，这就是菩萨行”。其余经论，王、贼两项都是并举。所以佛是王子，出家为僧，他看做王就与做贼一样，这更与恢复民权的话相合。所以提倡佛教，为社会道德上起见，固是最要，为我们革命军的道德上起见，亦是最要。总望诸君同发大愿，勇猛无畏，我们所最热心的事，就可以干得起来了。

次说国粹。为甚提倡国粹？不是要人尊信孔教，只是要人爱惜我们汉种的历史。这个历史是就广义说的，其中可以分为三项：一是语言文字，二是典章制度，三是人物事迹。……

第三要说人物事迹。中国人物，那建功立业的，各有功罪，自不必说。但那俊伟刚严的气魄，我们不可不追步后尘。与其学欧、美，总是不能像的，何如学步中国旧人，还是本来面目。其中最可崇拜的两个人：一是晋末受禅的刘裕，一是南宋伐金的岳飞，都是用南方兵士打胜胡人，可使我们壮气（鼓掌）。至于学问上的人物，这就多了，中国科学不兴，惟有哲学，就不能甘居人下。但是程、朱、陆、王的哲学，却也无甚关系，最有学问的人就是周、秦诸子，……近代还有一人，这便是徽州休宁县人，姓戴名震，称为东原先生。他虽专论儒教，却是不服宋儒，常说：“法律杀人，还是可救；理学杀人，便无可救。”因为这位东原先生，生在满洲雍正之末，那满洲雍正所作朱批上谕，责备臣下，并不用法律上的说话，总说：“你的天良何在？你自己问心可以无愧的么？”只这几句宋儒理学的话，就可以任意杀人。世人总说雍正待人最为酷虐，却不晓是理学助成的。因此那个东原先生，痛哭流涕，做了一本小小册子。他的书上并没有明骂满洲，但看见他这本书，没有不深恨满洲。这一件事，恐怕诸君不甚明了，特为提出（鼓掌）。照前所说，若要增进爱国的热肠，一切功业学问上的人物，须选择几个出来，时常放在心里，这是最紧要的。就是没有相干的人，古事、古迹都可以动人爱国的心思。当初顾亭林要排斥满洲，却无兵力，就到各处去访那古碑、古碣传示后人，也是此意。……

此演说录，洋洋洒洒长六千言，是一篇最警辟有价值之救国文字。全文曾登《民报》第六号，而《太炎文录》中未见收入，故特地多抄如上。现在中国虽称民国，而外侮日亟，民气日衰，一般国民之怯懦浮华，猥贱诈伪，视清末或且加甚。自非一面提倡佛教，“以勇猛无畏治怯懦心，以头陀净行治浮华心，以唯我独尊治猥贱心，以力戒诳语治诈伪心”。（先师《答梦庵书》中语，见《民报》第二十一号）一面尊重历史，整理国故，其不善者改良之，善者顶礼膜拜之，以养成民族的自信力。前路茫茫，何能有济？

章太炎手迹

图为章太炎手书的大篆对联。

民元前四年（1908），我始偕朱蓬仙（宗莱），龚未生（宝铨），朱逖先（希祖），钱中季（夏，今更名玄同，名号一致），周豫才（树人）、启明（作人）昆仲，钱均夫（家治），前往受业。每星期日清晨，步至牛达区新小川町二丁目八番地先师寓所，在一间陋室之内，师生席地而坐，环一小几。先师讲段氏《说文解字注》，郝氏《尔雅义疏》等，精力过人，逐字讲解，滔滔不绝，或则阐明语原，或则推见本字，或则旁证以各处方言，以故新谊创见，层出不穷。即有时随便谈天，亦复诙谐间作，妙语解颐。自八时至正午，历四小时毫无休息，真所谓“默而识之，学而不厌，诲人不倦”。其《新方言》及《小学答问》二书，皆于此时著成，即其体大思精之《文始》，初稿亦权舆于此。“……讨其类物，比其声均。音义相雠，谓之变易，义自音衍，谓之孳乳。坒而次之，得五六千名，虽未达神恉，多所缺遗，意者形体声类，更相扶胥，异于偏觭之议。若夫囟𠁁同语，冋欟一文，天即为颠，语本于囟，臣即为牵，义通于玄。𡳿出耑𦍒，同种而禅；𠃉巨父互，连理而发。斯盖先哲之所未谕，守文者之所痀劳。亦以见仓颉初载，规摹宏远，转注假借，具有泰初。……”（《文始叙例》）凡所诠释，“形音义三，皆得俞脉”，豁然贯通。此先师语言文字学之成就，所以超轶清代诸儒。惜我听讲时间既短，所得又极微，次年三月，便因事告归耳。

民元前一年（1911），武昌起义后，先师归国，时发谠言。至民国三年，被袁世凯幽禁，愤而绝粒者二次，各至十余日，如曩昔之在西牢。后以爱女北来，又经友人及弟子环吁床前，始渐复食。其后见洪宪之逆谋渐著，益深痛恨。因生平于印度之中兴，期望至切，见诸文字者甚多，如云“……昔我皇汉刘氏之衰，儒术堕废，民德日薄，赖佛教入而持世，民复挚醇，以启有唐之盛。讫宋世佛教转微，人心亦日苟偷，为外族并兼勿能脱。如印度所以顾复我诸夏者，其德岂有量耶？臭味相同，虽异族，有兄弟之好。……印度自被蒙古侵略，至今才六百岁，其亡国不如希腊罗马之阔远。振其旧德，辅以近世政治社会之法，谁谓印度不再兴者！……”（《送印度钵逻罕保什二君序》）又云：“东方文明之国，荦荦大者，独吾与印度耳。言其亲也，则如肺腑，察其势也，则若辅车，不相互抱持而起，终无以屏蔽亚洲。……”（《印度中兴之望》）五年三月，先师决意出游梵土，赐书命我设法，我便就商于有力者某，托其进言，竟未有成，至今耿耿。其书录于下方：

季黻足下：

数旬不觌，人事变幻，闻伯唐辈亦已蜚遁。今之政局，固非去秋所可同喻。羁滞幽都，我生靡乐，而栋折榱崩，咎不在我，经纶草昧，特有异人，于此两端，无劳深论。若云师法段干，偃息藩魏，虽有其术，固无其时也。今兹一去，想当事又有遮碍，晓以实情，当能解其忧疑邪！梵土旧多同志，自在江户，已有西游之约，于时从事光复，未及践言。纪元以来，尚以中土可得振起，未欲远离也。迩者时会倾移，势在不救，旧时讲学，亦为当事所嫉。至于老、庄玄理，虽有纂述，而实未与学子深谈，以此土无可与语耳。必索解人，非远在大秦，则当近在印度。兼寻释迦、六师遗绪，则于印度尤宜。以维摩居士之身，效慈恩法师之事，质之当事，应无所疑。彼土旧游，如钵逻罕、鲍什诸君，今尚无恙，士气腾上，愈于昔时远甚，此则仆所乐游也。兹事既难直陈当事，足下于彼，为求一纳牖者，容或有效。若以他事为疑，棋已终局，同归于尽可知矣。又安用疑人为？此间起居康健！

章炳麟白。二十三日。

近年，先师讲学苏州，门徒大盛，我欲得有机会，重坐春风。却因奔走南北，未遑登门，而今已矣！宋师前卒于民元前二年（1910），先师哀其“怫郁以终”，又谓“……文辞多刺当世得失，常闭置竹笼中……其轶特魁垒之气，没世不可忘也。”（《检论·对二宋》）今年六月十四日先师又遽捐馆舍。国丧典刑，吾将安仰？“学术既亡，华实甍剥。”呜呼哀哉！

二十五年八月十四日

章先生逸事

王基乾

【三言两语】

王基乾是章太炎先生的学生，自然对章先生了解甚多。作者从小处着手，只写章先生的日常生活和细微末节，但往往小事之中更能见出一个人的品行。文章中讲了很多关于章先生的有趣的故事：买房子随性不拘细节，没看好就草草付钱买下，知道被骗已经来不及；吃东西只吃靠自己近的，与王安石一样；自己懂医却对自己的卫生不甚关心；别人对他的书法视为珍品自己却毫不满意；防止家仆作弊……

饮食起居

章先生是怎样一个人，世所共知，本文只就先生的日常生活略为介绍。先生是一个赋性恢弘而有远略的人。他论政、论学固然头头是道，但对于一些细微末节，甚至自己的饮食起居，却又毫不经意。他晚年寓居上海，后因事到苏州，有人劝他就在苏州住家，并且介绍他买一所房子。那所房子在侍其巷，只有前面一重是楼房，院子里栽了几棵树。他走去一看，就很满意说："还有楼！"看见树又说："还有树！"后面也不再看，就和人家议价。人家看他这样满意，向他索一万五千元，这在当时已是超过市价很多，本有还价的余地。不料先生非但不还价，竟付出一万七千元成交。等到章夫人晓得赶来看时，一切手续业已办妥，房子竟不能住！要卖，原价已经很高，绝对卖不出，租也租不上价。结果只有空着，雇人看守，另在锦帆路筑一新屋。

先生生平除嗜吸纸烟外，对于饮食别无专好。章夫人是信佛茹素的，禁食一切肉类。因为要维持先生的健康，案上也常常设鸡。但先生却从不下箸，只食面前菜蔬。后来有人建议，把鸡肉放在先生面前，从此即见先生专以鸡肉佐餐了。这件事说来很奇怪，但也不是绝无仅有。宋朱弁《曲洧旧闻》说："荆公又为执政，或言其喜食獐脯者。其夫人闻而疑之曰：'公平日未尝有择于饮食，何忽独嗜此？'因令问左右执事者曰：'何以知公之嗜獐脯耶？'曰：'每食不顾他物，而獐脯独尽，是以知之。'复问：'食时置獐脯何所？'曰：'在近匕箸处。'夫人曰：'明日姑易他物近匕箸。'既而果食他物尽，而獐脯固在。而后人知特以其近故食之，而初非有所嗜也。……"据此即可看出一代伟人用功之深，精神有所专注，因此无暇顾及饮食。人家骂王安石虚伪，不近人情。以先生之事例之，可见也并不尽然。

章太炎

章太炎（1869-1936），字枚叔，名炳麟，号太炎，浙江余杭人，在近代经学、史学、音韵文字学上均有很高的造诣，也是民国初期的革命家。

前段曾经说过，先生对于饮食别无专好，独嗜吸纸烟。他并不讲究好牌子，是纸烟就行，不过一经吸着，决不只一支。尤其是当讲学或和人谈天，总是一支接着一支，未尝去手。这时只见室中烟雾纷披，而先生神采方旺，谈锋更健。因为谈天也是先生乐事之一，只要有人触其机锋，话头便源源而出了。

先生素知医，于《伤寒论》尤有研究，间为人开方治病，也都能奏效。但关于自己的卫生，却又异常忽略。有时夫人劝他注意营养，多进补品如鸡蛋之类。先生重述一遍，好像是闻所未闻。

先生更不从事运动，因此连走路似乎都很吃力。但如跟随他的人上前去搀扶，先生必极力挣脱，拂袖而去。由这一点，也可看出先生独立自由的精神。

先生对于金钱，简直可以说是视若无物，如前段所提的买房子就是一例。在别人看起来，他是受了欺上了当，其实先生自己何尝有丝毫容心。不过先生的性情是叫人摸不着的，有时家里零用他都要管，甚至买一刀草纸，也得直接向他领钱。

精神生活

先生读破万卷，著述等身，但藏书并不多，更不讲究版本。一部《十三经注疏》，只是普通的石印本，因为翻阅次数太多的缘故，已变成活页。有一次为学生讲《尚书》，稍一不小心，书竟作蝴蝶飞，散落满地，引得哄堂大笑，而先生仍言谈自若，绝不在意。

先生的书名也不小，求书的人自然很多。他的书法自成一家，篆和行草都有一种面目。人家只要得到他的片纸只字，都视若拱璧，什袭珍藏。倒是先生本人，反不怎样满意自己的作品，往往一幅写成，看了一下，即放在废纸之列。这可给了他侍役一个赚钱的机会，竟串通一家装裱店，专窃这种字，印上先生的图章，装裱后价卖与人，得钱两人朋分。先生初不在意，一直经过很长的时间才发觉，因此他想出一个防弊的方法，就是把写来不要的字一律扯破，塞在字纸篓里，图章也从侍役手中收回，以为这样总

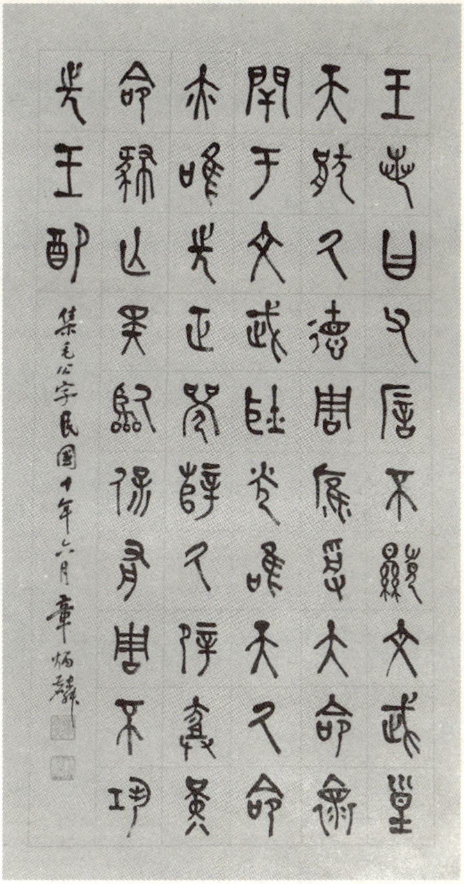

集“毛公鼎”字

毛公鼎，是周宣王年间所铸造的一个鼎，上面刻有500个铭文。上图是章太炎于1921年写的铭文作品，全部取自毛公鼎上的文字。

是一个稳妥的办法了，但是他却忘了，作弊是我国人的特性，有一种人会防弊，也就有一种人会舞弊。在这以后，完整的纸固不易得，扯破的字装裱起来，还不是一样？至于图章，在先生用了多次以后，反正是要交给侍役洗的，这可又给了侍役一个盖章的机会。

先生晚年除著书讲学外，也常常做点应酬文字，大概不外是书文题跋和碑铭之类。一篇墓志铭或墓表，人家通常送他一千元到二千元。但他做文章，并不就以金钱为准。据说有一个纱厂的主人，想请他做一篇表扬祖上的文字，送他万元作为润笔。他却极力拒绝，一字也不肯写。反之，他替黎黄陂做了一篇洋洋的钜（注：“钜”通“巨”）文，又一钱不受。因为先生是最重感情的，他于当代人物，除孙公外，惟于黄陂有知遇之感，所以替黄陂做文章，认为是应尽的义务。

因为先生享有当代大名，所以常常接到一些不相干的信，或是同他讨论某种问题，或只是恭维他。那班替先生办笔札的人，对于这些信，往往置之不理。但先生以为人家既有信来，总得回答，免使人家失望。因此这些被弃置的信，反是先生亲笔答复。

章太炎

张中行

【三言两语】

张中行（1909-2006），原名张璿，字仲衡，未名湖畔三雅士之一。1931年通县师范学校毕业；1935年北京大学中国语言文学系毕业，先后任教于中学和大学；建国后就职于人民教育出版社，从事编辑工作。他涉猎广泛，博闻强记，遍及文史、古典、佛学、哲学诸多领域，人称“杂家”，自觉较专者为语文、中国古典和人生哲学。张中行以“忠于写作，不宜写者不写，写则以真面目对人”为信条，被季羡林先生称为“高人、逸人、至人、超人”。

章太炎先生是作者的“‘老’老师的老师”，但字里行间不难看出他对章先生的尊敬与钦佩。太炎先生说自己高的是医道，不免使人发笑，这也是作者对太炎先生“怪”印象的由来。作者对太炎先生的一次演讲记忆犹新，“引经据典”，“诙谐而兼怒骂”。而现在太炎先生去世，连他笔画苍劲的书法手迹也见不到了。

提起章太炎先生，我总是先想到他的怪，而不是先想到他的学问。多种怪之中，最突出的是“自知”与“他知”的迥然不同。这种情况也是古已有之，比如明朝的徐文长。提起青藤山人的画，几乎无人不知，无人不爱，可是他自己评论，却是字第一，诗第二，画第三。这就难免使人生疑。章太炎先生就更甚，说自己高的是医道，这不只使人生疑，简直使人发笑了。

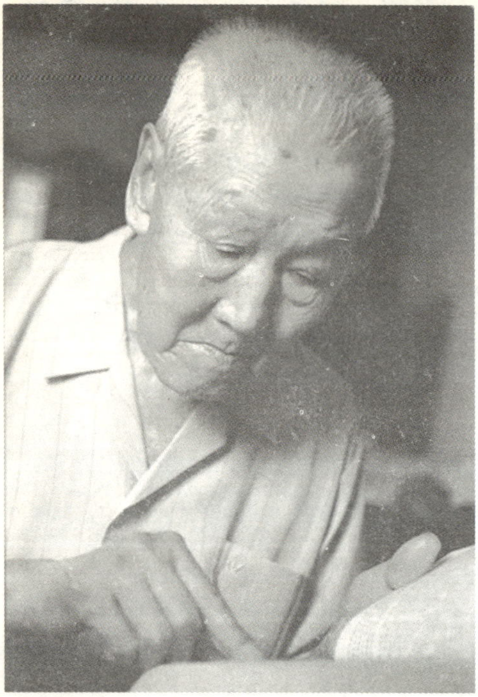

张中行

张中行先生治学严谨，博学多识，造诣深厚，精通中国古典文学，熟悉西方哲学。他与季羡林、金克木、邓广铭等人被称为“民末四老”。

发笑也许应该算失礼，因为太炎先生生于清同治八年（1869），按行辈是我的“老”老师的老师。老师前面加“老”，需要略加说明：简单说是还有年轻一代，譬如马幼渔、钱玄同、吴检斋等先生都是太炎先生的学生，我上学听讲的时候他们都已五十开外，而也在讲课的俞平伯、魏建功、朱光潜等先生刚不过三十多岁。“老”老师之师，我不能及门是自然的，不必说有什么遗憾。不过对于他的为人，我还是有所知的，这都是由文字中来。这文字，有不少是他自己写的，就是收在《章氏丛书》中的那些。也有不少是别人写的，其赫赫者如鲁迅先生所记，琐细者如新闻记者所写，总的印象是：学问方面，深，奇；为人方面，正，强。学问精深，为人有正气，这是大醇。治学好奇，少数地方有意钻牛角尖，如著文好用奇僻字，回避甲骨文之类；脾气强，有时近于迂，搞政治有时就难免轻信。这是小疵。

一生难掩大德，舍末逐本，对于太炎先生，我当然是很钦佩的。上天不负苦心人，是一九三二年吧，他来北京，曾在北京大学研究所国学门讲《广论语骈枝》（清刘台拱曾著《论语骈枝》），不记得为什么，我没有去听。据说那是过于专门的，有如阳春白雪，和者自然不能多。幸而终于要唱一次下里巴人，公开讲演。地点是北河沿北京大学第三院风雨操场，就是“五四”时期囚禁学生的那个地方。我去听，因为是讲世事，谈己见，可以容几百人的会场，坐满了，不能捷足先登的只好站在窗外。老人满头白发，穿绸长衫，由弟子马幼渔、钱玄同、吴检斋等五

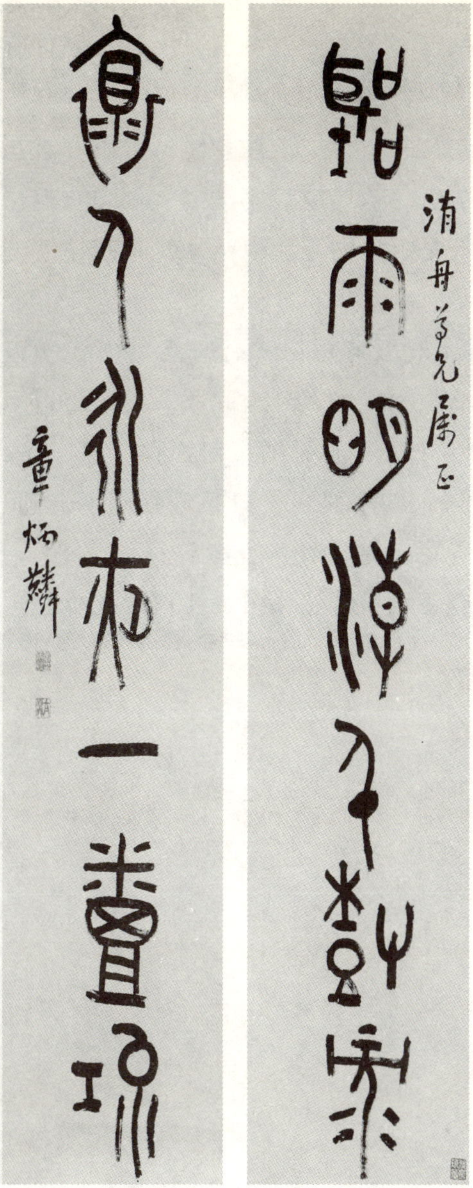

金文七言联

上图是章太炎所书的金文作品。所谓金文，是指铸刻在殷周青铜器上的铭文，也叫钟鼎文。晚年的章太炎曾说：“对于金文，是疑信参半……对于龟文却断然斥为伪作……”盲目地否定、排斥甲骨文。

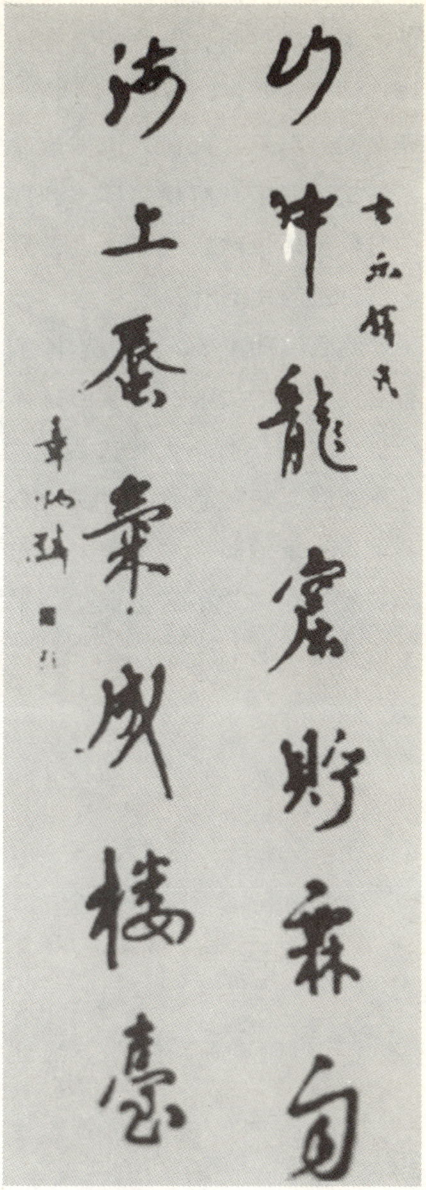

章太炎书示朱镜宙

朱镜宙是章太炎的三女婿。1923年秋天，朱镜宙因公务到上海，顺便拜访了章太炎先生。章太炎很喜欢朱镜宙，要求朱镜宙陪自己去杭州。回上海后，章太炎先生的夫人汤国黎女士告诉朱镜宙，说章先生要将自己的三女儿章展嫁给朱镜宙做妻子。朱镜宙当场应允。

六个人围绕着登上讲台。太炎先生个子不高，双目有神，向下望一望就讲起来。满口浙江余杭的家乡话。估计大多数人听不懂，由刘半农任翻译；常引经据典，由钱玄同用粉笔写在背后的黑板上。说话不改老脾气，诙谐而兼怒骂。现在只记得最后一句是："也应该注意防范，不要赶走了秦桧，迎来石敬瑭啊！"其时是"九·一八"以后不久，大局步步退让的时候。话虽然以诙谐出之，意思却是沉痛的，所以听者都带着愤慨的心情目送老人走出去。

此后没有几年，太炎先生逝世了。他没有看见"七·七"事变，更没有看见强敌的失败，应该说是怀着愤激和忧虑离开人间了。转眼将近半个世纪过去，有一天我去魏建功先生书房，看见书桌对面挂一张字条，笔画苍劲，笔笔入纸，功力之深近于宋朝李西台，只是倔强而不流利。看下款：章炳麟。原来是太炎先生所写，真可谓字如其人了。不久，不幸魏先生也因为小病想根除，手术后恶化，突然作古，我再看太炎先生手迹的机缘也不再有了。

悼念俞平伯先生

张中行

【三言两语】

俞平伯先生一去世，作者上大学的老师就一个也不剩了。他感到悲伤更感到遗憾。遗憾之一是他没能多跟老师见面，也没见到老师的最后一面。遗憾之二是没能把他写俞先生的作品呈给俞先生看，觉得自己有违尊师之道。

俞平伯先生的一生是诗的一生，也是他的生活之道。生活中的俞平伯先生率性，喜欢作诗作词，喜欢听昆曲，喜欢生活里有诗更喜欢把生活变成诗。但诗人都是生性痴迷，因而不合时宜。俞平伯先生自然也逃不开，但是只要这一生都在诗境中度过，还有什么比这更贵重！

看报，知道俞平伯先生于十月十五日过午病逝。到此，我上大学时候的老师就一个也不剩了，真是逝者如斯夫！我心里当然有些不平静。先涌上心头的是悲伤。记得去年年初，应某刊纪念“五四”之约，曾著文写俞先生，不久之后，以“俞平伯先生”为题，发表于《读书》一九八九年五月号。那篇文章末尾说：“现在他老了，九十高龄，有憾也罢，无憾也罢，既然笔耕大片土地已经不适宜，那就颐养于春在之堂，做做诗，填填词，唱唱‘则为你如花美眷，似水流年’吧。”俞先生自七十年代晚期患轻度中风，身体不好，我知道，但推想，他不久前还往香港，仍讲《红楼梦》，总当还可以维持几年吧？想不到这样快就走了。

继悲伤而来的是遗憾。依常情，尊师重道，我应该多去问候，可是

俞平伯

俞平伯(1900–1990),现代诗人、作家和红学家。他曾任上海大学、燕京大学、北京大学、清华大学教授。建国后,任北京大学教授。

七八十年代相加，才去了两次。先一次在建国门外的学部宿舍，他走路不灵便，可是未扶杖；后一次在钓鱼台东侧的南沙沟，竟是扶案始能举步了。其后我不是不想去，可是想到会给他添麻烦，就沉吟之后作罢。就这样，断了音问，以致应该有的最后一面也竟化为空无。这是遗憾之一。还有其二，是那篇拙作中谈到他的散文，曾说了这样的话："他尊苦雨斋为师，可是散文的风格与苦雨斋不同。苦雨斋平实冲淡，他曲折跳动，像是有意求奇求文。这一半是来于有才，一半是来于使才。"我这样写，心里是有高下之分的。"吾爱吾师，吾更爱真理"，人各有见，推想俞先生是会谅解的。可是一时胡思乱想，以为他看到，也许要说"小子何知"，也就没给他看。不给他看，成为背后嘁嘁喳喳，这是有违尊师之道的。

时间不能倒流，人死盖棺，应该再说些定论和纪念的话。俞先生生于清光绪己亥腊八，其时已是公历一九○○年一月十五日，在世九十年零九个月，以"人生七十古来稀"衡之，可算作高寿。成就也配得上年岁，散文、诗、词，都成家；多年教学，在古典文学方面，博不稀奇，稀奇的是见得深，因为他既有才，又能作，知道其中底蕴。这方面，有他的多种著作（旧版新版）为证，我那篇拙作也谈了不少，不宜于再费辞。

还有什么可说的呢？像是还可以说说另一个方面，一般人或者会看作小节的，是个人的生活之道。道，难言也，更重大的是难评也，因为，虽然如《庄子》所说，可以“在屡溺”，可是可以推演为理论，那就会牵涉到意识，以至于立脚点云云。这里只好大事化小，说说我的关于俞先生的一点点的看法。先要说说他的家世资本。他曾祖父俞曲园（樾）是清朝晚年的大学者，父亲俞阶青（陛云）是光绪戊戌科的探花，也善于诗词。因为有这样的门第，所以能够娶仕宦之家仁和许家的小姐许莹环（宝驯）为妻。也就因为这资本向下延续，他就可以住人间天上的清华园，过教、写、唱的生活。这样说，是他的家世资本使他有大成就吗？又不尽然，因为有这样的资本，也可以去斗鸡走狗。俞先生的可取之处就在于他善于用其才。还是只谈减去学业的生活之道，我的看法，他的道，用古语说是“率性之谓道”。我自一九三一年与俞先生相识，听他的课，读他的著作，后来还有些交往，深知俞先生是诗人气质。因为是诗人气质，所以喜欢做诗，尤其喜欢做词。不是像有些文人附庸风雅，无病呻吟地做，而是写走入诗境的心。还记得词里有这样一句，“闻道同

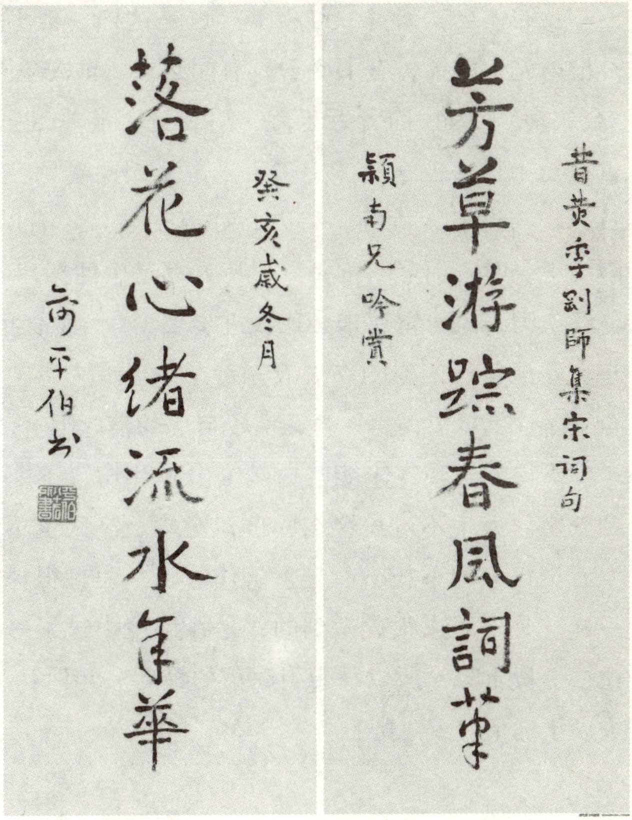

俞平伯的书法作品

俞平伯的字写得清雅隽秀。邓云乡曾说，平老的书法取自《龙藏寺碑》，他曾于此碑下过很大的功夫，由于《龙藏寺碑》是隋代小楷的精品，所以平老的字也是以小楷书为长，且写起来点划精到，一笔不苟。

衾仍隔梦”，南宋吴文英及其后的追随者，总在辞藻上翻筋斗，是写不出来的。他讲诗词也是这样，不像现在许多人，站在外面赏析，而是走进去，谈个人感受。诗人通常还有个习惯，是把实生活“认作”戏，所以俞先生喜欢唱昆曲，恰好许夫人更精于此道，于是有时他们就来一两折《牡丹亭》，大概就如杜丽娘与柳梦梅，真入了梦境吧？这已经不是生活里有诗，而是生活变成诗了。也就是由于有这样的希求和感受，俞先生于四十年代写了长诗《遥夜闺思引》，七十年代写了长诗《重圆花烛歌》。俞先生是大学教授、研究员，竟至学温、韦之流，像是有些怪。其实并不怪，因为他是诗人气质，写这些正是率性。

我的体会，研究《红楼梦》也是这样。他不是泛泛地研究小说，像孙楷第先生那样，有书必看，有闻必录。俞先生全力治《红楼梦》，不问《金瓶梅》，因为前者近于诗，后者近于柴米油盐。也是由于诗的浸润，也许是干扰？他在这梦中多看人生，因而看到空，而没有看到社会，以及进步与退步，等等。诗人，如苏东坡，不合时宜。俞先生也是这样，因为不合时宜而受到批判。但诗人都是生性痴迷的，因而左批右批之后，他还认为，“曹雪芹未必比我进步多少”。俞先生也许胜利了，一九八二年，比他年长四岁的许夫人先走了，他成为半空，现在他也走了，成为全空。这就可以说是以身证实了自己的信念吧？

我得消息晚，未能恭送八宝山，悲伤自不能免。但仔细想想，又感到安慰。人生不过是这么回事，秦皇、汉武也不免一死，所求不过是在生者记忆中的不朽。俞先生著作等身，而且很像样，不朽做到了。还有一样，是一般人很少做到的，是在诗境中过了一生，世间还有什么获得比这更贵重呢？所以我想引康德的最后一句话：“够了。”那么，就从许夫人于地下，安息吧！

清风明月　高山流水

——我心中的俞平伯先生

吴组缃

【三言两语】

吴组缃（1908–1994），原名吴祖襄，安徽泾县人。1921年起先后在宣城安徽省立八中、芜湖省立五中和上海求学；1929年进入清华大学经济系，一年后转入中文系；1932年创作小说《官官的补品》；1934年创作《一千八百担》，此时期创作的作品结集为《西柳集》、《饭余集》；1935年当冯玉祥的家庭教师及秘书；1938年发起并参加中华全国文艺界抗敌协会，担任协会理事；1947年先后任金陵女子文理学院教授、清华大学教授和中文系主任；1952年后任北京大学教授，潜心于古典文学尤其是明清小说的研究。

俞平伯先生的一生是“清风明月，高山流水”的一生。俞平伯先生对作者有很大的影响，在作者心中占有特殊的位置。为人上，俞平伯先生无老师架子，平易近人，完全把学生当成朋友看待，而且，在大是大非面前，坚持自己的立场和原则；为师上，俞平伯先生主张和学生一起研究，一起搜集资料，一起动脑思考问题，从不把学生放在被动的地位，这种教学方法很受学生欢迎。虽然俞先生去世了，但他的风仪将永留作者心中。

俞平伯先生过去了。他享有九十高龄。照中国的旧说法，应该说这是“顺事”，但是俞先生在我心目中占有特殊的位置，我还是不胜悲戚。

我在少年时候就读他的新诗《冬夜》、《西还》等书，当时许多篇可以背得出来：“养在缸中，栽在盆中，你的辛苦，我的欢欣。”像这样的诗句常常给我很大的感动和启发，因此我至今还能记得这些诗句的大意。朱自清、俞平伯是五四运动的两位新作家、新诗人，他们的作品对广大青年有深刻的影响。我就是其中之一。

我在三十年代初，在清华读书的时候，俞先生是中文系的讲师。我要在这里说明，在我们那个时期，讲师和教授在我们脑子里是一样的崇高，没有什么高下。那时俞先生住在南院，他同余冠英兄住处同院，我常到南院去。俞先生往往热情地要我到他屋里坐谈。谈的时候完全把我当成朋友，虽然我比他年小很多。我们上下古今无所不谈，而且他一点也没有把我当成学生看待。他主动地写条幅字给我。那时他同周作人特别亲密，并代我向周作人要了四张屏条。他们的字都写得认真工整，可惜以后多次搬迁都丢掉了。他有个人特殊的爱好，就是喜欢唱昆曲。他请了一位年老的笛师，常常在星期假日全家人都到圆明园废墟去呆一整天。我很喜欢他们唱的曲子。以后清华请了溥侗（红豆馆主）先生，开了教唱昆曲的课。我受俞先生的影响，也选了这门课。可溥先生对学生要求过严，我慢慢地就退下来了。俞先生知道了，也没有责备我。我选过俞先生两门课，一门是“词选”，他讲的内容绝不是考证和诠释词句，而是用他自己的感受引导我们来欣赏这些名作。比如李白的《菩萨蛮》：“平林漠漠烟如织，寒山一带伤心碧”，我们问什么是“伤心碧”，他讲了足足有半堂课，引导我们体会作者的感情，加上他自己的联想，使我们能在一个广阔的领域来体会作品丰富的情思。

墨盒

吴组缃曾经做过冯玉祥的家庭教师和秘书，此图为冯玉祥赠吴组缃的铜墨盒。

他的这些见解都收在他的《读词偶得》这本书里。他对我的重要影响，就是叫我拿起一种古代文学作品来总是先从鉴赏方面来探索，而对当时流行的考证或注释不怎么感兴趣。朱自清先生也说，“你不适宜做考证工作”。这不能不说当时是受俞先生的影响。有一次余冠英兄告诉我，他做了一首词，其中有一句“两瓣黄叶走墙荫”，自以为这句词很好。但俞先生说，好是好，可不入格。可见词是有“格”的。而我还没有学到这水平。

俞先生还给我们开了一门课“小说史”，就是“中国古代小说研究”。他的教法很特别，是把所有的有关资料，如鲁迅的“小说史略”，胡适的关于中国明清小说的考证，以及其他的零碎资料指定叫我们自己看，进行思考和研究。甚至同顾颉刚、胡适之一封有关的通信也印发给我们参考。他自己要上课的话，就叫注册课贴一张布告说俞先生那天上课。不贴布告，他就不上课。他上课的时候就说，“我两个星期没来上课了，你们对小说研究有什么收获？我这两个星期对小说得有两点想法：第一点是什么，第二点是什么”，说完了，他就点头下课，往往不过十五分钟或二十分钟。当时我们对俞先生这种教法是最欢迎的了。因为他安排我们和他一块儿来动脑筋，读作品，收集资料，研究作品，而不是把我们放在一个被动的受教的地位。

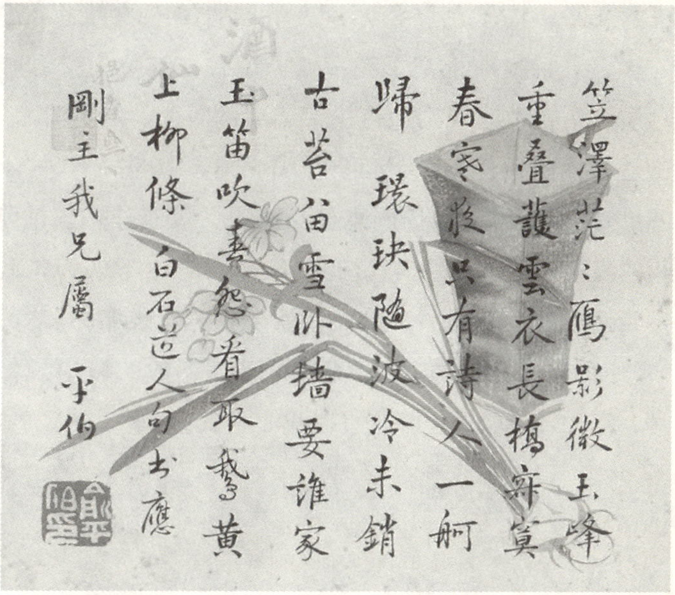

俞平伯的书法

姜夔《除夜自石湖归苕溪》:“笠泽茫茫雁影微，玉峰重叠护云衣。长桥寂寞春寒夜，只有诗人一舸归。(其七)”,“环玦随波冷未销，古苔留雪卧墙要。谁家玉笛吹春怨，看取鹅黄上柳条。(其十)”

俞先生在北京文化界里，人人都知道他和周作人最亲密，而且很尊重周作人。可是在日本占领北京的时候，周作人被拉下水去。在这点上俞先生绝不受影响，他巍然自主，一心帮助北京做地下工作的和爱国人士，从不考虑自己的安全，全力相助，使他们达到目的。这不能不叫人肃然起敬，设身处地，这是非常难能可贵的。解放以后，他衷心拥护共产党，对新中国的建立欢喜得像个小孩子一样。

一九五四年忽然来了个《红楼梦》研究批判，正是以他为主展开的，以后发展成为一个大规模的政治运动。这是大家都没想到的。那时，我们经常在一起开会，他像平常一样，不显出紧张和反感。他说，“我正好趁此机会好好地学习”。第一次批判他，是在作家协会古典文学部，主持人是郑振铎先生，他点我第一个发言。我把这次当成一个学术讨论会。因此，我对俞先生的《红楼梦》研究提了几点意见，对李希凡、蓝翎两位的文章也提了几点意见，表示参加讨论的意思。当时有几位，都是我的熟人，狠狠地批判了我一顿，说我在唯物主义和唯心主义激烈战斗的时候，站在中间向两边打枪。休息的时候，我问郑先生，这是怎么回事，这是学术问题还是政治问题？郑先生笑着说，“你年轻的都不知道，我哪里知道”。可是周扬同志坐在旁边，没有作声。他站起来同我握手，说我的发言很好。可见当时有些领导同志也不认为是政治问题。后来这个批判运动大大发展了，俞先生就说我不应该那样发言，也是思想落后。

回顾俞先生的一生，我在一首悼念他的诗中说他平生略如“清风明月，高山流水”。这是他留在我心中的风仪。我认为我对他这个比拟大致不差。

夫子循循然善诱人

启　功

【三言两语】

启功（1912–2005），中国当代著名教育家、国学大师、古典文献学家、书画家、文物鉴定家和诗人。启功自幼父母双亡，1933年受业于陈垣，后被聘为辅仁中学国文教员；1938年后任辅仁大学国文系讲师，兼任故宫博物院专门委员；1949年任辅仁大学国文系副教授兼北京大学博物馆系副教授；1952年后任北京师范大学副教授、教授、国家文物鉴定委员会主任委员、中央文史研究馆馆长。2005年病逝于北京。主要著作有：《古代字体论稿》、《诗文声律论稿》、《启功丛稿》、《论书绝句》、《说八股》等。

在这洋洋洒洒万字的文章中，启功先生追述了受业恩师陈垣先生的生平事迹。全文共分八段，每段分述陈垣先生各个不同的侧面，提到最多的不是陈垣先生的学问，而是陈垣先生怎样教书育人，他对启功先生最大的影响，就是如何努力成为一个优秀的教师。最终总归一句“夫子循循然善诱人”。“与君一席话，胜读十年书”，我们读着启功先生的追忆文章，仿佛和他一样在受着陈垣先生的教诲和诱导，而启功先生却说：“我把回忆老师教导的千百分之一写出来”。即使是这千百分之一，亦足以使我们受到不可估量的教益。

陈垣先生是近百年的一位学者，这是人所共知的。他在史学上的贡献，更是国内国外久有定评的。我既没有能力一一叙述，事实上他的著作俱在，也不待这里多加介绍。现在当先生降诞百年，又是先生逝世第十年之际，我以亲受业者心丧之余，回忆一些当年受到的教导，谨追述一些侧面，对于今天教育工作者来说，仍会有所启发的。

我是一个中学生，同时从一位苏州的老学者戴姜福先生读书，学习“经史辞章”范围的东西，作古典诗文的基本训练。因为生活困难，等不得逐步升学，一九三三年由我祖父辈的老世交傅增湘先生拿着我的作业去介绍给陈垣先生，当然意在给我找一点谋生的机会。傅老先生回来告诉我说：“援庵说你写作俱佳。他的印象不错，可以去见他。无论能否得到工作安排，你总要勤向陈先生请教。学到做学问的门径，这比得到一个职业还重要，一生受用不尽的。”我谨记着这个嘱咐，去见陈先生。初见他眉棱眼角肃穆威严，未免有些害怕。但他开口说：“我的叔父陈简墀和你祖父是同年翰林，我们还是世交呢！”其实陈先生早就参加资产阶级革命，对于封建的科举关系焉能那样讲求？但从我听了这句话，我和先生之间，像先拆了一堵生疏的墙壁。此后随着漫长的岁月，每次见面，都给我换去旧思想，灌注新营养。在今天如果说予小子对文化教育事业有一滴贡献，那就是这位老园丁辛勤灌溉时的汗珠。

一、怎样教书

我见了陈老师之后不久，老师推荐我在辅仁大学附属中学教一班“国文”。在交派我工作时，详细问我教过学生没有？多大年龄的？教什么？怎么教？我把教过家馆的情形述说了，老师在点点头之后，说了几条“注意事项”。过了两年，有人认为我不够中学教员的资格，把我解聘。老师后便派我在大学教一年级的“国文”。老师一贯的教学理论，多少年从来未间断地对我提醒。今天回想，记忆犹新，现在综合写在这里。老师说：

1、教一班中学生与在私塾屋里教几个小孩不同，一个人站在讲台上要有一个样子。人脸是对立的，但感情不可对立。

2、万不可有偏爱、偏恶，万不许讥诮学生。

3、以鼓励夸奖为主。不好的学生，包括淘气的或成绩不好的，都要尽力找他们一小点好处，加以夸奖。

启功先生和陈垣先生

4、不要发脾气。你发一次，即使有效，以后再有更坏的事件发生，又怎么发更大的脾气？万一发了脾气之后无效，又怎么下场？你还年轻，但在讲台上即是师表，要取得学生的佩服。

5、教一课书要把这一课的各方面都预备到，设想学生会问什么。陈老师还多次说过，自己研究几个月的一项结果，有时并不够一堂时间讲的。

6、批改作文，不要多改，多改了不如你替他做一篇。改多了他们也不看，要改重要的关键处。

7、要有教课日记。自己和学生有某些优缺点，都记下来，包括作文中的问题，记下以备比较。

8、发作文时，要举例讲解。缺点尽力在堂下个别谈；缺点改好了，有所进步的，尽力在堂上表扬。

9、要疏通课堂空气，你总在台上坐着，学生总在台下听着，成了套子。学生打呵欠，或者在抄别人的作业，或看小说，你讲得多么用力也是白费。不但作文课要在学生座位行间走走，讲课时，写了板书之后，也可下台看看。既回头看看自己板书的效果如何，也看看学生会记不会记。有不会写的或写错了的字，在他们座位上给他们指点，对于被指点的人，会有较深的印象，旁边的人也会感觉兴趣，不怕来问了。

这些“上课须知”，老师不止一次地向我反复说明，唯恐听不明，记不住。

老师又在楼道里挂了许多玻璃框子，里边随时装入一些各班学生的优秀作业。要求有顶批，有总批，有加圈的地方，有加点的地方，都是为了标志出优点所在。这固然是为了学生观摩的大检阅、大比赛，后来我才明白也是教师教学效果、批改水平的大检阅。

我知道老师并没搞过什么教学法、教育心理学，但他这些原则和方法，实在符合许多教育理论，这是从多年的实践经验中辛勤总结得出来的。

二、对后学的诱导

陈老师对后学因材施教，在课堂上对学生用种种方法提高他们的学习兴趣；在堂下对后学无论是否自己教过的人，也都抱有一团热情去加以诱导。当然也有正面出题目、指范围、定期限、提要求的时候，但这是一般师长、前辈所常有的、共有的，不待详谈。这里要谈的是陈老师一些自身表率和“谈言微中”的诱导情况。

陈老师对各班“国文”课一向不但是亲自过问，每年总还自己教一班课。各班的课本是统一的，选哪些作品，哪篇是为何而选，哪篇中讲什么要点，通过这篇要使学生受到哪方面的教育，都经过仔细考虑，并向任课的人加以说明。学年末全校的一年级“国文”课总是“会考”，由陈老师自己出题，统一评定分数。现在我才明白，这不但是学生的会考，也是教师们的会考。

我们这些教“国文”的教员，当然绝大多数是陈老师的学生或后辈，他经常要我们去见他。如果时间隔久了不去，他遇到就问：“你忙什么呢？怎么好久没见？”见面后并不考查读什么书、写什么文等等，总是在闲谈中抓住一两个小问题进行指点，指点的往往是因小见大。我们每见老师总有新鲜的收获，或发现自己的不足。

我很不用功，看书少，笔懒，发现不了问题，老师在谈话中遇到某些问题，也并不尽关史学方面的，总是细致地指出，这个问题可以从什么角度去研究探索，有什么题目可做，但不硬出题目，而是引导人发生兴趣。有时评论一篇作品或评论某一种书，说它有什么好处，但还有什么不足处，常说：“我们今天来做，会比它要好”，说到这里就止住。好处在哪里，不足处在哪里，怎样做就比它好？如果我们不问，并不往下说。我就错过了许多次往下请教的机会。因为绝大多数是我没读过的书，或者没有兴趣的问题。假如听了之后随时请教，或回去赶紧补读，下次接着上次的问题尾巴再请教，岂不收获更多？当然我也不是没有继续请教过，最可悔恨的是请教过的比放过去的少得多！

陈老师的客厅、书房以及住室内，总挂些名人字画，最多的是清代学者的字，有时也挂些古代学者字迹的拓片。客厅案头或沙发前的桌上，总有些字画卷册或书籍，这常是宾主谈话的资料，也是对后学的教材。他曾用三十元买了一开章学诚的手札，在三十年代买清代学者手札墨迹，这是很高价钱了。但章学诚的字，写得非常拙劣，老师把它挂在那里，既备一家学者的笔迹，又常当作劣书的例子来警告我们。我们去了，老师常指着某件字画问："这个人你知道吗？"如果知道，并且还说得出一些有关的问题，老师必大为高兴，连带地引出关于这位学者和他的学问、著述种种评价和介绍。如果不知道，则又指引一点头绪后就不往下再说，例如说"他是一个史学家"就完了。我们因自愧没趣，或者想知道个究竟，只好去查有关这个人的资料。明白了一些，下次再向老师表现一番，老师必很高兴。但又常在我的棱缝中再点一下，如果还知道，必大笑点头，我也像考了个满分，感觉自傲。如果词穷了，也必再告诉一点头绪，容回去再查。

老师最喜欢收学者的草稿，细细寻绎他们的修改过程。客厅桌上常摆着这类东西。当见我们看得发生兴趣时，便提出问题说："你说他为什么改那个字？"

老师常把自己研究的问题向我们说，什么问题，怎么研究起的。在我们的疑问中，如果有老师还没想到的，必高兴地肯定我们的提问，然后再进一步地发挥给我们听。老师常说，一篇论文或专著，做完了不要忙着发表。好比刚蒸出的馒头，须要把热气放完了，才能去吃。蒸得透不透，熟不熟，才能知道。还常说，作品要给三类人看：一是水平高于自己的人，二是和自己平行的人，三是不如自己的人。因为这可以从不同角度得到反映，以便修改。所以老师的著作稿，我们也常以第三类读者的关系而得到先睹。我们提出的意见或问题，当然并非全无启发性的，但也有些是很可笑的。一次稿中引了两句诗，一位先生看了，误以为是长短二句散文，说稿上的断句有误。老师因而告诉我们要注意学诗，不可闹笑柄。但又郑重嘱咐我们，不要向那位先生说，并说将由自己劝他学诗。我们同从老师受业的人很多，但许多并非同校、同班，以下只好借用“同门”这个旧词。那么那位先生也可称为“同门”的。

老师常常驳斥我们说“不是”、“不对”，听着不免扫兴。但这种驳斥都是有代价的，当驳斥之后，必然使我们知道什么是“是”的，什么是“对”的。后来我们又常恐怕听不到这样的驳斥。

三、对中华民族历史文化的一片丹诚

历史证明，中国几千年来各地方的各民族，从矛盾到交融，最后团结成为一体，构成了伟大的中华民族和它的灿烂文化。陈老师曾从一部分历史时期来论证这个问题，即是他精心而且得意的著作之一《元西域人华化考》。

在抗战时期，老师身处沦陷区中，和革命抗敌的后方完全隔绝，手无寸铁的老学者，发愤以教导学生为职志。环境日渐恶劣，生活日渐艰难，老师和几位志同道合的老先生著书、教书越发勤奋。学校经费不足，《辅仁学志》将要停刊，几位老先生相约在《学志》上发表文章不收稿费。这时期他们发表的文章比收稿费时还要多。老师曾语重心长地说：“从来敌人消灭一个民族，必从消灭它的民族历史文化着手。中华民族的历史文化不被消灭，也是抗敌根本措施之一。”

辅仁大学是天主教的西洋教会所办的，无可讳言具有传教的目的。陈老师的家庭是有基督教信仰的，他在二十年代做教育部次长时，因为在孔庙行礼迹近拜偶像，对“祀孔”典礼，曾“辞不预也”。但他对教会，则不言而喻是愿“自立”的。二十年代有些基督教会也曾经提出过“自立自养”，并曾进行过募捐。当时天主教会则未曾提过这个口号，这又岂是一位老学者所能独力实现的呢？于是老师不放过任何机会，大力向神甫们宣传中华民族的文化，曾为他们讲佛教在中国所以能传布的原因。看当时的记录，并未谈佛教的思想，而是列举中华民族的文化艺术对佛教存在有什么好处，可供天主教借鉴。吴历，号渔山，是清初时一位深通文学的大画家，他是第一个国产神甫，老师对他一再撰文表彰。

又在旧恭王府花园建立“司铎书院”，专对年轻的中国神甫进行历史文化基本知识的教育。这个花园中有几棵西府海棠，从前每年花时旧主人必宴客赋诗，老师这时也在这里宴客赋诗，以“司铎书院海棠”为题，自己也做了许多首。还让那些年轻神甫参加观光，意在造成中国司铎团体的名胜。

这种种往事，有人不尽理解，以为陈老师“为人谋”了。若干年后，想起老师常常口诵《论语》中两句，“施于有政，是亦为政”，才懂得他的“苦心孤诣”！还记得老师有一次和一位华籍大主教拍案争辩，成为全校震动的一个事件。辩的是什么，一直没有人知道。现在明白，辩的什么，也就不问可知了！

一次我拿一卷友人收藏找我题跋的纳兰成德手札卷，去给老师看。说起成德的汉文化修养之高。我说：“您做《元西域人华化考》举了若干人，如果我做‘清东域人华化考’，成容若应该列在前茅。”老师指着我写的题跋说，“后边是启元白”，相对大笑。中华民族的历史文化是民族的生命和灵魂，更是各个兄弟民族团结融合的重要纽带，也是陈老师学术思想中的一个重要组成部分，甚至可以说是个中心。

四、竭泽而渔地搜集材料

老师研究某一个问题，特别是作历史考证，最重视占有材料。所谓占有材料，并不是指专门挖掘什么新奇的材料，更不是主张找人所未见的什么珍秘材料，而是说要了解这一问题各个方面有关的材料，尽量搜集，加以考察，在人所共见的平凡书中，发现问题，提出见解。自己常说，在准备材料阶段，要“竭泽而渔”，意思即是要不漏掉一条材料。至于用几条，怎么用，那是第二步的事。

问题来了，材料到哪里找？这是我最苦恼的事。而老师常常指出范围，上哪方面去查。我曾向老师问起：“您能知道哪里有哪方面的材料，好比能知道某处陆地下面有伏流，刨开三尺，居然跳出鱼来。这是怎么回事？”后来逐渐知道老师有深广的知识面，不管多么大部头的书，他总要逐一过目。好比对于地理、地质、水道、运动等等调查档案都曾过目

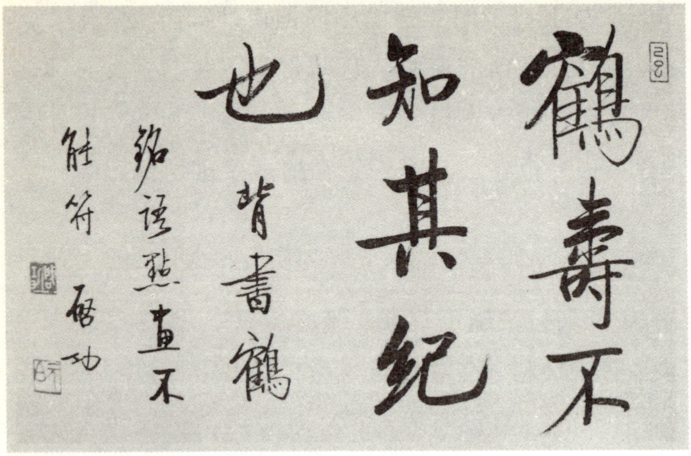

启功先生的书法

书法界称启功先生的字是："采百花之精英，酿自我之蜂蜜。"

的人，哪里有伏流，哪里有鱼，总会掌握线索的。

他曾藏有三部佛教的《大藏经》和一部道教的《道藏经》，曾说笑话："唐三藏不稀奇，我有四藏。"这些"大块文章"老师都曾阅览过吗？我脑中时常泛出这种疑问。一次老师在古物陈列所发现了一部嘉兴地方刻的《大藏经》，立刻知道里边有哪些种是别处没有的，并且有什么用处，即带着人去抄出许多本，摘录若干条。怎么比较而知哪些种是别处没有的呢？当然熟悉目录是首要的，但仅仅查目录，怎能知道哪些有什么用处呢？我这才"考证"出老师藏的"四藏"并不是陈列品，而是都曾一一过目，心中有数的。

老师自己曾说年轻时看清代的《十朝圣训》、《朱批谕旨》、《上谕内阁》等书，把各书按条剪开，分类归并。称它的《柱下备忘录》整理出的问题，即是已发表的《宁远堂丛录》。可惜只发表了几条，仅是全份分类材料的几百分之一。又曾说年轻时为应科举考试，把许多八股文的书全部拆开，逐篇看去，分出优劣等级，重新分册装订，以备精读或略读。后来还能背诵许多八股文的名篇给我们听。这种干法，有谁肯干！又有几人能做得到？

解放前，老师对于马列主义的书还未曾接触过。解放初，才找到大量的小册子，即不舍昼夜地看。眼睛不好，册上的字又很小，用放大镜照着一册册看。那时已是七十岁的老人了，结果累得大病一场，医生制止看书，这才暂停下来。

老师还极注意工具书，二十年代时《丛书子目索引》一类的书还没出版，老师带了一班学生，编了一套各种丛书的索引，这些册清稿，一直在自己书案旁边书架上，后来虽有出版的，自己还是习惯查这份稿本。

另外还有其他书籍，本身并非工具书，但由于善于利用，而收到工具书的效果。例如一次有人拿来一副王引之写的对联，是集唐人诗句。一句知道作者，一句不知道。老师走到藏书的房间，不久出来，说了作者是谁。大家都很惊奇地问怎么知道的，原来有一种小本子的书，叫《诗句题解汇编》，是把唐宋著名诗人的名作每句按韵分编，查者按某句末字所属的韵部去查即知。科举考试除了考八股文外，还考“试贴诗”。这种诗绝大多数是以一句古代诗为题，应考者要知道这句的作者和全诗的内容，然后才好着笔，这种小册子即是当时的“夹带”，也就是今天所谓“小抄”的。现在试贴诗没有人再做了，而这种“小抄”到了陈老师手中，却成了查古人诗句的索引。这不过是一个例，其余不难类推。

胸中先有鱼类分布的地图，同时烂绳破布又都可拿来做网，何患不能竭泽而渔呢！

五、一指的批评和一字的考证

老师在谈话时，时常风趣地用手向人一指。这无言的一指，有时是肯定的，有时是否定的。使被指者自己领会，得出结论。一位“同门”满脸连鬓胡须，又常懒得刮，老师曾明白告诉他，不刮属于不礼貌。并且上课也要整齐严肃，“不修边幅”去上课，给学生的印象不好，但这位“同门”还常常忘了刮。当忘刮胡子见到老师时，老师总是看看他的脸，用手一指，他便不安。有一次我们一同去见老师，快到门前了，忽然发觉没有刮胡子，便跑到附近一位“同门”的家中借刀具来刮。附近的这位“同门”的父亲，也是我们的一位师长，看见后说：“你真成了子贡。”大家以为是说他算大师的门徒。这位老先生又说：“入马厩而修容！”这个故事是这样：子贡去见一个大人物，因为容貌不整洁，被守门人拦住，不给通禀。子贡临时钻进门外的马棚“修容”，不知是洗脸还是刮胡子，守门人就让他进去了。大家听了后一句无不大笑。这次他才免于一指。

一次做司铎书院海棠诗，我用了“西府”一词，另一位“同门”说：“恭王府当时称西府啊？”老师笑着用手一指，然后说：“西府海棠啊！”这位“同门”说：“我想远了。”又谈到当时的美术系主任溥先生，他在清代的封爵是“贝子”。我说，“他是孛堇”，老师点点头。这位“同门”又说：“什么孛堇?”老师不禁一愣，“哎”了一声，用手一指，没再说什么。我赶紧接着说：“就是贝子，《金史》作孛堇。”这位“同门”研究史学，偶然忘了金源官职。老师这无言的一指，不啻开了一次“必读书目”。

老师读书，从来不放过一个字，作历史考证，有时一个很大的问题，都从一个字上突破、解决。以下举三个例：

北京图书馆影印一册于敏中的信札，都是从热河行宫寄给在北京的陆锡熊的。陆锡熊那时正在编辑《四库全书》，于的信札是指示编书问题的。全册各信札绝大部分只写日子，既少有月份，更没有年份。里边一札偶然记了大雨，老师即从它所在地区和下雨的情况勾稽得知是某年某月，因而解决了这批信札大部分写寄的时间，而为《四库全书》编辑经过和进程得到许多旁证资料。这是从一个“雨”字解决的。

又在考顺治是否真曾出家的问题时，在蒋良骐编的《东华录》中看到顺治卒后若干日内，称灵柩为“梓宫”，从某日以后称灵柩为“宝宫”，再印证其他资料，证明“梓宫”是指木制的棺材，“宝宫”是指“宝瓶”，即是骨灰坛。于是证明顺治是用火葬的。清代《实录》屡经删削修改，蒋良骐在乾隆时所摘录的底本，还是没太删削的本子，还存留“宝宫”的字样。《实录》是官修的书，可见早期并没讳言火葬。这是从一个“宝”字解决的。

又当撰写纪念吴渔山的文章时，搜集了许多吴氏的书迹影印本。老师对于画法的鉴定，未曾做专门研究，时常叫我去看。我虽曾学画，但那时鉴定能力还很幼稚，老师依然是垂询参考的。一次看到一册，画的水平不坏，题“仿李营邱”，老师直截了当地告诉我说：“这册是假的!”我赶紧问什么原因，老师详谈：孔子的名字，历代都不避讳，到了清代雍正四年，才下令避讳“丘”字，凡写“丘”字时，都加“邑”旁作“邱”，在这年以前，并没有把“孔丘”、“营丘”写成“孔邱”、“营邱”的。吴渔山卒于雍正以前，怎能预先避讳?我真奇怪，老师对历史事件连年份都记得这样清，提出这样快！在这问题上，当然和作《史讳举例》曾下的功夫有关，更重要的是亲手剪裁分类编订过那部《柱下备忘录》。

所以清代史事，不难如数家珍，唾手而得。伪画的马脚，立刻揭露。这是从一个“邱”字解决的。

这类情况还多，凭此三例，也可以概见其余。

六、严格的文风和精密的逻辑

陈老师对于文风的要求，一向是极端严格的。字句的精简，逻辑的周密，从来一丝不苟。旧文风，散文多半是学“桐城派”，兼学些半骈半散的“公牍文”。遇到陈老师，却常被问得一无是处。怎样问？例如用些漂亮的语调、古奥的词藻时，老师总问：“这些怎么讲？”那些语调和词藻当然不易明确翻成现在语言，答不出时，老师便说：“那你为什么用它？”一次我用了“旧年”二字，是从唐人诗“江春入旧年”套用来的。老师问：“旧年指什么？是旧历年，是去年，还是以往哪年？”我不能具体说，就被改了。老师说：“桐城派做文章如果肯定一个人，必要否定一个人来作陪衬。语气总要摇曳多姿，其实里边有许多没用的话。”三十年代流行一种论文题目，像“某某作家及其作品”，老师见到我辈如果写出这类题目，必要把那个“其”字删去，宁可使念着不太顺嘴，也绝不容许多费一个字。陈老师的母亲去世，老师发讣闻，一般成例，孤哀子名下都写“泣血稽颡”，老师认为“血”字并不诚实，就把它去掉。在旧社会的“服制”上，什么“服”的亲属，名下写什么字样。“泣稽颡”是比儿子较疏的亲属名下所用的，但老师宁可不合世俗旧服制的习惯用语，也不肯向人撒谎，说自己泣了血。

唐代刘知几做的《史通》，里边有一篇《点烦》，是举出前代文中啰嗦的例子，把他所认为应删去的字用“点”标在旁边。流传的《史通》刻本，字旁的点都被刻板者省略，后世读者便无法看出刘知几要删去哪些字。刘氏的原则是删去没用的字，而语义毫无损伤、改变。并且只往下删，绝不增加任何一字。这种精神，是陈老师最为赞成的。屡次把这《点烦》篇中的例文印出来，让学生自己学着去删。结果常把有用的字删去，而留下的却是废字废话。老师的秘书都怕起草文件，常常为了一两字的推敲，能经历许多时间。

老师常说，人能在没有什么理由，没有什么具体事迹，也就是没有什么内容的条件下，做出一篇骈体文，但不能做出一篇散文。老师六十岁寿辰时，老师的几位老朋友领头送一堂寿屏，内容是要全面叙述老师在学术上的成就和贡献，但用什么文体呢？如果用散文，万一遇到措词不恰当，不周延，不确切，挂在那里徒然使陈老师看着别扭，岂不反为不美？于是公推高步瀛先生用骈体文作寿序，请余嘉锡先生用隶书来写。陈老师得到这份贵重寿礼，极其满意。自己把它影印成一小册，送给朋友，认为这才不是空洞堆砌的骈文。还告诉我们，只有高先生那样富的学问和那样高的手笔，才能写出那样骈文，不是初学的人所能"摇笔即来"的，才知老师并不是单纯反对骈体文，而是反对那种空洞无物的。

老师对于行文，最不喜"见下文"。说，先后次序，不可颠倒。前边没有说明，令读者等待看后边，那么前边说的话根据何在？又很不喜在自己文中加注释。说，正文原来就是说明问题的，为什么不在正文中即把问题说清楚？既有正文，再补以注释，就说明正文没说全或没说清。除了特定的规格、特定的条件必须用小注的形式外，应该锻炼，在正文中就把应说的都说清。所以老师的著作中除《元典章校补》是随着《元典章》的体例有小注；《元秘史译音用字考》在木板刻成后又发现应加的内容，不得已改板面，出现一段双行小字外，一般文中连加括弧的插话都不肯用，更不用说那些"注一"、"注二"的小注。但看那些一字一板的考据文章中，并没有使人觉得缺少什么该交代的材料出处，因为已都消化在正文中了。另外，也不喜用删节号。认为引文不会抄全篇，当然都是删节的。不衔接的引文，应该分开引用。引诗如果仅三句有用，那不成联的单句必须另引，绝不使它成为瘸腿诗。

用比喻来说老师的考证文风，既像古代"老吏断狱"的爰书，又像现代科学发明的报告。

七、诗情和书趣

陈老师的考证文章，精密严格，世所习见。许多人有时发生错觉，以为这位史学家不解诗赋。这里先举一联来看："百年史学推瓯北，万首诗篇爱剑南”，这是老师带有“自况”性质的“宣言”，即以本联的对偶工巧，平仄和谐，已足看出是一位老行家。其实不难理解，曾经应过科举考试的人，这些基本训练，不可能不深厚的。曾详细教导我关于骈文中“仄顶仄，平顶平”等等韵律的规格，我作的那本《诗文声律论稿》中的论点，谁知道许多是这位庄严谨饬的史学考据家所传授的呢？

启功先生的书画

启功先生的画中多有题诗，诗、书、画、印浑然一体，各臻其妙，堪称完璧。早年多作山水，“秋山人在画中行”是其常用的题材。70岁后常作兰、竹，构图平中寓奇，以书法之笔入画，明净无尘，清劲秀润，充满书卷气。

抗战前他曾说过，自己六十岁后，将卸去行政职务，用一段较长时间，补游未到过的名山大川，丰富一下诗料，多积累一些作品，使诗集和文集分量相称。不料战争突起，都成了虚愿。

现在存留的诗稿有多少，我不知道，一时也无从寻找。最近只遇到《司铎书院海棠诗》的手稿残本绝句七首，摘录二首，以见一斑：

十年树木成诗谶，劝学深心仰万松。
今日海棠花独早，料因桃李与争秾。

〔**自注**〕：万松野人著《劝学罪言》，为今日司铎书院之先声。“十年树木”楹贴，今存书院。

〔**功按**〕：万松野人为英华先生的别号。先生字敛之，姓赫舍里氏，满族人，创辅仁社，即辅仁大学前身。陈垣先生每谈到他时，总称“英老师”。

西堂曾作竹枝吟，玫瑰花开玛窦林。
幸有海棠能嗣响，会当击木震仁音。

〔**自注**〕：尤西堂《外国竹枝词》：“阜成门外玫瑰发，杯酒还浇利泰西。”“击木震仁惠之音”，见《景教碑》。

〔**功按**〕：利玛窦，明人以“泰西”作地望称之，又或称之为“利子”。《景教碑》即唐代《景教流行中国碑》，今在西安碑林。

又在一九六七年时，空气正紧张之际，我偷着去看老师，老师口诵他最近给一位老朋友题什么图的诗共两首。我没有时间抄录，匆匆辞出，只记得老师手捋胡须念：“老夫也是农家子，书屋于今号励耘。”抑扬的声调，至今如在。

清末学术界有一种风气，即经学讲《公羊》，书法学北碑。陈老师平生不讲经学，但偶然谈到经学问题时，还不免流露公羊学的观点；对于书法，则非常反对学北碑。理由是刀刃所刻的效果与毛笔所写的效果不同，勉强用毛锥去模拟刀刃的效果，必致矫揉造作，毫不自然。我有些首《论书绝句》，其中二首云：“题记龙门字势雄，就中尤属《始平公》。学书别有观碑法，透过刀锋看笔锋。”“少谈汉魏怕徒劳，简牍摩挲未几遭。岂独甘卑爱唐宋，半生师笔不师刀。”曾谬蒙朋友称赏，其实这只是陈老师艺术思想的韵语化罢了。

还有两件事可以看到老师对于书法的态度：有一位退位的大总统，好临《淳化阁帖》，笔法学包世臣。有人拿着他的字来问写得如何，老师答说写得好。问好在何处，回答是“连枣木纹都写出来了”。宋代刻《淳化阁帖》是用枣木板子，后世屡经翻刻，越发失真。可见老师不是对北碑有什么偏恶，对学翻板的《阁帖》，也同样不赞成的。另一事是解放前故宫博物院影印古代书画，常由一位院长题签，写得字体歪斜，看着不太美观。陈老师是博物院的理事，一次院中的工作人员拿来印本征求意见，老师说：“你们的书签贴得好。”问好在何处，回答是：“一揭便掉。”原来老师所存的故宫影印本上所贴的书签，都被完全揭掉了。

八、无价的奖金和宝贵的墨迹

辅仁大学有一位教授，在抗战胜利后出任北平市的某一局长，从辅大的教师中找他的帮手，想让我去管一个科室。我去向陈老师请教，老师问："你母亲愿意不愿意？"我说："我母亲自己不懂得，教我请示老师。"又问："你自己觉得怎样？"我说："我'少无宦情'。"老师哈哈大笑说："既然你无宦情，我可以告诉你：学校送给你的聘书，你是教师，是宾客；衙门发给你的是委任状，你是属员，是官吏。"我明白了，立刻告辞回来，用花笺纸写了一封信，表示感谢那位教授对我的重视，又婉言辞谢了他的委派。拿着这封信去请老师过目。老师看了没有别的话，只说："值三十元。"这"三十元"到了我的耳朵里，就不是银元，而是金元了。

一九六三年，我有一篇发表过的旧论文，由于读者反映较好，修改补充后，将由出版单位作专书出版，去请陈老师题签。老师非常高兴，问我："你曾有专书出版过吗？"我说："这是第一本。"又问了这册的一些方面后，忽然问我："你今年多大岁数了？"我说："五十一岁。"老师即历数戴东原只五十四，全谢山五十岁，然后说："你好好努力啊！"我突然听到这几句上言不搭下语而又比拟不恰的话，立刻懵住了，稍微一想，几乎掉下泪来。老人这时竟像一个小孩，看到自己浇过水的一棵小草，结了籽粒，便喊人来看，说要结桃李了。现在又过了十七年，我学无寸进，辜负了老师夸张性的鼓励！

陈老师对于作文史教育工作的后学，要求常常既广且严。他常说作文史工作必须懂诗文，懂金石，否则怎能广泛运用各方面的史料。又说做一个学者必须能懂民族文化的各个方面；做一个教育工作者，常识更须广博。还常说，字写不好，学问再大，也不免减色。一个教师板书写得难看，学生先看不起。

老师写信都用花笺纸，一笔似米芾又似董其昌的小行书，永远那么匀称，绝不潦草。看来每下笔时，都提防着人家收藏装裱。藏书上的眉批和学生作业上的批语字迹是一样的。黑板上的字，也是那样。板书每行四五字，绝不写到黑板下框处，怕后边坐的学生看不见。写哪些字，好像都曾计划过的，但我却不敢问："您的板书还打草稿吗？"后来无意中谈到"备课"问题，老师说："备课不但要准备教什么，还要思考怎样教。哪些话写黑板，哪些话不用写。易懂的写了是浪费，不易懂的不写则学生不明白。”啊！原来黑板写什么，怎样写，老师确是都经过考虑的。

老师在名人字画上写题跋，看去潇洒自然，毫不矜持费力，原来也一一精打细算，行款位置，都要恰当合适。给人写扇面，好写自己做的小条笔记，我就求写过两次，都写的小考证。写到最后，不多不少，加上年月款识，印章，真是天衣无缝。后来得知是先数好扇骨的行格，再算好文词的字数，哪行长，哪行短。看去一气呵成，谁知曾费如此匠心呢？

我在一九六四、一九六五年间，起草了一本小册子，带着稿子去请老师题签。这时老师已经病了，禁不得劳累。见我这一叠稿子，非看不可。但我知道他老人家如看完那几万字，身体必然支持不住，只好托词说还须修改，改后再拿来，先只留下书名。我心里知道老师以后恐连这样书签也不易多写了，但又难于先给自己订出题目，请老师预写。于是想出“启功丛稿”四字，准备将来作为“大题”，分别用在各篇名下。就说还有一本杂文，也求题签。老师这时已不太能多谈话，我就到旁的房间去坐。不多时间，秘书同志举着一叠墨笔写的小书签来了，我真喜出望外，怎能这样快呢？原来老师凡见到学生有一点点“成绩”，都是异常兴奋的。最痛心的是这个小册，从那年起，整整修改了十年，才得出版，而他老人家已不及见了。

现在我把回忆老师教导的千百分之一写出来，如果能对今后的教育工作者有所帮助，也算我报了师恩的千百分之一！我现在也将近七十岁了，记忆力锐减，但“学问门径”、“受用无穷”、“不对”、“不是”、“教师”、“官吏”、“三十元”、“五十岁”种种声音，却永远鲜明地在我的耳边。

老师逝世时，是一九七一年，那时还祸害横行，纵有千言万语，谁又敢见诸文字？当时私撰了一副挽联，曾向朋友述说，都劝我不要写出。现在补写在这里，以当“回向”吧！

依函丈卅九年，信有师生同父子；

刊习作二三册，痛余文字答陶甄！

我的老师李叔同

丰子恺

【三言两语】

丰子恺（1898–1975），原名丰润，浙江桐乡人，现代画家、散文家、美术教育家和音乐教育家、翻译家。新中国成立后，曾任中国美术家协会常务理事、美协上海分会主席、上海中国画院院长、上海对外文化协会副会长等职，被国际友人誉为“现代中国最像艺术家的艺术家”。丰子恺风格独特的漫画作品影响很大，深受人们的喜爱。其作品内涵深刻，耐人寻味。“文革”期间，丰子恺遭受迫害，积郁成病，1975年逝世。

作者评价老师李叔同，一是“认真”，做什么人像什么人；二是“多才多艺”，是个全能的艺术家，作曲、作歌、作画、作文、吟诗、填词、写字、治金石、演剧，样样皆能，但李叔同最后却做了和尚。他为什么不做教育家，不做艺术家呢？这样一个天才，凡人看来确实是可惜。但作者认为，“李先生的放弃教育与艺术而修佛法，好比出于幽谷，迁于乔木，不是可惜的，正是可庆的”。是什么原因呢？读了这篇文章你就会明白个中缘故。

弘一法师由翩翩公子一变而为留学生，又变而为教师，而为道人，四变而为和尚。每做一种人，都十分像样。好比全能的优伶：起老生像个老生，起小生像个小生，起大面又很像个大面……都是“认真”的原故，说明了李先生人格上的第一特点。

李先生人格上的第二特点是“多才多艺”。西洋文艺批评家评价德国

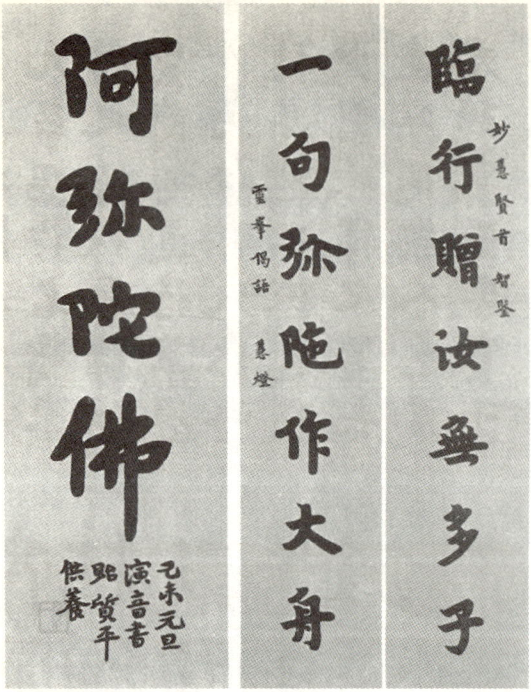

弘一大师手书灵峰偈语与佛号

的歌剧大家瓦格纳有这样的话：阿波罗（文艺之神）右手持文才，左手持乐才，分赠给世间的文学家和音乐家。瓦格纳却兼得了他两手的赠物。意思是说，瓦格纳能作曲，又能作歌，所以做了歌剧大家。拿这句话评价我们的李先生，实在还不够用。李先生不但能作曲，能作歌，又能作画，作文，吟诗，填词，写字，治金石，演剧，他对于艺术，差不多全般皆能，而且每种都很出色。专门一种的艺术家大都不及他，向他学习。作曲和作歌，读者可在开明书店出版的《中文名歌五十曲》中窥见。这集子中载着李先生的作品不少，每曲都脍炙人口。他的油画，大部分寄存在北平（北京）美专，现在大概还在北平。写实风而兼印象派笔调，每幅都很稳健、精到，为我国洋画界难得的佳作。他的诗词文章，载在从前出版的《南社文集》中，典雅秀丽，不亚于苏曼殊。他的字，功夫尤深，早年学黄山谷，中年专研北碑，得力于《张猛龙碑》尤多。晚年写佛经，脱胎化骨，自成一家，轻描淡写，毫无烟火气。他的金石，同字一样秀美。出家前，他的友人把他所刻的印章集合起来，藏在西湖上西泠印社的石壁的洞里。洞口用水泥封好，题着“息翁印藏”四字（现在也许已被日本人偷去）。他的演剧是中国话剧的鼻祖。总之，在艺术上，他是无所不精的一个作家。艺术之外，他又曾研究理学（阳明、程、朱之学，他都做过功夫。后来由此转入道教，又转入佛教的），研究外国文。……李先生多才多艺，一通百通。所以他虽然只教我音乐图画，他所擅长的却不止这两种。换言之，他的教授图画音乐，有许多其他修养作背景，所以我们不得不崇敬他。借夏丏尊先生的话来讲：他

丰子恺

丰子恺是我国新文化运动的启蒙者之一，在上个世纪20年代出版了《艺术概论》、《音乐入门》、《西洋名画巡礼》等著作，也是中国现代受人敬仰的漫画家、散文家。他的绘画、文章在几十年沧桑风雨中保持一贯的风格：雍容恬静，其漫画更是脍炙人口。

做教师，有人格做背景，好比佛菩萨的有“后光”。所以他从不威胁学生，而学生见他自生畏敬；从不严责学生，而学生自会用功。他是实行人格感化的一位大教育家。我敢说：自有学校以来，自有教师以来，未有盛于李先生者也。

年轻的读者，看到这里，也许要发生这样的疑念：李先生为什么不做教育家，不做艺术家，而做和尚呢？

是的，我曾听到许多人发这样的疑问。他们的意思，大概以为做和尚是迷信的、消极的、暴弃的，可惜得很！倘不做和尚，他可在这僧腊二十四年中教育不少的人才，创作不少的作品，这才有功于世呢。

这话，近看是对的，远看却不对。用低浅的眼光，从世俗习惯上看，办教育，制作品，实实在在的事业，当然比做和尚有功于世。远看，

丰子恺漫画作品

俞平伯曾经说过：丰子恺的漫画如一片片落英都含蓄着人间的情味。

李叔同

李叔同是中国新文化运动的前驱，卓越的艺术家、教育家、思想家、革新家，是中国传统文化与佛教文化相结合的优秀代表，是中国近现代佛教史上最杰出的一位高僧。

用高远的眼光，从人生根本上看，宗教的崇高伟大，远在教育之上，但在这里须加重要声明：一般所谓佛教，千百年来早已歪曲化而失却真正佛教的本意。一般佛寺里的和尚，其实是另一种奇怪的人，与真正佛教毫无关系。因此世人对佛教的误解，越弄越深。和尚大都以念经念佛做道场为营业。居士大都想拿佞佛来换得世间名利恭敬，甚或来生福报。还有一班恋爱失败、经济破产、作恶犯罪的人，走投无路，遁入空门，以佛门为避难所。于是乎，未曾认明佛教真相的人就排斥佛教，指为消极、迷信，而非打倒不可。歪曲的佛教应该打倒；但真正的佛教，崇高伟大，胜于一切。——读者只要穷究自身的意义，便可相信这话。譬如：为什么入学校？为了欲得教养。为什么欲得教养？为了要做事业。为什么要做事业？为了满足你的人生欲望。再问下去，为什么要满足你的人生欲望？你想了一想，一时找不到根据，而难于答复。你再想一想，就会感到疑惑与虚空。你三想的时候，也许会感到苦闷与悲哀。这时候你就要请教“哲学”，和他的老兄“宗教”。这时候你才相信真正的佛教高于一切。所以李先生的放弃教育与艺术而修佛法，好比出于幽谷，迁于乔木，不是可惜的，正是可庆的。

弘一法师在我心中

钱君匋

【三言两语】

钱君匋（1906–1998），浙江桐乡人，著名篆刻家和书画家。1927年在诸暨中学任教，后去上海开明书店任美术编辑。1985年，钱君匋将其毕生精心收藏的明清和近现代名家字画、印章、印谱等数千件珍贵文物捐献给故乡；1996年，向海宁市捐献其毕生精心收藏的明清字画及近现代名家作品与他自己创作的书画篆刻共1000件。

弘一法师（李叔同）的言行，在作者的心中留下了不可磨灭的印象。作者通过写自己接触弘一法师的几件事，表达了对弘一法师的敬佩和怀念之情。初步的接触书法作品，为《李息翁临古法书》抄写后记，第一次见面，一起吃饭，老门房口中的弘一法师。一个人的不朽是活在老百姓的心中，正如文中作者所说的那样，“人民对弘公的怀念之情，便是真正的纪念碑！”

一九二三年，我在上海艺术师范学校读书。主持校务的丰子恺、刘质平两先生都是弘一法师的入室弟子，他俩终生尊敬弘一上人。我初习书法，临摹北碑，最爱《龙门二十品》。子恺师曾对我说：“清末民初，中国出了几位大书法家。”他评论沈寐叟、李瑞清、曾农髯、于右任诸家之后，接着说：“最超脱，以无态而备万态的要算李息翁。”丰先生自己的收藏品中，有好多帧墨宝是弘公亲笔，我曾到他寝室里多次观摩，可惜欣赏水平不高，修养不足。对弘公的书法，仅仅知道是好，好在何处，为什么好，并不了然。在我的心目中，弘公这位太老师一定是超凡入圣、不食人间烟火的人物，清高拔俗，艰苦卓绝，但未必可亲。

毕业后，我进了开明书店，编辑美术音乐书籍，并画书衣，这时夏丏尊先生已到上海，主持编辑工作。为了纪念弘公出家十周年，他将弘公赠他的一些临古法书，汇集成《李息翁临古法书》出版。

一天早晨，我刚刚进店，见夏老已经坐在我的对面。这位长者质朴持重，讷于言而敏于行，是我们年轻人当然的师表。

“君匋！弘一大师法书的集子天把就要付印，我写了一篇后记，可惜字很蹩脚，你代我抄一下制版好吗？”

“当然可以，不过，我的字也太嫩了……”我有点犹豫。

“先写出来试试看嘛，如果写出来你自己真不满意，我就丑媳妇见公婆！一言为定。”他是个忙人，没有闲工夫摆龙门阵，说完便匆匆而去。

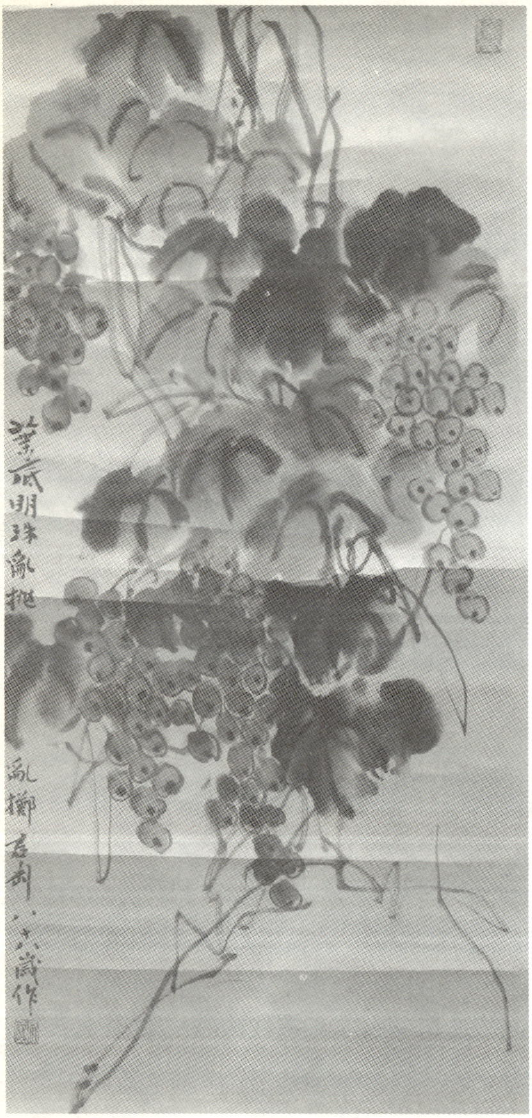

钱君匋画作

钱君匋是一位诗、书、画、印融于一身的艺术家，诸方面都有至高的造诣和贡献。

这天下午和晚上，我把后记抄了两遍，第二天见了夏老，请他过目。

“你很用功啊！”他一下看完，摘下眼镜连声称赞。

“夏老先生，我想了一夜，觉得我抄的东西不能用。”

“为什么？”

“你们是几十年的交情。您是他的知己，畏友，诤友。出一本书也不容易。您的字厚重而有书卷气，比我写的老练，内涵的美要高一层，不如存真为宜。我是斗胆直言，表示对二老的尊重。我抄了两遍，是表示不是偷懒推辞。”

“好，爽快！我自己抄。你这两份抄件我们各自保存一份，作为纪念吧。”

我的字没有发表，有一种如释重负的感觉。否则，我会长期为狗尾续貂而惭愧。书印出之前，我拜读全稿，开始意识到这部东西的分量。大师写《张迁碑》，雅拙韶秀，气宇雍容；写《石鼓文》，停匀舒展，缓带轻裘，于百万军中有儒将风流；写《天发神谶碑》，变险为平，内涵蕴藉；写《爨宝子碑》，密极似疏，举重若轻，方笔之美，运锋如刀。一九六三年，广洽法师集资辑印大师墨宝。我作书衣时移用印花布纹样，布函，素净幽雅，墨宝的下册便选用《临古法书》。这也是一段艺苑因缘。

“一·二八”淞沪抗战结束之后，开明书店编辑所同人迁兆丰路继续工作，意气奋发。章锡琛先生自己也带头这样做。一天，有一阵沉重的脚步声响上楼来，我埋头看稿，没有理会，只听章先生迎上前去：“弘公大师！您老人家什么时候到的？”

我抬头一看，一位和尚站在办公室门口，门正好成了框子，把他嵌在中间。他高约一米七，穿着宽松的海青，面形清癯，神情持重，虽然在微笑，却有一种自然的威仪，把身材也衬托得很高。目光滢澈，那是净化后的秋水澄潭，一眼到底，毫无矫饰。上唇下巴有些髭须，异常地率真可亲。五十出头，并不算老。我见到他以后的虔敬，不亚于见到祖父一样，一阵清凉之气从我脊梁上向全身扩散开来，人世间一切俗质伪饰，在一刹那间都卸净了。

“居士好！”他的嗓音低而沉厚。

等到大师入座，我亲自奉上清茶。他招呼我坐下。我目不转睛地注视着这位长者，松柏精神，鸾鹤风度，真人本色，怎能看出这便是腰缠万贯的贵公子，落拓风流的艺术家呢？我知道自己是晚辈，不敢多言，垂手恭听。

“丏尊居士好么？他家里怎么样？”他两眼睁得圆圆的，表露出对朋友的关切之情。

"很好！"章先生说。

"阿弥陀佛！我一直放心不下，才来看他的，好久没有收到他的信了。"他双手合十，欣慰地点点头。

"他停一会儿就来。我叫人去请他。"

"不用，不用，小僧先来问一下，问清楚了，当然是自己走着去。"

"不！让我叫辆车送您老人家。"

他淡然一笑，大口喝着茶。

屋里沉静了一会儿。许多问题，关于人生，艺术，教育，宗教……一齐集中到我喉头，我原想请教，却在他淡然一笑中得到了答复。何用文字？岂落言份诠？无声的人格豁然坦现。一种荒漠饮甘泉的甜意，袭我心脾。

我正要倒水，他摇摇手，那力量是不可抗拒的，只好让他自己动手。

喝完，他踏着沉重的脚步走了。我和章先生送到门外，竟然都没有讲出一句话来。我想起郁达夫兄的佳句："远公说法无多语，六祖传真只一灯"，真是神来之笔！

第二天上午十点半，夏丏尊请弘一大师吃饭，邀章锡琛、章锡珊、叶圣陶、丰子恺、周予同……和我，到海门路夏寓作陪。大家都知道弘公过午不食，都到得很及时。这几个人中，现在只剩下我和叶圣陶二人，叶老已九十开外，我亦已到了八十，其余诸位全部作古了。

餐桌上几样素菜，干净爽口。我悄悄注意，弘公只吃两样：白菜，萝卜，对别的菜不伸筷子。大家都理解他，并不相强。

席间谈到对联，弘公说："南普陀天王殿前当中两根石柱上，有陈石遗老先生写的一副对联：'分派洛迦开法宇，隔江太武拱山门'，文有气魄，字也老健可观，不可多得。但大醒法师以为后三字不若易为'涌浮图'更有画意，可见联语难作。我写的华岩集联，只末一字讲平仄，不在声律上讲究，没有闲空推敲啊！"

夏丏尊先生回忆了西湖之夜，白马湖晚晴山房之夜等许多往事。弘公垂下眼皮，沉漫于回忆之中，尽力平静。

餐毕，弘公退入夏寓的客房。大家都依依不舍，异常黯然。这种情绪也感染了我这样的俗人。弘公这样自苦，在他是求仁得仁，而我总以为他老人家应当吃得好一些，把身体搞好，多活几年，多留下一些艺术品。对他的出家，我非常惋惜。弘公是绝顶聪明的人，当然看出了大家的想法，他异常平淡地说："历经百劫，故人犹健，茫茫人世，不必苛求：'一切有为法，如梦幻泡影，如露亦如电，应作如是观。'善自珍重，阿弥陀佛！"

弘公的言行，在我心灵刻上了永不磨灭的印象。

大师谢世后十年，十二月初六，叶圣陶、马一浮、广洽法师、子恺师、章锡琛和我，筹资建成了舍利塔，马一浮题了塔名，恺师写修塔记，主持工程者黄鸣祥。马一浮老人有礼塔诗：

扶律谈常尽一生，涅槃无相更无名。
昔年亲见披衣地，此日空余绕塔行。
石上流泉皆法雨，岩前雨滴是希声。
老夫共饱伊蒲馔，多愧人无献食情。

我也写了一律：

法雨漫山竹径寒，初成莲塔起高峦。
今朝湖畔行嘉礼，昔日淞滨叩净安。
艺事中西皆圣手，诗才南北领骚坛。
盛年阐律云游去，妙觉庄严上界宽。

礼塔之后，我去浙江美术学院看望潘天寿先生。他正在上课，我便坐在门房里等候。看门的老人满头银发，精神矍铄，床头摆满野花，当中安放着弘公在海滨的照片，背景是咆哮的巨浪，不知是在厦门还是青岛所拍。天风扬起海青的广袖和衣裾，慈眉善目，智慧深邃。背面二十年后才认识的忘年好友柯文辉题的《踏鹊枝》，字很稚弱，词却不似少年手笔：

画印诗书文烂熳，曲寄深情，剧苑天葩放，举世昂头惊坦荡，忽然芒履扶藜杖。

钱君匋书法作品

钱君匋是中国当代“一身精三艺，九十臻高峰”的著名篆刻书画家。

古寺寒窗银汉灿，梦里桑枝，莲瓣镜中绽。一代风流归逸淡，墨香犹把新苗灌。

老门房是弘公的老同事，十分健谈，说到潘天寿请假回家结婚的窘态，绘形绘色，自己一点也不笑。他最佩服弘公，尊称“李老夫子”。每天还烧一支迦南香。他说：“老夫子寒暑假回上海，都把铺盖放在我屋里，每次回来，都送我三块袁大头，一年十二块，能买三床被子呢！这照片是老夫子亲自送我的。后边的字是一个半大孩子来借宿时写上的，诸乐三先生说写得好，我不懂。放花是新派，烧香是老派，我经过学习，不信菩萨了，可是不给老夫子烧一根，一天就像少吃了一餐饭一样，烧惯了啊，世上难找那样好的老夫子，哪位工友没得过他老人家的帮助？我和闻玉（送弘公去出家的工人）去看他，他剃了光头，在院子里提水浇花，叫我们‘居士’，自称‘小僧’，要我们坐，亲自递茶水，留我们吃素饭，菜里没有油，那么苦。我和闻玉都哭了。他吃得有滋有味，简直是活菩萨。真神谁见过呢？”

深悔当时没有将这张珍贵照片借到照相馆去复制几帧，广赠亲友。“文革”后多次打听，老人已杳如黄鹤，我连他的名字也忘记了。在他身上，我又看到了弘公人格的感召力。

人民对弘公的怀念之情，便是真正的纪念碑！

活在人类的心里

鲁 彦

【三言两语】

鲁彦（1902-1944），浙江镇海人。1920年自上海到北京大学旁听；1923年，先后任教于湖南长沙平民大学、周南女学和第一师范，在《东方杂志》上发表处女作《秋夜》；1926年出版第一部小说集《柚子》；1930年，任《民钟日报》副刊编辑，此后辗转在福建、上海、陕西等地的中学任教，生活极不安定，但却是他文学创作的丰收期；1941年加入中华全国文艺界抗敌协会，主编大型文学刊物《文艺杂志》，为抗战后期大后方最有影响力的文学期刊之一。1944年，鲁彦在桂林去世。

鲁迅先生能够牵动着广大人民群众的哀伤和欢笑，鲁彦诗般的语言凝练且凝聚着对老师的一片深情，看看鲁彦描述的鲁迅先生：“他的身材并不高大，常穿着一件黑色的短短的旧长袍，不常修理的粗长的头发下露出方正的前额和长厚的耳朵，两条粗浓方长的眉毛平躺在高出的眉棱骨上，眼窝是下陷着的，眼角微微朝下垂着，并不十分高大的鼻子给两边深刻的皱纹映衬着，这才显出了一点高大的模样，浓密的上唇上的短须掩着他的阔的上唇，——这种种看不出来有什么奇特，既不威严也似乎不慈和。说起话来，声音是平缓的，既不抑扬顿挫，也无慷慨激昂的音调，他那拿着粉笔和讲义的两手，从来没有表情的姿势帮助着他的语言，他的脸上也老是那样的冷静，薄薄的肌肉完全是凝定着的。”真是观察入微！鲁彦注意到了鲁迅先生上课时的每一个细节。

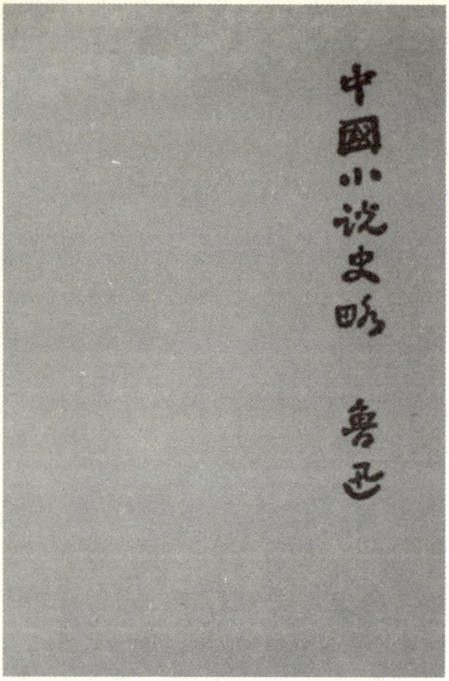

《中国小说史略》原版封面（鲁迅）

《中国小说史略》被胡适誉为“是一部开山的创作，搜集甚勤，取材甚精，断制也甚谨严”，是20世纪的一部具有里程碑意义的学术著作。它是鲁迅先生于1920年到1926年间在北京大学、北京师范大学与北京女子师范大学讲授小说史时的讲义，先曾有油印、铅印本供内部使用，1923年12月至次年6月，开始分上下册由北京大学新潮社正式出版，书名由《中国小说史大略》改为《中国小说史略》。1925年9月，鲁迅又稍加修改，由北新书局合为一册印行。1930年，又对其中的3篇做了修订，再版重印。1935年第10版时又做了个别的修订，以后各版均与第10版相同。全书共28篇，叙述中国古代小说发生、发展和演变的过程，始于神话与传说，止于清末的谴责小说，是中国第一部小说专史。

在千万个悲肃的面孔和哀痛的心灵的围绕中，鲁迅先生安静地躺下了，——正当黄昏朦胧地掩上大地，新月投着凄清的光的时候。

我们听见了人类的有声和无声的欷歔，看见了有形和无形的眼泪。

没有谁的死曾经激动过这样广大的群众的哀伤；而同时，也没有谁活着的时候曾经激动过这样广大的群众的欢笑。

只有鲁迅先生。

每次每次，当鲁迅先生仰着冷静的苍白的面孔，走进北大的教室时，教室里两人一排的座位上总是挤坐着四五个人，连门边连走道都站满了校内的和校外的正式的和非正式的学生。教室里主宰着极大的喧闹。但当鲁迅先生一进门，立刻安静得只剩了呼吸的声音。他站住在讲桌边，用着锐利的目光望了一下听众，就开始了《中国小说史》那一课题。

他的身材并不高大，常穿着一件黑色的短短的旧长袍，不常修理的粗长的头发下露出方正的前额和长厚的耳朵，两条粗浓方长的眉毛平躺在高出的眉棱骨上，眼窝是下陷着的，眼角微微朝下垂着，并不十分高大的鼻子给两边深刻的皱纹映衬着，这才显出了一点高大的模样，浓密的上唇上的短须掩着他的阔的上唇，——这种种看不出来有什么奇特，既不威严也似乎不慈和。说起话来，声音是平缓的，既不抑扬顿挫，也无慷慨激昂的音调，他那拿着粉笔和讲义的两手，从来没有表情的姿势帮助着他的语言，他的脸上也老是那样的冷静，薄薄的肌肉完全是凝定着的。

他叙述着极平常的中国小说史实，用着极平常的语句，既不赞誉，也不贬毁。

然而，教室里却突然爆发笑声了。他的每句极平常的话几乎都须被迫地停顿下来，中断下来。每个听众的眼前赤裸裸地显示出了美与丑，善与恶，真实与虚伪，光明与黑暗，过去现在和未来。大家在听他的中国小说史的讲述，却仿佛听到了全人类的灵魂的历史，每一件事态的甚至是人心的重重叠叠的外套都给他连根撕掉了。于是教室里的人全笑了起来，笑声里混杂着欢乐与悲哀，爱恋与憎恨，羞惭与愤怒……于是大家的眼前浮露出来了一盏光耀的明灯，灯光下映出了一条宽阔无边的大道……大家抬起头来，见到了鲁迅先生的苍白冷静的面孔上浮动着慈祥亲切的光辉，像是严冬的太阳。

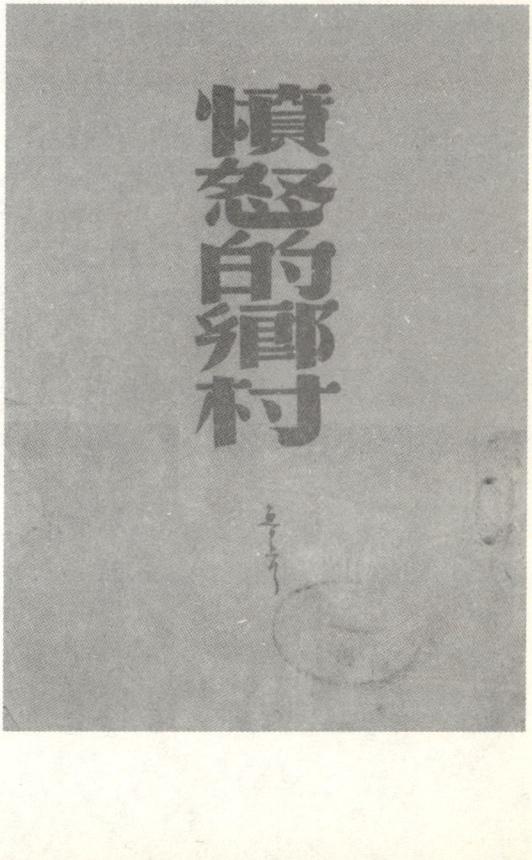

《愤怒的乡村》第一版封面（鲁彦）

关于这部长篇小说的创作经过，鲁彦夫人覃英介绍说："1933 年，鲁彦回到了离别多年的家乡——浙江镇海县乡下，他在家乡住了一个时期，认识了农村中各色各样的人物：有男女农民、小学教师，也有地主兼商人的老板，乡长和乡长的狗腿子一流人。他感到封建统治的恶势力压迫的深重，他热烈地同情农民中的反抗精神，对当时现实产生了强烈的恨和爱，因此，他开始想要写一部以农民反抗统治阶级为主的长篇小说。他计划用三部有连续性的长篇来完成它：第一部题为'野火'，是取'野火烧不尽'来象征农民群众反抗的开始；第二部题为'春草'，是以'春风吹又生'来象征斗争的发展和人民力量的壮大；第三部题为'疾风'，是用'疾风知劲草'来象征在斗争的风暴中坚贞不屈的人民英雄。"

但是教室里又忽然异常静默了，可以听见脉搏的击动声。鲁迅先生的冷静苍白的脸上始终不曾露出过一丝的微笑。

他沉着地继续着他的工作，直至他不得不安静地休息的时候。

还没见过谁将自己的一生献给全人类，做着刺穿现实的黑暗和显示未来的光明的伟大的工作，使那广大的群众欢笑又使那广大的群众哀伤。

只有鲁迅先生。

他将永久活在现在的和未来的人类的心灵里。

当鲁迅先生逝世的时候

靳　以

【三言两语】

靳以（1909–1959），原名章方叙，笔名靳以，天津人，现代作家。1932年毕业于复旦大学国际贸易系；抗战期间任重庆复旦大学教授；1940年与黎烈文合编《现代文艺》；1944年回重庆复旦大学；抗战胜利后与叶圣陶等合编《中国作家》。新中国成立后，历任沪江大学教务长、教授，复旦大学教授，《收获》主编，中国作协书记处书记，中国作协第一、二届理事和上海分会副主席；1959年加入中国共产党，同年病逝于上海。主要著作有：《猫与短简》、《雾及其他》、《血与火花》、《珠落集》、《幸福的日子》、《热情的赞歌》等。

伟大导师的逝世让人感到分外悲痛。作者当时在殡仪馆心甘情愿地做着各种琐碎的事，他觉得这是给鲁迅先生做的，是应当做的。之后他和其他几个青年被定为抬棺人抬着鲁迅先生棺木的时候，本来应该不太重的重量，却让他感到异常的沉重，他明白他的肩上不仅有棺木的重量，还有一份责任，还有一份从先生肩上接过来的担子。他要走一条正路，不仅为自己，不仅为和他一起挑起重担的伙伴，更为后来的年轻人。

十年前，鲁迅先生去世的消息把我从梦中惊醒了。只记得张开眼便看见河清的一双红肿的眼睛，没有什么话说，也说不出什么来，就随着他到大陆新村去了。

B 和我都是第一次到那里的，可是并不觉得陌生，首先就遇到广平

靳以

靳以的作品总是密切地关注现实人生，积极地推动生活前进。语言朴素流畅，笔调细腻，讲究艺术构思。

先生和天真的海婴，然后我们就看到安然地躺在那里的、一生和暴力搏斗、自身却因为缺乏营养而显得瘦弱的遗体。

生前我并没有时常和他相见，就是有信也都托内山书店转的，在个人的情感方面我们互相说不上爱恶。可是他的学习和写作的精神，他的待人接物的态度，还有他那不屈不挠、爱恶分明的热烈的喜和憎，都在我的心上刻下了最深的印象。他死也不放过的，是那些人民的敌人，自私的小人；他一再用爱来说服和感动的，是那些有错误的青年。他不相信天才，他不放纵浪漫的作风，他不会因为一时逞自己的高兴而使别人遭殃。他也不那么觉得自己是一个了不得的人物，在人群中用爆炸般的诗语激起听众没有着落的激

为鲁迅先生抬棺

1936年10月，鲁迅先生逝世，一共有12位文学青年为他抬棺，他们是：巴金、胡风、张天翼、靳以、姚克、欧阳山、黎烈文、吴朗西、鹿地亘等。

情。他只是一个诚诚恳恳的文艺工作者，不因为自己抽烟喝酒便把不吃烟酒的人当作庸才，也不因为自己能写文章便自以为是天地间少有的人物；他不讳言自己心境的寂寞，那时他独自躺在地上，没有人打扰他，除开他那个不懂事的孩子海婴也躺在他的身边。他是一个人，优点远超出他的缺点的，值得人爱，值得人敬，值得人效法的，当他一朝离开了这个世界，引起我为什么生前不多亲近他的悔恨，就什么也不多想，只要我能做的事，我都尽力做了。

护灵游行

1936 年 10 月 22 日，包括小学生在内的一万余人，在上海的大街上游行两小时，护送鲁迅先生的灵柩到万国公墓。图为当时的新闻摄影。

我们每天都去，那时遗体已经移到殡仪馆，无论什么琐碎的事都做，只要有人吩咐，只要我的心中想着这是为鲁迅先生做的。我们一点也不勉强，心甘情愿地如此，我想，对于任何一个人，我们都不会这样的。

所以，当一个人在文章里误会了我和 B 好像守堂的孝子般站在那里拉着灵幔，我们也并不以为忤。我还记得，当着千万个人来吊祭的余暇，我们正可以瞻仰遗容，自然地我们的呼吸就不平匀了，努力地忍着才使泪不流下来。

到了最后，我是被派定为抬棺人之一。除开我，记得还有鹿地亘、周文、沙汀、巴金、河清、烈文、天翼、胡风。棺木并不大，鲁迅先生的遗体也很轻，还有那个殡仪馆的专家的辅助，应该那是轻而易举的事。可是当我放到肩上，我觉得是异常沉重，我的心也异常沉重。我极其小心地迈着步子，为了使鲁迅先生不再受一点人间的颠簸，也为了使我自己不会万一失足滑倒。尤其是走着石阶的时候，我们最慢，更稳，甚至于不想使他的头向下或是向上，保持他的平躺的姿势，走在前面的，慢慢地把手抬高起来。

这样，我们平稳地把他送进了柩车。

我们就走在柩车的左右。前后的人是多的，因为无法驱散，巡捕反倒来保护了。前前后后有那么多人，我相信，只有千分之一和他生前见过的，可是他们真心地哭着，唱着歌，缓缓地走着。

到了墓地，那具黑棺又上了我们的肩头。我们一直送到穴旁，有人等在那里，平稳地放入穴中。这时，天色苍茫，快要黑了，悲痛的、低沉的安息歌声，迟缓地在空中缭绕着，紧紧地束住我的心，当我低下身去，抓了一把土投向棺上，我的泪，简直是再也忍不住了，猛然间汹涌地溢出来。

从此以后，我的肩上就总像负了一个重担，我时常提醒我自己，必须小心地迈步，走一条正路，不是为自己，为了和我一同负载重担的人，为了随在我们身后的比我们年轻的人。

一九四六年九月二十日

回忆鲁迅先生

萧　红

【三言两语】

萧红（1911–1942），中国现代著名女作家，被誉为“30年代的文学洛神”，为民国四大才女之一。萧红的一生是不向命运低头，在苦难中挣扎、抗争的一生。1933年，她写出第一部短篇小说《王阿嫂的死》；1935年发表中篇小说《生死场》，在文坛上引起巨大的轰动和强烈的反响，萧红也因此一举成名。

在众多怀念鲁迅先生的文章中，萧红写得最别开生面，生动形象地再现了鲁迅先生的音容笑貌，于日常琐碎生活片段的描写中尽显鲁迅先生的伟大。看似流水账似的记叙，其实“形散而神不散”，散中见奇特，奇特中见平淡，全无雕琢之痕，自然天成。有人认为萧红的这篇散文是所有怀念鲁迅文章中最感人的。在这像诗一般的语言中，我们来怀念鲁迅先生。

鲁迅先生的笑声是明朗的，是从心里的欢喜。若有人说了什么可笑的话，鲁迅先生笑得连烟卷都拿不住了，常常是笑得咳嗽起来。

鲁迅先生走路很轻捷，尤其他人记得清楚的，是他刚抓起帽子来往头上一扣，同时左腿就伸出去了，仿佛不顾一切地走去。

鲁迅先生不大注意人的衣裳，他说：“谁穿什么衣裳我看不见得……”

萧红像

这张相片看上去颇像"东洋女子",这是萧红1937年从日本回国前夕拍的照片。

鲁迅先生生的病，刚好了一点，他坐在躺椅上，抽着烟，那天我穿着新奇的大红的上衣，很宽的袖子。

鲁迅先生说："这天气闷热起来，这就是梅雨天。"他把他装在象牙烟嘴上的香烟，又用手装得紧一点，往下又说了别的。

许先生忙着家务，跑来跑去，也没有对我的衣裳加以鉴赏。

于是我说："周先生，我的衣裳漂亮不漂亮?"

鲁迅先生从上往下看了一眼："不大漂亮。"

过了一会儿又接着说："你的裙子配的颜色不对，并不是红上衣不好看，各种颜色都是好看的，红上衣要配红裙子，不然就是黑裙子，咖啡色的就不行了；这两种颜色放在一起很浑浊……你没看到外国人在街上走的吗？绝没有下边穿一件绿裙子，上边穿一件紫上衣，也没有穿一件红裙子而后穿一件白上衣的……"

鲁迅先生就在躺椅上看着我："你这裙子是咖啡色的，还带格子，颜色浑浊得很，所以把红色衣裳也弄得不漂亮了。"

"……人瘦不要穿黑衣裳，人胖不要穿白衣裳；脚长的女人一定要穿黑鞋子，脚短就一定要穿白鞋子；方格子的衣裳胖人不能穿，但比横格子的还好；横格子的胖人穿上，就把胖子更往两边裂着，更横宽了，胖子要穿竖条子的，竖的把人显得长，横的把人显得宽……"

那天鲁迅先生很有兴致，把我一双短统靴子也略略批评一下，说我的短靴是军人穿的，因为靴子的前后都有一条线织的拉手，这拉手据鲁迅先生说是放在裤子下边的……

我说："周先生，为什么那靴子我穿了多久了而不告诉我，怎么现在才想起来呢？现在我不是不穿了吗？我穿的这不是另外的鞋吗？”

“你不穿我才说的，你穿的时候，我一说你该不穿了。”

那天下午要赴一个筵会去，我要许先生给我找一点布条或绸条束一束头发。许先生拿了来米色的绿色的还有桃红色的。经我和许先生共同选定的是米色的。为着取美，把那桃红色的，许先生举起来放在我的头发上，并且许先生很开心地说着：“好看吧！多漂亮！”

我也非常得意，很规矩又顽皮地在等着鲁迅先生往这边看我们。

鲁迅先生这一看，脸是严肃的，他的眼皮往下一放向着我们这边看着：“不要那样装饰她……”

许先生有点窘了。

我也安静下来。

鲁迅先生在北平教书时，从不发脾气，但常常好用这种眼光看人，许先生常跟我讲。

她在女师大读书时，周先生在课堂上，一生气就用眼睛往下一掠，看着他们，这种眼光是鲁迅先生在记范爱农先生的文字曾自己述说过，而谁曾接触过这种眼光的人就会感到一个时代的全智者的催逼。

我开始问：“周先生怎么也晓得女人穿衣裳的这些事情呢？”

“看过书的，关于美学的。”

“什么时候看的……”

“大概是在日本读书的时候……”

“买的书吗？”

“不一定是买的，也许是从什么地方抓到就看的……”

“看了有趣味吗？！”

“随便看看……”

“周先生看这书做什么？”

“……”没有回答，好像很难以答。

许先生在旁说：“周先生什么书都看的。”

在鲁迅先生家里做客人，刚开始是从法租界来到虹口，搭电车也要差不多一个钟头的工夫，所以那时候来的次数比较少。记得有一次谈到半夜了，一过十二点电车就没有的，但那天不知讲了些什么，讲到一个段落就看看旁边小长桌上的圆钟，十一点半了，十一点四十五分了，电车没有了。

“反正已十二点，电车也没有，那么再坐一会儿。”许先生如此劝着。

鲁迅先生好像听了所讲的什么引起了幻想，安顿地举着象牙烟嘴在沉思着。

一点钟以后，送我（还有别的朋友）出来的是许先生，外边下着的蒙蒙的小雨，弄堂里灯光全然灭掉了，鲁迅先生嘱咐许先生一定让坐小汽车回去，并且一定嘱咐许先生付钱。

以后也住到北四川路来，就每夜饭后必到大陆新村来了，刮风的天，下雨的天，几乎没有间断的时候。

鲁迅先生很喜欢北方饭，还喜欢吃油炸的东西喜欢吃硬的东西，就是后来生病的时候，也不大吃牛奶。鸡汤端到旁边用调羹舀了一二下就算了事。

有一天约好我去包饺子吃，那还是住在法租界，所以带了外国酸菜和用绞肉机绞成的牛肉，就和许先生站在客厅后边的方桌边包起来。海婴公子围着闹得起劲，一会按成圆饼的面拿去了，他说做了一只船来，送在我们的眼前，我们不看他，转身他又做了一只小鸡。许先生和我都不去看他，对他竭力避免加以赞美，若一赞美起来，怕他更做得起劲。

客厅后边没到黄昏就先黑了，背上感到些微微的寒凉，知道衣裳不够了，但为着忙，没有加衣裳去。等把饺子包完了看看那数目并不多，这才知道许先生我们谈话谈得太多，误了工作。许先生怎样离开家的，怎样到天津读书的，在女师大读书时怎样做了家庭教师。她去考家庭教师的那一段描写，非常有趣，只取一名，可是考了好几十名，她之能够当选算是难得了。指望对于学费有点补助，冬天来了，北平又冷，那家离学校又远，每月除了车子钱之外，若伤风感冒还得自己拿出买阿司匹林的钱来，每月薪金十元要从西城跑到东城……

饺子煮好，一上楼梯，就听到楼上明朗的鲁迅先生的笑声冲下楼梯来，原来有几个朋友在楼上也正谈得热闹。那一天吃得是很好的。

以后我们又做过韭菜合子，又做过荷叶饼，我一提议鲁迅先生必然赞成，而我做得又不好，可是鲁迅先生还是在桌上举着筷子问许先生："我再吃几个吗？"

因为鲁迅先生胃不大好，每饭后必吃"脾自美"药丸一二粒。

有一天下午，鲁迅先生正在校对着瞿秋白的《海上述林》，我一走进卧室去，从那圆转椅上鲁迅先生转过来了，向着我，还微微站起了一点。

"好久不见，好久不见。"一边说着一边向我点头。

刚刚我不是来过了吗？怎么会好久不见？就是上午我来的那次周先生忘记了，可是我也每天来呀……怎么都忘记了吗？

周先生转身坐在躺椅上才自己笑起来，他是在开着玩笑。

梅雨季，很少有晴天，一天的上午刚一放晴，我高兴极了，就到鲁迅先生家去了，跑得上楼还喘着。鲁迅先生说："来啦！"

我说："来啦！"

我喘着连茶也喝不下。

鲁迅先生就问我："有什么事吗？"

我说："天晴啦，太阳出来啦。"

许先生和鲁迅先生都笑着，一种对于冲破忧郁心境的崭然的会心的笑。

海婴一看到我非拉我到院子里和他一道玩不可，拉我的头发或拉我的衣裳。

为什么他不拉别人呢？据周先生说："他看你梳着辫子，和他差不多，别人在他眼里都是大人，就看你小。"

许先生问着海婴："你为什么喜欢她呢？不喜欢别人？"

"她有小辫子。"说着就来拉我的头发。

鲁迅先生家生客人很少，几乎没有，尤其是住在他家里的人更没有。一个礼拜六的晚上，在二楼上鲁迅先生的卧室里摆好了晚饭，围着桌子坐满了人。每逢礼拜六晚上都是这样的，周建人先生带着全家来拜访的。

在桌子边坐着一个很瘦的很高的穿着中国小背心的人，鲁迅先生介绍说："这是位同乡，是商人。"

初看似乎对的，穿着中国裤子，头发剃得很短。当吃饭时，他还让别人酒，也给我倒一盅，态度很活泼，不大像个商人；等吃完了饭，又谈到《伪自由书》及《二心集》。

这个商人，开明得很，在中国不常见。没有见过的就总不大放心。

下一次是在楼下客厅后的方桌上吃晚饭，那天很晴，一阵阵地刮着热风，虽然黄昏了，客厅后还不昏黑。鲁迅先生是新剪的头发，还能记得桌上有一盘黄花鱼，大概是顺着鲁迅先生的口味，是用油煎的。鲁迅先生前面摆着一碗酒，酒碗是扁扁的，好像用做吃饭的饭碗。那位商人先生也能喝酒，酒瓶就站在他的旁边。他说蒙古人什么样，苗人什么样，从西藏经过时，那西藏女人见了男人追她，她就如何如何。

这商人可真怪，怎么专门走地方，而不做买卖？并且鲁迅先生的书他也全读过，一开口这个，一开口那个。并且海婴叫他×先生，我一听那×字就明白他是谁了。×先生常常回来得很迟，从鲁迅先生家里出来，在弄堂里遇到了几次。

有一天晚上×先生从三楼下来，手里提着小箱子，身上穿着长袍子，站在鲁迅先生的面前，他说他要搬了。他告了辞，许先生送他下楼去了。这时候周先生在地板上绕了两个圈子，问我说："你看他到底是商人吗？"

"是的。"我说。

鲁迅先生很有意思地在地板上走几步，而后向我说："他是贩卖私货的商人，是贩卖精神上的……"

×先生走过二万五千里回来的。

青年人写信，写得太草率，鲁迅先生是深恶痛绝之的。

"字不一定要写得好，但必须得使人一看了就认识，年轻人现在都太忙了……他自己赶快胡乱写完了事，别人看了三遍五遍看不明白，这费了多少工夫，他不管。反正这费了工夫不是他的。这存心是不太好的。"

但他还是展读着每封由不同角落里投来的青年的信，眼睛不济时，便戴起眼镜来看，常常看到夜里很深的时光。

鲁迅先生坐在××电影院楼上的第一排，那片名忘记了，新闻片是苏联纪念五一节的红场。

“这个我怕看不到的……你们将来可以看得到。”鲁迅先生向我们周围的人说。

珂勒惠支的画，鲁迅先生最佩服，同时也很佩服她的做人。珂勒惠支受希特勒的压迫，不准她做教授，不准她画画，鲁迅先生常讲到她。

史沫特莱，鲁迅先生也讲到，她是美国女子，帮助印度独立运动，现在又在援助中国。

鲁迅先生介绍人去看的电影：《夏伯阳》，《复仇艳遇》……其余的如《人猿泰山》……

或者非洲的怪兽这一类的影片，也常介绍给人的。鲁迅先生说：“电影没有什么好的，看看鸟兽之类倒可以增加些对于动物的知识。”

鲁迅先生不游公园，住在上海十年，兆丰公园没有进过。虹口公园这么近也没有进过。春天一到了，我常告诉周先生，我说公园里的土松软了，公园里的风多么柔和。周先生答应选个晴好的天气，选个礼拜日，海婴休假日，好一道去，坐一乘小汽车一直开到兆丰公园，也算是短途旅行。但这只是想着而未有做到，并且把公园给下了定义。鲁迅先生说：“公园的样子我知道的……一进门分做两条路，一条通左边，一条通右边，沿着路种着点柳树什么树的，树下摆着几张长椅子，再远一点有个水池子。”

我是去过兆丰公园的，也去过虹口公园或是法国公园的，仿佛这个定义适用在任何国度的公园设计者。

鲁迅先生不戴手套，不围围巾，冬天穿着黑土蓝的棉布袍子，头上戴着灰色毡帽，脚穿黑帆布胶皮底鞋。

胶皮底鞋夏天特别热，冬天又凉又湿，鲁迅先生的身体不算好，大家都提议把这鞋子换掉。鲁迅先生不肯，他说胶皮底鞋子走路方便。

鲁迅先生

鲁迅先生安详地坐在躺椅上。此照片于1928年3月16日摄于上海景云里寓所。

“周先生一天走多少路呢？也不就一转弯到×××书店走一趟吗？”

鲁迅先生笑而不答。

“周先生不是很好伤风吗？不围巾子，风一吹不就伤风了吗？”

鲁迅先生这些个都不习惯，他说：“从小就没戴过手套围巾，戴不惯。”

鲁迅先生一推开门从家里出来时，两只手露在外边，很宽的袖口冲着风就向前走，腋下夹着个黑绸子印花的包袱，里边包着书或者是信，到老靶子路书店去了。

那包袱每天出去必带出去，回来必带回来。出去时带着给青年们的信，回来又从书店带来新的信和青年请鲁迅先生看的稿子。

鲁迅先生抱着印花包袱从外边回来，还提着一把伞，一进门客厅早坐着客人，把伞挂在衣架上就陪客人谈起话来。谈了很久了，伞上的水滴顺着伞杆在地板上已经聚了一堆水。

鲁迅先生上楼去拿香烟，抱着印花包袱，而那把伞也没有忘记，顺手也带到楼上去。

鲁迅先生的记忆力非常之强，他的东西从不随便散置在任何地方。

鲁迅先生很喜欢北方口味。许先生想请一个北方厨子，鲁迅先生以为开销太大，请不得的，男佣人，至少要十五元钱的工钱。

所以买米买炭都是许先生下手。我问许先生为什么用两个女佣人都是年老的，都是六七十岁的？许先生说她们做惯了，海婴的保姆，海婴几个月时就在这里。

正说着那矮胖胖的保姆走下楼梯来了，和我们打了个迎面。

“先生，没吃茶吗？”她赶快拿了杯子去倒茶，那刚刚下楼时气喘的声音还在喉管里咕噜咕噜的，她确实年老了。

来了客人，许先生没有不下厨房的，菜食很丰富，鱼、肉……都是用大碗装着，起码四五碗，多则七八碗。可是平常就只三碗菜：一碗素炒豌豆苗，一碗笋炒咸菜，再一碗黄花鱼。

这菜简单到极点。

鲁迅先生的原稿，在拉都路一家炸油条的那里用着包油条，我得到了一张，是译《死魂灵》的原稿，写信告诉了鲁迅先生。鲁迅先生不以为希奇，许先生倒很生气。

鲁迅先生出书的校样，都用来揩桌，或做什么的。请客人在家里吃饭，吃到半道，鲁迅先生回身去拿来校样给大家分着。客人接到手里一看，这怎么可以？鲁迅先生说：“擦一擦，拿着鸡吃，手是腻的。”

到洗澡间去，那边也摆着校样纸。

许先生从早晨忙到晚上，在楼下陪客人，一边还手里打着毛线。不然就是一边谈着话一边站起来用手摘掉花盆里花上已干枯了的叶子。许先生每送一个客人，都要送到楼下门口，替客人把门开开，客人走出去而后轻轻地关了门再上楼来。

来了客人还到街上去买鱼或买鸡，买回来还要到厨房里去工作。

鲁迅先生临时要寄一封信，就得许先生换起皮鞋子来到邮局或者大陆新村旁边信筒那里去。落着雨天，许先生就打起伞来。

许先生是忙的，许先生的笑是愉快的，但是头发有一些是白了的。

夜里去看电影，施高塔路的汽车房只有一辆车，鲁迅先生一定不坐，一定让我们坐。

许先生，周建人夫人……海婴，周建人先生的三位女公子。我们上车了。

鲁迅先生和周建人先生，还有别的一二位朋友在后边。

看完了电影出来，又只叫到一部汽车，鲁迅先生又一定不肯坐，让周建人先生的全家坐着先走了。

鲁迅先生旁边走着海婴，过了苏州河的大桥去等电车去了。等了二三十分钟电车还没有来，鲁迅先生依着沿苏州河的铁栏杆坐在桥边的石围上了，并且拿出香烟来，装上烟嘴，悠然地吸着烟。

海婴不安地来回地乱跑，鲁迅先生还招呼他和自己并排坐下。

鲁迅先生坐在那儿和一个乡下的安静老人一样。

鲁迅先生吃的是清茶，其余不吃别的饮料。咖啡、可可、牛奶、汽水之类，家里都不预备。

鲁迅先生陪客人到深夜，必同客人一道吃些点心。那饼干就是从铺子里买来的，装在饼干盒子里，到夜深许先生拿着碟子取出来，摆在鲁迅先生的书桌上。吃完了，许先生打开立柜再取一碟。还有向日葵子，差不多每来客人必不可少。鲁迅先生一边抽着烟，一边剥着瓜子吃，吃完了一碟，鲁迅先生必请许先生再拿一碟来。

鲁迅先生备有两种纸烟，一种价钱贵的，一种便宜的。便宜的是绿听子的，我不认识那是什么牌子，只记得烟头上带着黄纸的嘴，每五十支的价钱大概是四角到五角，是鲁迅先生自己平日用的。另一种是白听子的，是前门烟，用来招待客人的，白听烟放在鲁迅先生书桌的抽屉里。来客人鲁迅先生下楼，把它带到楼下去，客人走了，又带回楼上来照样放在抽屉里。而绿听子的永远放在书桌上，是鲁迅先生随时吸着的。

鲁迅先生的休息，不听留声机，不出去散步，也不倒在床上睡觉，鲁迅先生自己说：

“坐在椅子上翻一翻书就是休息了。”

鲁迅先生从下午二三点钟起就陪客人，陪到五点钟，陪到六点钟，客人若在家吃饭，吃完饭又必要在一起喝茶，或者刚刚吃完茶走了，或者还没走又来了客人，于是又陪下去，陪到八点钟，十点钟，常常陪到十二点钟。从下午三点钟起，陪到夜里十二点，这么长的时间，鲁迅先生都是坐在藤躺椅上，不断地吸着烟。

客人一走，已经是下半夜了，本来已经是睡觉的时候了，可是鲁迅先生正要开始工作。

在工作之前，他稍微阖一阖眼睛，燃起一支烟来，躺在床边上，这一支烟还没有吸完，许先生差不多就在床里边睡着了。（许先生为什么睡得这样快？因为第二天早晨六七点钟就要来管理家务。）海婴这时在三楼和保姆一道睡着了。

全楼都寂静下去，窗外也一点声音没有了，鲁迅先生站起来，坐到书桌边，在那绿色的台灯下开始写文章了。许先生说鸡鸣的时候，鲁迅先生还是坐着，街上的汽车嘟嘟地叫起来了，鲁迅先生还是坐着。

有时许先生醒了，看着玻璃窗白萨萨的了，灯光也不显得怎么亮了，鲁迅先生的背影不像夜里那样高大。

鲁迅先生的背影是灰黑色的，仍旧坐在那里。

人家都起来了，鲁迅先生才睡下。

海婴从三楼下来了，背着书包，保姆送他到学校去，经过鲁迅先生的门前，保姆总是吩咐他说："轻一点走，轻一点走。"

鲁迅先生刚一睡下，太阳就高起来了，太阳照着隔院子的人家，明亮亮的，照着鲁迅先生花园的夹竹桃，明亮亮的。

鲁迅先生的书桌整整齐齐的，写好的文章压在书下边，毛笔在烧瓷的小龟背上站着。

一双拖鞋停在床下，鲁迅先生在枕头上边睡着了。

鲁迅先生喜欢吃一点酒，但是不多吃，吃半小碗或一碗。

鲁迅先生吃的是中国酒，多半是花雕。

老靶子路有一家小吃茶店，只有门面一间，在门面里边设座，座少，安静，光线不充足，有些冷落。鲁迅先生常到这里吃茶店来，有约会多半是在这里边，老板是犹太也许是白俄，胖胖的，中国话大概他听不懂。

鲁迅先生这一位老人，穿着布袍子，有时到这里来，泡一壶红茶，和青年人坐在一道谈了一两个钟头。

有一天，鲁迅先生的背后那茶座里边坐着一位摩登女子，身穿紫裙子黄衣裳，头戴花帽子……那女子临走时，鲁迅先生一看她，用眼瞪着她，很生气地看了她半天，而后说："是做什么的呢？"

鲁迅先生对于穿着紫裙子黄衣裳、花帽子的人就是这样看法的。

鬼到底是有的没有的？传说上有人见过，还跟鬼说过话，还有人被鬼在后边追赶过，吊死鬼一见了人就贴在墙上。但没有一个人捉住一个鬼给大家看看。

鲁迅先生讲了他看见过鬼的故事给大家听："是在绍兴……"鲁迅先生说，"三十年前……"

那时鲁迅先生从日本读书回来，在一个师范学堂里也不知是什么学堂里教书，晚上没有事时，鲁迅先生总是到朋友家去谈天。这朋友住的离学堂几里路，几里路不算远，但必得经过一片坟地。谈天有的时候就谈得晚了，十一二点钟才回学堂的事也常有，有一天鲁迅先生就回去得很晚，天空有很大的月亮。

鲁迅先生向着归路走得很起劲时，往远处一看，远远有一个白影。

鲁迅先生不相信鬼的，在日本留学时是学的医，常常把死人抬来解剖的，鲁迅先生解剖过二十几个，不但不怕鬼，对死人也不怕，所以对坟地也就根本不怕。仍旧是向前走的。

走了不几步，那远处的白影没有了，再看突然又有了。并且时小时大，时高时低，正和鬼一样。鬼不就是变幻无常的吗？

鲁迅先生有点踌躇了，到底向前走呢？还是回过头来走？

本来回学堂不止这一条路，这不过是最近的一条就是了。

鲁迅先生仍是向前走，到底要看一看鬼是什么样，虽然那时候也怕了。

鲁迅先生那时从日本回来不久，所以还穿着硬底皮鞋。鲁迅先生决心要给那鬼一个致命的打击，等走到那白影旁边时，那白影缩小了，蹲下了，一声不响地靠住了一个坟堆。

鲁迅先生就用了他的硬皮鞋踢了出去。

那白影噢的一声叫起来，随着就站起来，鲁迅先生定眼看去，他却是个人。

鲁迅先生说在他踢的时候，他是很害怕的，好像若一下不把那东西踢死，自己反而会遭殃的，所以用了全力踢出去。

原来是个盗墓子的人在坟场上半夜做着工作。

鲁迅先生说到这里就笑了起来。

“鬼也是怕踢的，踢他一脚就立刻变成人了。”

我想，倘若是鬼常常让鲁迅先生踢踢倒是好的，因为给了他一个做人的机会。

从福建菜馆叫的菜，有一碗鱼做的丸子。

海婴一吃就说不新鲜，许先生不信，别的人也都不信。因为那丸子有的新鲜，有的不新鲜，别人吃到嘴里的恰好都是没有改味的。

许先生又给海婴一个，海婴一吃，又不是好的，他又嚷嚷着。别人都不注意，鲁迅先生把海婴碟里的拿来尝尝，果然不是新鲜的。鲁迅先生说：“他说不新鲜，一定也有他的道理，不加以查看就抹杀是不对的。”

以后我想起这件事来，私下和许先生谈过，许先生说：“周先生的做人，真是我们学不了的。哪怕一点点小事。”

鲁迅先生包一个纸包也要包得整整齐齐，常常把要寄出的书，鲁迅先生从许先生手里拿过来自己包，许先生本来包得多么好，而鲁迅先生还要亲自动手。

鲁迅先生把书包好了，用细绳捆上，那包方方正正的，连一个角也不准歪一点或扁一点，而后拿着剪刀，把捆书的那绳头都剪得整整齐齐。

就是包这书的纸都不是新的，都是从街上买东西回来留下来的。许先生上街回来把买来的东西一打开，随手就把包东西的牛皮纸折起来，随手把小细绳卷了一个卷。若小细绳上有一个疙瘩，也要随手把它解开的，准备着随时用随时方便。

鲁迅先生住的是大陆新村九号。

一进弄堂口，满地铺着大方块的水门汀，院子里不怎样嘈杂，从这院子出入的有时候是外国人，也能够看到外国小孩在院子里零星地玩着。

鲁迅先生隔壁挂着一块大的牌子，上面写着一个“茶”字。

在一九三五年十月一日。

鲁迅先生的客厅里摆着长桌，长桌是黑色的，油漆不十分新鲜，但也并不破旧，桌上没有铺什么桌布，只在长桌的当心摆着一个绿豆青色的花瓶，花瓶里长着几株大叶子的万年青。围着长桌有七八张木椅子。尤其是在夜里，全弄堂一点什么声音也听不到。

那夜，就和鲁迅先生和许先生一道坐在长桌旁边喝茶的。当夜谈了许多关于伪满洲国的事情，从饭后谈起，一直谈到九点钟十点钟而后到十一点钟。时时想退出来，让鲁迅先生好早点休息，因为我看出来鲁迅先生身体不大好，又加上听许先生说过，鲁迅先生伤风了一个多月，刚好了的。

但鲁迅先生并没有疲倦的样子。虽然客厅里也摆着一张可以卧倒的藤椅，我们劝他几次，想让他坐在藤椅上休息一下，但是他没有去，仍旧坐在椅子上。并且还上楼一次，去加穿了一件皮袍子。

那夜鲁迅先生到底讲了些什么，现在记不起来了。也许想起来的不是那夜讲的而是以后讲的也说不定。过了十一点，天就落雨了，雨点淅沥淅沥地打在玻璃窗上，窗子没有窗帘，所以偶一回头，就看到玻璃窗上有小水流往下流。夜已深了，并且落了雨，心里十分着急，几次站起来想要走，但是鲁迅先生和许先生一再说再坐一下：“十二点以前终归有车子可搭的。”所以一直坐到将近十二点，才穿起雨衣来，打开客厅外边的响着的铁门，鲁迅先生非要送到铁门外不可。我想为什么他一定要送呢？对于这样年轻的客人，这样地送是应该的吗？雨不会打湿了头发，受了寒伤风不又要继续下去吗？站在铁门外边，鲁迅先生说，并且指着隔壁那家写着“茶”字的大牌子：“下次来记住这个‘茶’字，就是这个‘茶’的隔壁。”而且伸出手去，几乎是触到了钉在锁门旁边的那个九号的‘九’字，“下次来记住‘茶’的旁边九号。”

于是脚踏着方块的水门汀，走出弄堂来，回过身去往院子里边看了一看，鲁迅先生那一排房子统统是黑洞洞的，若不是告诉得那样清楚，下次来恐怕要记不住的。

鲁迅先生的卧室，一张铁架大床，床顶上遮着许先生亲手做的白布刺花的围子，顺着床的一边折着两床被子，都是很厚的，是花洋布的被面。挨着门口的床头的方面站着抽屉柜。一进门的左手摆着八仙桌，桌子的两旁藤椅各一，立柜站在和方桌一排的墙角，立柜本是挂衣服的，衣裳却很少，都让糖盒子、饼干桶子、瓜子罐给塞满了。有一次××老板的太太来拿版权的图章花，鲁迅先生就从立柜下边大抽屉里取出的。沿着墙角往窗子那边走，有一张装饰台，桌子上有一个方形的满浮着绿草的玻璃养鱼池，里边游着的不是金鱼而是灰色的扁肚子的小鱼。除了鱼池之外另有一只圆的表，其余那上边满装着书。铁床架靠窗子的那头的书柜里书柜外都是书。最后是鲁迅先生的写字台，那上边也都是书。

鲁迅先生家里，从楼上到楼下，没有一个沙发。鲁迅先生工作时坐的椅子是硬的，到楼下陪客人时坐的椅子又是硬的。

鲁迅先生的写字台面向着窗子，上海弄堂房子的窗子差不多满一面墙那么大，鲁迅先生把它关起来，因为鲁迅先生工作起来有一个习惯，怕吹风，风一吹，纸就动，时时防备着纸跑，文章就写不好。所以屋子里热得和蒸笼似的，请鲁迅先生到楼下去，他又不肯，鲁迅先生的习惯是不换地方。有时太阳照进来，许先生劝他把书桌移开一点都不肯。只有满身流汗。

鲁迅先生的写字桌，铺了张蓝格子的油漆布，四角都用图钉按着。桌子上有小砚台一方，墨一块，毛笔站在笔架上。笔架是烧瓷的，在我看来不很细致，是一个龟，龟背上带着好几个洞，笔就插在那洞里。鲁迅先生多半是用毛笔的，钢笔也不是没有，是放在抽屉里。桌上有一个方大的白瓷的烟灰盒，还有一个茶杯，杯子上戴着盖。

鲁迅先生的习惯与别人不同，写文章用的材料和来信都压在桌子上，把桌子都压得满满的，几乎只有写字的地方可以伸开手，其余桌子的一半被书或纸张占有着。

鲁迅的三味书屋

三味书屋是鲁迅的塾师寿镜吾先生家东侧厢房。书屋的面积大概有35平方米，正中上方悬挂着清朝著名书法家梁同书所题的“三味书屋”匾额。

左手边的桌角上有一个带绿灯罩的台灯，那灯泡是横着装的，在上海那是极普通的台灯。

冬天在楼上吃饭，鲁迅先生自己拉着电线把台灯的机关从棚顶的灯头上拔下，而后装上灯泡子。等饭吃过，许先生再把电线装起来，鲁迅先生的台灯就是这样做成的，拖着一根长长的电线在棚顶上。

鲁迅先生的文章，多半是在这台灯下写。因为鲁迅先生的工作时间，多半是下半夜一两点起，天将明了休息。

卧室就是如此，墙上挂着海婴公子一个月婴孩的油画像。

挨着卧室的后楼里边，完全是书了，不十分整齐，报纸和杂志或洋装的书，都混在这间屋子里，一走进去多少还有些纸张气味。地板被书遮盖得太小了，几乎没有了，大网篮也堆在书中。墙上拉着一条绳子或者是铁丝，就在那上边系了小提盒、铁丝笼之类。

风干荸荠就盛在铁丝笼，扯着的那铁丝几乎被压断了在弯弯着。一推开藏书室的窗子，窗子外边还挂着一筐风干荸荠。

“吃吧，多得很，风干的，格外甜。”许先生说。

楼下厨房传来了煎菜的锅铲的响声，并且两个年老的娘姨慢重重地在讲一些什么。

厨房是家庭最热闹的一部分。整个三层楼都是静静的，喊娘姨的声音没有，在楼梯上跑来跑去的声音没有。鲁迅先生家里五六间房子只住着五个人，三位是先生的全家，余下的二位是年老的女佣人。

来了客人都是许先生亲自倒茶，即或是麻烦到娘姨时，也是许先生下楼去吩咐，绝没有站到楼梯口就大声呼唤的时候。

所以整个房子都在静悄悄之中。

只有厨房比较热闹了一点，自来水哗哗地流着，洋瓷盆在水门汀的水池子上每拖一下磨着嚓嚓地响，洗米的声音也是嚓嚓的。鲁迅先生很喜欢吃竹笋的，在菜板上切着笋片笋丝时，刀刃每划下去都是很响的。其实比起别人家的厨房来却冷清极了，所以洗米声和切笋声都分开来听得样样清清晰晰。

客厅的一边摆着并排的两个书架，书架是带玻璃橱的，里边有陀斯妥耶夫斯基的全集和别的外国作家的全集，大半都是日文译本。地板上没有地毯，但擦得非常干净。

海婴公子的玩具橱也站在客厅里，里边是些毛猴子、橡皮人、火车、汽车之类，里边装得满满的，别人是数不清的，只有海婴自己伸手到里边，找些什么就有什么。过新年时在街上买的兔子灯，纸毛上已经落了灰尘了，仍摆在玩具橱顶上。

客厅只有一个灯头，大概五十烛光。客厅的后门对着上楼的楼梯，前门一打开，有一个一方丈大小的花园，花园里没有什么花看，只有一株很高的七八尺高的小树，大概那树是柳桃，一到了春天，喜欢生长蚜虫，忙得许先生拿着喷蚊虫的机器，一边陪着谈话，一边喷着杀虫药水。沿着墙根，种了一排玉米，许先生说："这玉米长不大的，这土是没有养料的，海婴一定要种。"

春天，海婴在花园里掘着泥沙，培植着各种玩艺。

三楼则特别静了，向着太阳开着两扇玻璃门，门外有一个水门汀的突出的小廊子，春天很温暖地抚摸着门口长垂着的帘子，有时帘子被风打得很高，飘扬地饱满地和大鱼泡似的。那时候隔院的绿树照进玻璃门扇里边来了。

海婴坐在地板上装着小工程师在修着一座楼房，他那楼房是用椅子横倒了架起来修的，而后遮起一张被单来算作屋瓦，全个房子在他自己拍着手的赞誉声中完成了。

这间屋感到些空旷和寂寞，既不像女工住的屋子，又不像儿童室。海婴的眠床靠着屋子的一边放着，那大圆顶帐子日里也不打起来，长拖拖的好像从栅顶一直拖到地板上，那床是非常讲究的，属于刻花的木器一类的。许先生讲过，租这房子时，从前一个房客转留下来的。海婴和他的保姆，就睡在五六尺宽的大床上。

冬天烧过的火炉，三月里还冷冰冰地在地板上站着。

海婴不大在三楼上玩的，除了到学校去，就是在院里踏脚踏车，他非常欢喜跑跳，所以厨房、客厅、二楼，他是无处不跑的。

三楼整天在高处空着，三楼的后楼住着另一个老女工，一天很少上楼来，所以楼梯擦过之后，一天到晚干净得溜明。

一九三六年三月里鲁迅先生病了，靠在二楼的躺椅上，心脏跳动得比平日厉害，脸色微灰了一点。

许先生正相反的，脸色是红的，眼睛显得大了，讲话的声音是平静的，态度并没有比平日慌张。在楼下一走进客厅来，许先生就告诉说："周先生病了，气喘……喘得厉害，在楼上靠在躺椅上。"

鲁迅先生呼喘的声音，不用走到他的旁边，一进了卧室就听得到的。鼻子和胡须在扇着，胸部一起一落。眼睛闭着，差不多永久不离开手的纸烟，也放弃了。藤椅后边靠着枕头，鲁迅先生的头有些向后，两只手空闲地垂着。眉头仍和平日一样没有聚皱，脸上是平静的、舒展的，似乎并没有任何痛苦加在身上。

"来了吧？"鲁迅先生睁一睁眼睛，"不小心，着了凉，呼吸困难……到藏书的房子去翻一翻书……那房子因为没有人住，特别凉……回来就……"

许先生看周先生说话吃力，赶紧接着说周先生是怎样气喘的。

医生看过了，吃了药，但喘并未停。下午医生又来过，刚刚走。

卧室在黄昏里边一点一点地暗下去，外边起了一点小风，隔院的树被风摇着发响。

别人家的窗子有的被风打着发出自动关开的响声，家家的流水道都是哗啦哗啦地响着水声，一定是晚餐之后洗着杯盘的剩水。晚餐后该散步的散步去了，该会朋友的会友去了，弄堂里来去的稀疏不断地走着人，而娘姨们还没有解掉围裙呢，就依着后门彼此搭讪起来。小孩子们三五一伙前门后门地跑着，弄堂外汽车穿来穿去。

鲁迅先生坐在躺椅上，沉静地、不动地阖着眼睛，略微灰了的脸色被炉里的火染红了一点。纸烟听子蹲在书桌上，盖着盖子，茶杯也蹲在桌子上。

许先生轻轻地在楼梯上走着，许先生一到楼下去，二楼就只剩了鲁迅先生一个人坐在椅子上，呼喘把鲁迅先生的胸部有规律性地抬得高高的。

“鲁迅先生必得休息的。”须藤医生这样说的。可是鲁迅先生从此不但没有休息，并且脑子里所想的更多了，要做的事情都像非立刻就做不可，校《海上述林》的校样，印珂勒惠支的画，翻译《死魂灵》下部，刚好了，这些就都一起开始了，还计算着出三十年集（即《鲁迅全集》）。

鲁迅先生感到自己的身体不好，就更没有时间注意身体，所以要多做，赶快做。当时大家不解其中的意思，都以为鲁迅先生不加以休息不以为然，后来读了鲁迅先生《死》的那篇文章才了然了。

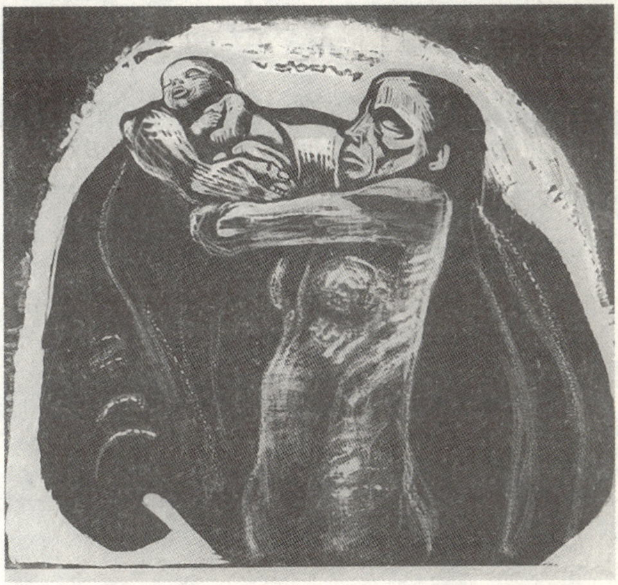

木刻《牺牲》

上图为珂勒惠支的木刻作品《牺牲》。珂勒惠支是19世纪末20世纪初德国艺术界的杰出人物。《牺牲》是木刻《战争》7幅中的一幅，刻的是一个母亲含悲献她的儿子去做无谓的牺牲。这时正值欧洲大战，她的两个幼子都死在战线上。

鲁迅先生知道自己的健康不成了，工作的时间没有几年了，死了是不要紧的，只要留给人类更多，鲁迅先生就是这样。

不久书桌上德文字典和日文字典都摆起来了，果戈里的《死魂灵》又开始翻译了。

鲁迅先生的身体不大好，容易伤风，伤风之后，照常要陪客人，回信，校稿子。所以伤风之后总要拖下去一个月或半个月的。

瞿秋白的《海上述林》校样，一九三五年冬，一九三六年的春天，鲁迅先生不断地校着，几十万字的校样，要看三遍，而印刷所送校样来总是十页八页的，并不是统统一道地送来，所以鲁迅先生不断地被这校样催索着，鲁迅先生竟说："看吧，一边陪着你们谈话，一边看校样，眼睛可以看，耳朵可以听……"

有时客人来了，一边说着笑话，鲁迅先生一边放下了笔。

有的时候也说："几个字了……请坐一坐……"

一九三五年冬天许先生说："周先生的身体是不如从前了。"

有一次鲁迅先生到饭馆里去请客，来的时候兴致很好，还记得那次吃了一只烤鸭子，整个的鸭子用大钢叉子叉上来时，大家看这鸭子烤得又油又亮的，鲁迅先生也笑了。

菜刚上满了，鲁迅先生就到躺椅上吸一支烟，并且阖一阖眼睛。一吃完了饭，有的喝了酒的，大家都闹乱了起来，彼此抢着苹果，彼此讽刺着玩，说着一些人可笑的话。

而鲁迅先生这时候，坐在躺椅上，阖着眼睛，很庄严地在沉默着，让拿在手上纸烟的烟丝，袅袅地上升着。

别人以为鲁迅先生也是喝多了酒吧！

许先生说，并不的。

"周先生的身体是不如从前了，吃过了饭总要闭一闭眼睛稍微休息一下，从前一向没有这习惯。"

周先生从椅子上站起来了，大概说他喝多了酒的话让他听到了。

"我不多喝酒的。小的时候，母亲常提到父亲喝了酒，脾气怎样坏，母亲说，长大了不要喝酒，不要像父亲那样子……所以我不多喝的……

从来没喝醉过……"

鲁迅先生休息好了，换了一支烟，站起来也去拿苹果吃，可是苹果没有了。鲁迅先生说："我争不过你们了，苹果让你们抢没了。"

有人抢到手的还在保存着的苹果奉献出来，鲁迅先生没有吃，只在吸烟。

一九三六年春，鲁迅先生的身体不大好，但没有什么病，吃过了夜饭，坐在躺椅上，总要闭一闭眼睛沉静一会儿。

许先生对我说，周先生在北平时，有时开着玩笑，手按着桌子一跃就能够跃过去，而近年来没有这么做过。大概没有以前那么灵便了。

这话许先生和我是私下讲的：鲁迅先生没有听见，仍靠在躺椅上沉默着呢。

许先生开了火炉门，装着煤炭哗哗地响，把鲁迅先生震醒了。一讲起话来，鲁迅先生的精神又照常一样。

鲁迅先生睡在二楼的床上已经一个多月了，气喘虽然停止。但每天发热，尤其是在下午热度总在三十八度三十九度之间，有时也到三十九度多，那时鲁迅先生的脸是微红的，目力是疲弱的，不吃东西，不大多睡，没有一些呻吟，似乎全身都没有什么痛楚的地方。躺在床上的时候张开眼睛看着，有的时候似睡非睡地安静地躺着，茶吃得很少。差不多一刻也不停地吸烟，而今几乎完全放弃了，纸烟听子不放在床边，而仍很远地蹲在书桌上，若想吸一支，是请许先生付给的。

许先生从鲁迅先生病起，更过度地忙了。按着时间给鲁迅先生吃药，按着时间给鲁迅先生试温度表，试过了之后还要把一张医生发给的表格填好，那表格是一张硬纸，上面画了无数根线，许先生就在这张纸上拿着米度尺画着度数，那表画得和尖尖的小山丘似的，又像尖尖的水晶石，高的低的一排连地站着。许先生虽每天画，但那像是一条接连不断的线，不过从低处到高处，从高处到低处，这高峰越高越不好，也就是鲁迅先生的热度越高了。

来看鲁迅先生的人，多半都不到楼上来了，为的请鲁迅先生好好地静养，所以把客人这些事也推到许先生身上来了。还有书、报、信，都要许先生看过，必要的就告诉鲁迅先生，不十分必要的，就先把它放在一处放一放，等鲁迅先生好些了，再取出来交给他。

然而，这家庭里边还有许多琐事，比方年老的娘姨病了，要请两天假；海婴的牙齿脱掉一个要到牙医那里去看过，但是带他去的人没有，又得许先生。海婴在幼稚园里读书，又是买铅笔，买皮球，还有临时出些个花头，跑上楼来了，说要吃什么花生糖，什么牛奶糖，他上楼来是一边跑着一边喊着，许先生连忙拉住了他，拉他下了楼才跟他讲："爸爸病啦。"而后拿出钱来，嘱咐好了娘姨，只买几块糖而不准让他格外的多买。

收电灯费的来了，在楼下一打门，许先生就得赶快往楼下跑，怕的是再多打几下，就要惊醒了鲁迅先生。

海婴最喜欢听讲故事，这也是无限的麻烦，许先生除了陪海婴讲故事之外，还要在长桌上偷一点工夫来看鲁迅先生为有病耽搁下来尚未校完的校样。

在这期间，许先生比鲁迅先生更要担当一切了。

鲁迅先生吃饭，是在楼上单开一桌，那仅仅是一个方木桌，许先生每餐亲手端到楼上去，每样都用小吃碟盛着，那小吃碟直径不过二寸，一碟豌豆苗或菠菜或苋菜，把黄花鱼或者鸡之类也放在小碟里端上楼去。若是鸡，那鸡也是全鸡身上最好的一块地方拣下来的肉；若是鱼，也是鱼身上最好一部分，许先生才把它拣下放在小碟里。

许先生用筷子来回地翻着楼下的饭桌上菜碗里的东西，菜拣嫩的，不要茎，只要叶，鱼肉之类，拣烧得软的，没有骨头没有刺的。

心里存着无限的期望，无限的要求，用了比祈祷更虔诚的目光，许先生看着她自己手里选得精精致致的菜盘子，而后脚板触了楼梯上了楼。

希望鲁迅先生多吃一口，多动一动筷，多喝一口鸡汤。鸡汤和牛奶是医生所嘱的，一定要多吃一些的。

把饭送上去，有时许先生陪在旁边，有时走下楼来又做些别的事，半个钟头之后，到楼上去取这盘子。这盘子装得满满的，有时竟照原样一动也没有动又端下来了，这时候许先生的眉头微微地皱了一点。旁边若有什么朋友，许先生就说：“周先生的热度高，什么也吃不落，连茶也不愿意吃，人很苦，人很吃力。”

有一天许先生用波浪式的专门切面包的刀切着面包，是在客厅后边方桌上切的，许先生一边切着一边对我说：“劝周先生多吃东西，周先生说，人好了再保养，现在勉强吃也是没有用的。”

许先生接着似乎问着我：“这也是对的？”

而后把牛奶面包送上楼去了。一碗烧好的鸡汤，从方盘里许先生把它端出来了，就摆在客厅后的方桌上。许先生上楼去了，那碗热的鸡汤在方桌上自己悠然地冒着热气。

许先生由楼上回来还说呢：“周先生平常就不喜欢吃汤之类，在病里，更勉强不下了。”

许先生似乎安慰着自己似的。

“周先生人强，喜欢吃硬的，油炸的，就是吃饭也喜欢吃硬饭……”

许先生楼上楼下地跑，呼吸有些不平静，坐在她旁边，似乎可以听到她心脏的跳动。

鲁迅先生开始独桌吃饭以后，客人多半不上楼来了，经许先生婉言把鲁迅先生健康的经过报告了之后就走了。

鲁迅先生在楼上一天一天地睡下去，睡了许多日子，都寂寞了，有时大概热度低了点，就问许先生：“什么人来过吗？”

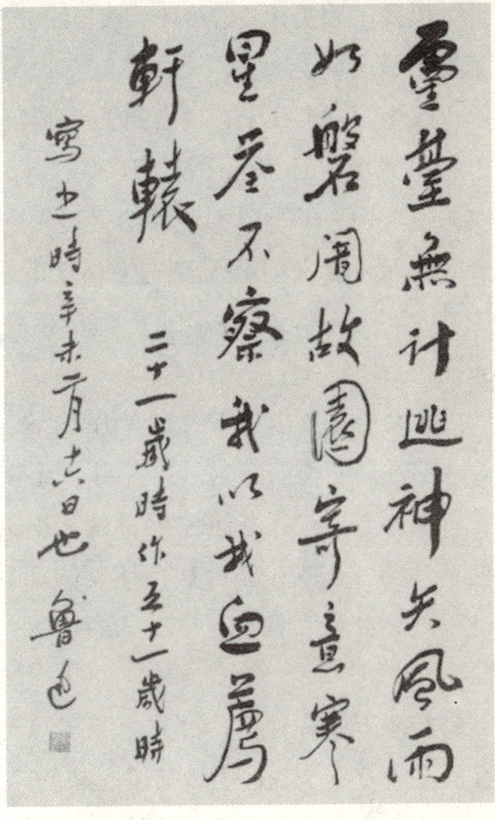

鲁迅诗手迹

郭沫若评价鲁迅：“无心作诗人，偶有所作，每臻绝唱。或则犀角烛怪，或则肝胆照人。”“鲁迅先生亦无心作书家，所遗手迹，自成风格。融洽篆隶于一炉，听任心腕之交应，朴质而不拘挛，洒脱而有法度。”

看鲁迅先生好些，就一一地报告过。

有时也问到有什么刊物来吗？

鲁迅先生病了一个多月了。

证明了鲁迅先生是肺病，并且是肋膜炎，须藤老医生每天来了，为鲁迅先生把肋膜积水用打针的方法抽净，共抽过两三次。

这样的病，为什么鲁迅先生一点也不晓得呢？许先生说，周先生有时觉得肋痛了就自己忍着不说，所以连许先生也不知道，鲁迅先生怕别人晓得了又要不放心，又要看医生，医生一定又要说休息。鲁迅先生自己知道做不到的。

福民医院美国医生的检查，说鲁迅先生肺病已经二十年了。这次发了怕是很严重。

医生规定个日子，请鲁迅先生到福民医院去详细检查，要照 X 光的。但鲁迅先生当时就下楼是下不得的，又过了许多天，鲁迅先生到福民医院去检查病去了。照 X 光后给鲁迅先生照了一个全部的肺部的照片。

这照片取来的那天许先生在楼下给大家看了，右肺的上尖是黑的，中部也黑了一块，左肺的下半部都不大好，而沿着左肺的边边黑了一大圈。

这之后，鲁迅先生的热度仍高，若再这样热度不退，就很难抵抗了。

那查病的美国医生，只查病，而不给药吃，他相信药是没有用的。

须藤老医生，鲁迅先生早就认识，所以每天来，他给鲁迅先生吃了些退热药，还吃停止肺病菌活动的药。他说若肺不再坏下去，就停止在这里，热自然就退了，人是不危险的。

在楼下的客厅里，许先生哭了。许先生手里拿着一团毛线，那是海婴的毛线衣拆了洗过之后又团起来的。

鲁迅先生在无欲望状态中，什么也不吃，什么也不想，睡觉似睡非睡的。

天气热起来了，客厅的门窗都打开着，阳光跳跃在门外的花园里。麻雀来了，停在夹竹桃上叫了三两声就飞去，院子里的小孩们唧唧喳喳地玩耍着，风吹进来好像带着热气，扑到人的身上，天气刚刚发芽的春天，变为夏天了。

楼上老医生和鲁迅先生谈话的声音隐约可以听到。

楼下又来客人，来的人总要问："周先生好一点吗？"

许先生照常说："还是那样子。"

但今天说了眼泪又流了满脸。一边拿起杯子来给客人倒茶，一边用左手拿着手帕按着鼻子。

客人问："周先生又不大好吗？"

许先生说："没有的，是我心窄。"

过了一会儿鲁迅先生要找什么东西，喊许先生上楼去，许先生连忙擦着眼睛，想说她不上楼的，但左右看了一看，没有人能代替了她，于是带着她那团还没有缠完的毛线球上楼去了。

楼上坐着老医生，还有两位探望鲁迅先生的客人。许先生一看了他们就自己低了头不好意思地笑了，她不敢到鲁迅先生的面前去，背转着身问鲁迅先生要什么呢，而后又是慌忙地把线缕挂在手上缠了起来。

一直到送老医生下楼，许先生都是把背向着鲁迅先生而站着的。

每次老医生走，许先生都是替老医生提着皮提包送到前门外的。许先生愉快地、沉静地带着笑容打开铁门闩，很恭敬地把皮包交给老医生，眼看着老医生走了才进来关了门。

这老医生出入在鲁迅先生的家里，连老娘姨对他都是尊敬的，医生从楼上下来时，娘姨若在楼梯的半道，赶快下来躲开，站到楼梯的旁边。有一天老娘姨端着一个杯子上楼，楼上医生和许先生一道下来了，那老娘姨躲闪不灵，急得把杯里的茶都颠出来了。

等医生走过去，已经走出了前门，老娘姨还在那里呆呆地望着。

"周先生好了点吧？"

有一天许先生不在家，我问着老娘姨。她说："谁晓得，医生天天看过了不声不响地就走了。"

可见老娘姨对医生每天是怀着期望的眼光看着他的。

许先生很镇静，没有紊乱的神色，虽然说那天当着人哭过一次，但该做什么，仍是做什么，毛线该洗的已经洗了，晒的已经晒起，晒干了的随手就把它团起团子。

"海婴的毛线衣，每年拆一次，洗过之后再重打起，人一年一年地长，衣裳一年穿过，一年就小了。"

在楼下陪着熟的客人，一边谈着，一边开始手里动着竹针。

这种事情许先生是偷空就做的，夏天就开始预备着冬天的，冬天就做夏天的。

许先生自己常常说："我是无事忙。"

这话很客气，但忙是真的，每一餐饭，都好像没有安静地吃过。海婴一会儿要这个，要那个；若一有客人，上街临时买菜，下厨房煎炒还不说，就是摆到桌子上来，还要从菜碗里为着客人选好的夹过去。饭后又是吃水果，若吃苹果还要把皮削掉，若吃荸荠看客人削得慢而不好，也要削了送给客人吃，那时鲁迅先生还没有生病。

许先生除了打毛线衣之外，还用机器缝衣裳，剪裁了许多件海婴的内衫裤在窗下缝。

因此许先生对自己忽略了，每天上下楼跑着，所穿的衣裳都是旧的，次数洗得太多，纽扣都洗脱了，也磨破了，都是几年前的旧衣裳，春天时许先生穿了一个紫红宁绸袍子，那料子是海婴在婴孩时候别人送给海婴做被子的礼物。做被子，许先生说很可惜，就拣起来做一件袍子。正说着，海婴来了，许先生使眼神，且不要提到，若提到，海婴又要麻烦起来了，一要说是他的，他就要要。

许先生冬天穿一双大棉鞋，是她自己做的。一直到二三月早晚冷时还穿着。

有一次我和许先生在小花园里拍一张照片，许先生说她的纽扣掉了，还拉着我站在她前边遮着她。

许先生买东西也总是到便宜的店铺去买，再不然，到减价的地方去买。

处处俭省，把俭省下来的钱，都印了书和印了画。

现在许先生在窗下缝着衣裳，机器声格哒格哒的，震着玻璃门有些颤抖。

窗外的黄昏，窗内许先生低着的头，楼上鲁迅先生的咳嗽声，都搅混在一起了，重续着、埋藏着力量。在痛苦中，在悲哀中，一种对于生的强烈的愿望站得和强烈的火焰那样坚定。

许先生的手指把捉了在缝的那张布片，头有时随着机器的力量低沉了一两下。

许先生的面容是宁静的、庄严的、没有恐惧的，她坦荡地在使用着机器。

海婴在玩着一大堆黄色的小药瓶，用一个纸盒子盛着，端起来楼上楼下地跑。向着阳光照是金色的，平放着是咖啡色的，他召集了小朋友来，他向他们展览，向他们夸耀，这种玩艺只有他有而别人不能有。他说："这是爸爸打药针的药瓶，你们有吗？"

海婴

鲁迅与许广平的儿子周海婴。题字为："海婴六个月，一九三〇年三月二十七日，上海。"背后扶着海婴的是鲁迅的手。

别人不能有，于是他拍着手骄傲地呼叫起来。

许先生一边招呼着他，不叫他喊，一边下楼来了。

"周先生好了些？"

见了许先生，大家都是这样问的。

"还是那样子，"许先生说，随手抓起一个海婴的药瓶来，"这不是么，这许多瓶子，每天打针，药瓶也积了一大堆。"

许先生一拿起那药瓶，海婴上来就要过去，很宝贵地赶快把那小瓶摆到纸盒里。

在长桌上摆着许先生自己亲手做的蒙着茶壶的棉罩子，从那蓝缎子的花罩下拿着茶壶倒着茶。

楼上楼下都是静的了，只有海婴快活地和小朋友们的吵嚷躲在太阳里跳荡。

海婴每晚临睡时必向爸爸妈妈说："明朝会！"

有一天，他站在上三楼去的楼梯口上喊着："爸爸，明朝会！"

鲁迅先生那时正病得沉重，喉咙里边似乎有痰，那回答的声音很小，海婴没有听到，于是他又喊："爸爸，明朝会！"他等一等，听不到回答的声音，他就大声地连串地喊起来："爸爸，明朝会，爸爸，明朝会，……爸爸，明朝会……"

他的保姆在前边往楼上拖他，说是爸爸睡下了，不要喊了。可是他怎么能够听呢，仍旧喊。

这时鲁迅先生说"明朝会"，还没有说出来喉咙里边就像有东西在那里堵塞着，声音无论如何放不大。到后来，鲁迅先生挣扎着把头抬起来才很大声地说出："明朝会，明朝会。"

说完了就咳嗽起来。

许先生被惊动得从楼下跑来了，不住地训斥着海婴。

海婴一边哭着一边上楼去了，嘴里唠叨着："爸爸是个聋人哪！"

鲁迅先生没有听到海婴的话，还在那里咳嗽着。

鲁迅先生在四月里，曾经好了一点，有一天下楼去赴一个约会，把衣裳穿得整整齐齐，手下夹着黑花布包袱，戴起帽子来，出门就走。

许先生在楼下正陪客人，看鲁迅先生下来了，赶快说："走不得吧，还是坐车子去吧。"

鲁迅先生说："不要紧，走得动的。"

许先生再加以劝说，又去拿零钱给鲁迅先生带着。

鲁迅先生说不要不要，坚决地走了。

"鲁迅先生的脾气很刚强。"

许先生无可奈何的，只说了这一句。

鲁迅先生晚上回来，热度增高了。

鲁迅先生说："坐车子实在麻烦，没有几步路，一走就到。还有，好久不出去，愿意走走……动一动就出毛病……还是动不得……"

病压服着鲁迅先生又躺下了。

七月里，鲁迅先生又好些。

药每天吃，记温度的表格照例每天好几次在那里画，老医生还是照常地来，说鲁迅先生就要好起来了。说肺部的菌已经停止了一大半，肋膜也好了。

客人来差不多都要到楼上来拜望拜望。鲁迅先生带着久病初愈的心情，又谈起话来，披了一张毛巾子坐在躺椅上，纸烟又拿在手里了，又谈翻译，又谈某刊物。

一个月没有上楼去，忽然上楼还有些心不安，我一进卧室的门，觉得站也没地方站，坐也不知坐在哪里。

许先生让我吃茶，我就依着桌子边站着。好像没有看见那茶杯似的。

鲁迅先生大概看出我的不安来了，便说：“人瘦了，这样瘦是不成的，要多吃点。”

鲁迅先生又在说玩笑话了。

“多吃就胖了，那么周先生为什么不多吃点?”

鲁迅先生听了这话就笑了，笑声是明朗的。

从七月以后鲁迅先生一天天地好起来了，牛奶、鸡汤之类，为了医生所嘱，也隔三差五地吃着，人虽是瘦了，但精神是好的。

鲁迅先生说自己体质的本质是好的，若差一点的，就让病打倒了。

这一次鲁迅先生保持了很长时间，没有下楼更没有到外边去过。

在病中，鲁迅先生不看报，不看书，只是安静地躺着。但有一张小画是鲁迅先生放在床边上不断看着的。

那张画，鲁迅先生未生病时，和许多画一道拿给大家看过的，小得和纸烟包里抽出来的那画片差不多。那上边画着一个穿大长裙子飞散着头发的女人在大风里边跑，在她旁边的地面上还有小小的红玫瑰的花朵。

记得是一张苏联某画家着色的木刻。

鲁迅先生有很多画，为什么只选了这张放在枕边。

许先生告诉我的，她也不知道鲁迅先生为什么常常看这小画。

有人来问他这样那样的，他说：

“你们自己学着做，若没有我呢!”

这一次鲁迅先生好了。

还有一样不同的，觉得做事要多做……

鲁迅先生以为自己好了，别人也以为鲁迅先生好了。

准备冬天要庆祝鲁迅先生工作三十年。

又过了三个月。

一九三六年十月十七日，鲁迅先生病又发了，又是气喘。

十七日，一夜未眠。

十八日，终日喘着。

十九日的下半夜，人衰弱到极点了。天将发白时，鲁迅先生就像他平日一样，工作完了，他休息了。

一九三九年十月

鲁迅先生记

萧　红

【三言两语】

萧红写怀念鲁迅的文章，无论长短都是这么地富有感染力。“万年青”是萧红第一次去鲁迅家里看到的，冬天很冷它却冻不死，而且“永久这样”，“自己是来在寒带的北方，对于这在四季里都不凋零的植物，总带着一点惊奇”。然而现在先生去了，而装“万年青”的花瓶也换了，花瓶陪伴在先生的墓旁了。“万年青”“万年青”，鲁迅先生在我们记忆中就是这样的——“最耐久”。

鲁迅先生家里的花瓶，好像画上所见的西洋女子用以取水的瓶子，灰蓝色，有点从瓷釉而自然堆起的纹痕，瓶口的两边，还有两个瓶耳，瓶里种的是几棵万年青。

我第一次看到这花的时候，我就问过：“这叫什么名字？屋里不生火炉，也不冻死？”

第一次，走进鲁迅家里去，那是近黄昏的时节，而且是个冬天，所以那楼下室稍微有一点暗，同时鲁迅先生的纸烟，当它离开嘴边而停在桌角的地方，那烟纹的疮痕一直升腾到他有一些白丝的发梢那么高。而且再升腾就看不见了。

“这花，叫‘万年青’，永久这样！”他在花瓶旁边的烟灰盒中，抖掉了纸烟上的灰烬，那红的烟火就越红了，好像一朵小红花似的和他的袖口相距离着。

“这花不怕冻？”以后，我又问过，记不得是在什么时候了。

许先生说：“不怕的，最耐久！”而且她还拿着瓶口给我抓着。

我还看到了那花瓶的底边是一些圆石子，以后，因为熟识了的缘故，我就自己动手看过一两次，又加上这花瓶是常常摆在客厅的黑色长桌上；又加上自己是来在寒带的北方，对于这在四季里都不凋零的植物，总带着一点惊奇。

而现在这“万年青”依旧活着，每次到许先生家去，看到那花，有时仍站在那黑色的长桌子上，有时站在鲁迅先生照相的前面。

花瓶是换了，用一个玻璃瓶装着，看得到淡黄色的须根，站在瓶底。

有时候许先生一面和我们谈论着，一面检查着房中所有的花草。看一看叶子是不是黄了？该剪掉的剪掉，该洒水的洒水，因为不停地动作是她的习惯。有时候就检查着这“万年青”，有时候就谈鲁迅先生，就在他的照相前面谈着，但那感觉，却像谈着古人那么悠远了。

至于那花瓶呢？站在墓地的青草上面去了，而且瓶底已经丢失，虽然丢失了也就让它空空地站在墓边。我所看到的是从春天一直站到秋天，它一直站到邻旁墓头的石榴树开了花而后结成了石榴。

从开炮以后，只有许先生绕道去过一次，别人就没有去过。当然那墓草是长得很高了，而且荒了，还说什么花瓶，恐怕鲁迅先生的瓷半身像也要被荒了的草埋没到他的胸口。

我们在这边，只能写纪念鲁迅先生的文章，而谁去努力剪齐墓上的荒草？我们是越去越远了，但无论多少远，那荒草是总要记在心上的。

《王文显剧作选》后记

李健吾

【三言两语】

李健吾（1906-1982），山西运城人，中国作家、戏剧家、文艺评论家、翻译家和法国文学研究专家。李健吾早年丧父，自幼随母漂泊异乡；10岁起在北京求学；1921年考入国立北京师范大学附中；1922年开始发表小说、剧本；1925年考入清华大学，后由王统照介绍加入文学研究会；1931年赴法国留学，研究福楼拜等现实主义作家和作品；1933年回国；1935年任暨南大学教授；抗日战争期间在上海从事进步戏剧运动；抗战胜利后，与郑振铎合编《文艺复兴》杂志；1954年起任北京大学文学研究所、中国科学院文学研究所、外国文学研究所研究员。

王文显先生是作者上学时清华研究院5位特级教授中的一个。“王文显先生是一位循规蹈矩的上流人，衣着整饬，关心戏剧活动”，这是作者对他的总体印象。作者毕业之后因为热爱戏剧的缘故被王先生留下当助教，王先生是非常高兴的，而作者出国留学推荐了同样也喜欢戏剧的同学接替他的位置时，王先生又高高兴兴地接受了。可以看出，王先生很注重一个人的兴趣爱好。但作者被日本宪兵逮捕之后就和老师失去了联系。现在唯有借“《王文显剧作选》后记”来表达对老师的深切怀念了。

王文显先生是我在清华大学外国语文系念书时的老师。我在一九二五年考上清华大学，先分在朱自清老师班上，由于朱老师的劝告——他为人敦厚，通情达理，善于谆谆诱导，多么好的一位长者！——我在第二年考上了外国语文系，所以毕业迟了一年。当时我正在害肋膜炎、肺痨病，幸而是在清华，料理我的病的是校医室 La Force 主任。这样，我就一边养病，一边上课，在清华待了下来。清华大学有一个研究院，有五位特级教授：一位是梁启超，一位是王国维，一位是陈寅恪，一位是赵元任，另外一位特级教授就是我们的系主任王文显先生。他们的薪水都是五百元。学生有谢国桢、吴其昌、游国恩等人。王文显先生有两门课：一门是戏剧，一门是莎士比亚。这是三年级和四年级的学生才能上的课。关于他的为人，温源宁先生（他也教过我的课，教“当代诗歌”。）已经在他的文章里作了相当真实的描述。

王文显先生是一位循规蹈矩的上流人，衣着整饬，关心戏剧活动。记得他有两个女儿，当时年纪都还小，现在倘若见面，可能也不认识了，他家住在北院，家里有一架钢琴。王夫人人很和气，待我很好。当时我们同班只有四个人，其中之一即徐士瑚。王文显先生知道我爱好戏剧，毕业后，他留下我做他的助教。这是在一九三〇年。第二年我有机会回运城埋葬先父。当时老奸巨滑的阎锡山已经战败下野，任山西省省长的是商震先生。商震先生是我父亲的朋友，在他的帮助下，不得入土已达十年之久的先父棺木终于有了坟地，即现在的西曲马村中已经被拆掉的大云寺。事后，我得到商震、杨虎城和七叔李鸣鹫的资助，赴法国留学，同行者有朱自清老师和去苏格兰爱丁堡大学念书的徐士瑚同学。我们几个在巴黎分了手。出国前，好几位同学要我推荐助教这个位置。张骏祥这时恰好毕业，我知道他喜欢戏剧，便推荐他接替了我的位置。王先生听说他也是一

王文显

王文显，江苏省昆山市人，剧作家，培养了洪深、李健吾、曹禺等一大批现代戏剧人才。

个喜欢戏剧的学生，就高高兴兴地接受了。

王先生用英文写过两出发生在中国的大戏，一出即《委曲求全》，这是我出国前就译好了的一出三幕喜剧。出版的年月是一九三二年。出版者是内弟尤炳圻的人文书店。一九三三年我回国后，由朱自清和杨振声两位老师介绍，给胡适主持的美国文化教育基金委员会写《福楼拜评传》，并译《福楼拜短篇小说集》，多的是闲暇。就在这期间，忽然热爱戏剧的东城青年会的赵希孟和舒又谦来看我，要我导演《委曲求全》，我接受了他们的要求，自己串演了其中的董事长一角。这是我自从男扮女装以来第一次以男演男。我那时有些胖，演董事长形体很够格，演出地点即现在的红星电影院，当时是青年会的小礼堂。这时唐槐秋恰好在北京，我们开了个欢迎会。现在我手边还保留一张他、马彦祥、曹禺和我的合影。这张合影可能是在一九三五年春末照的，因为唐槐秋和我都穿着长棉袍，只有马彦祥着西装，不过这是一九三四年（温源宁先生的文章这样写），还是一九三五年（魏照风同志根据《剧界月刊》查出的），我就不清楚了。后来这出戏传到了上海，主演王太太的凤子同包时、吴铁翼与杨守文等同志来看我，记得似乎已经是冬天了。导演是应云卫先生，他擅长喜剧。我虽然没有看见他们的演出，但相信他们是成功的。他们在复旦演出之外，还去南京演出过一次。校长由顾得刚扮演，校长仆人由吴铁翼扮演，王先生由丁伯骝扮演。不过，除去凤子演王夫人之外，我的复印本上的名单却是另一批男演员，校长由钱曾慰饰演，校长仆人由陈广湘扮演，丁秘书由孙葆寿扮演，宋注册员由王雅文扮演，会计员由施龙扮演，花匠

李健吾

在中国现代文学史上，李健吾是一位集作家、文学评论家、戏剧家和翻译家于一身、著作等身的文学大师，也是一位为东西方架设文化交流桥梁的和平使者。

由傅曾望扮演，关教授由陈来茂扮演，学生由程威廉扮演，校役由赵沔扮演，董事长由艾绳醇扮演。凤子有《学步第一天》，收集在上海出版的《舞台漫步》里。凤子的演出名单和我的《委曲求全》的复印本（根据上海戏剧学院的藏书复印出来的）并不相同，凤子来信说，她完全不记得我这份名单是哪一届演出的。这我就不知其中经过了。因为复旦曾有两次演出：一次是在上海，一次在南京。

我们在北平的演出也是成功的。我们还去清华演过一次，在当时的"同方部"演出，观众挤得满满的。王夫人已经改由石文琼女士担任了。

其后"七·七事变"发生，学校纷纷南迁，我以为王先生一定也去了西南联大。孤岛时期，我已经和孙瑞璜夫妇相当熟，他们告诉我王先生并没有去西南联大，在上海的圣约翰大学教书，于是我就常到圣约翰大学去看望王先生和王师母。后来，上海沦陷了，我看王先生的生活相当拮据，就把王先生的《北京政变》翻译过来，交给洪谟导演，剧名改为《梦里京华》。一九四二年由美艺剧社在辣斐花园首次演出，演员有黎明（后改名为时汉威）扮演王总司令（即袁世凯），王秀绪演冯执义，小凤演方珍（有小凤仙的影子），严俊可能演蔡同（即蔡锷）。半年后，联艺剧社在兰心演出，王秀绪由张伐代替。洪谟原来有整套剧照，十年浩劫中已经下落不明，真是遗憾之至。当时有上演税可收，我每星期拿着一个黑皮夹到剧场收过百分之六的上演税，然后转交给王先生。后来我被日本宪兵司令部逮捕，从此就和王先生失去了联系。听说他抗战胜利后去了香港，因他在香港有一位开银行的兄弟可以投靠。至于他什么时候去世，我就不清楚了。他的两个女儿现在都已长大成人，定居美国，这是王元化同志告诉我的。他的大女儿王希琰（原来叫王碧仙）嫁给一个刘某为妻，可能她并没有保存她父亲的五个独幕剧遗稿，这可算是一件憾事。至于二女儿，王元化同志没有提起，想必他们也不熟识。

总之，这次出书，张骏祥（当了五年王先生的助教）写"前言"，是义不容辞的，而我写"后记"，也只能到此为止。王先生生前是应该享盛名的，而今记得他的人却寥寥可数。人事无常而有常，行笔写来，不禁感慨系之。

《石评梅选集》序

李健吾

【三言两语】

石评梅“喜欢梅花，正如她取的名字一样，开在百花俱敛的寒冬；她的性格刚强，正如她的姓，有如石头一样坚硬。她像一座秀拔挺立的孤石，独自站在山顶，承受着风吹日晒，却怀着一片温存，抚慰着所有不幸的受难者；她的心地善良、慷慨；她悲观，但也乐观。”作者以解释姓名的方式言简意赅地给我们描述了年轻老师石评梅的独立个性。但人间的大不幸却是，她的坟墓被掘，连尸骸都不知哪里去了，岂不痛哉！

陶然亭一直在我的梦里、心上。过去这里是一片荒地野坟，是诗人吟诗赏月之处，是戏班对着城墙练功吊嗓子的地方。我住在粉房琉璃街，离南下洼子很近，星期天，这里是我独自散步的所在。我对它很熟，一向对它怀着深厚的感情。这里有我的足迹，也有鹦鹉冢，有高君宇、石评梅的坟墓和诗碑。

解放后，我回到北京，头一件事就是去探望故地。故地依然，只是戏班的孩子们不见了，我恋旧的心情油然而生。彼情彼景，好像在我面前都活了过来，自从陶然亭辟为公园后，我再也没进去过。前些日子，我兴冲冲地乘车来到陶然亭，想再重游一次故地，凭吊一下高君宇和石评梅的遗迹。可当我向收票员打听他们的坟墓时，他却冷漠地回答说：“那坟‘文化大革命’时全叫人给挖了，尸首也不知扔到哪儿去了，你还找什么？”听了这话，我发了愣，眼睛一红，眼眶的泪水险些流出来。我

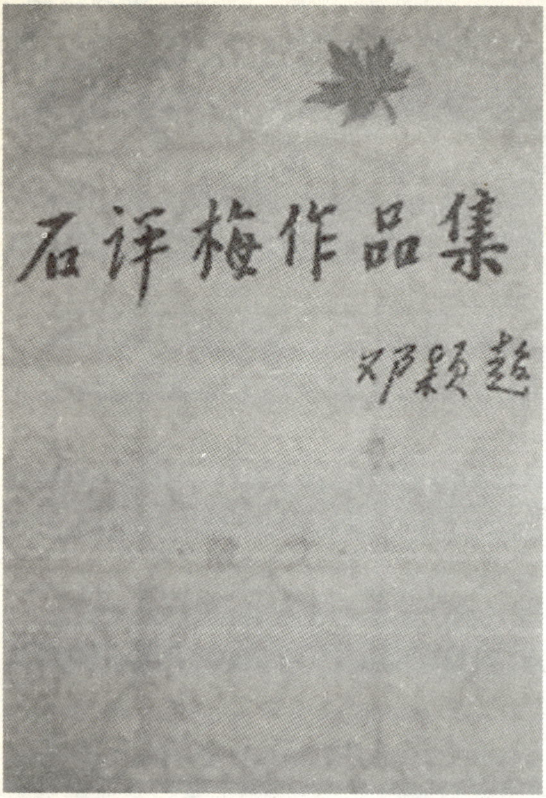

邓颖超题石评梅作品集

惘然站在门口，好半天说不出话来，像背负着半个世纪的重量，压得我喘不过气来。

人事无常，变化太大了。可是再大，也容不下我这颗失望的心。儿时没有了，高君宇和石评梅的坟也无处可寻了，我的心沉沉的，仿佛掉在井里。然而今天却偏偏轮到我——你的不及门弟子给你的选集写序。编者还特意找出我在一九二八年写的文章《悼评梅先生》，供我写作参考。我的笔好沉重啊！

一九二三年，石评梅先生从女师大毕业以后，到男附中教课。当时男附中头一次招女生，她被聘为师大附中女子部主任、体育教员，兼教国文。那时我正在男附中念书，知道她教学认真得法，又能和女学生打成一片，学生们都很喜欢她，而她当时才二十一岁。那时，我和四位爱好文学的同学组织了一个“曦社”，办了个《爝火旬刊》。我是一个活跃分子，爱打排球，常参加校外比赛。她也喜欢文学和体育，我们又是同乡，所以我们在课外晤谈的时候比较多。四年级时我被同学选为学生会主席，请鲁迅在大礼堂给全体师生做《未有天才之前》的报告，她一定来听的。她和鲁迅比较熟，鲁迅日记里提到过她，还给她办的刊物写稿。她也听过盲诗人爱罗先珂的诗朗诵。从交谈中，她了解了我的家庭，我的爱好，但是她对自己却闭口不谈。我年纪小，就像一个小弟弟似的，事无巨细，一片真心，全对她讲。后来我考上清华大学，她带着女学生春游来到清华大学，夜晚在荷花池畔，听她的谈话口气，才稍稍体察到她那孤寂之苦。

她的心有如一池平静的死水，水面结着一层薄冰，很少几个人了解她。可能只有她的同学庐隐、陆晶清……才了解她。我得知她不幸的恋爱已经是多年以后，那是在她去世之后，由于人们作为美好的事例，才传说开来。她喜欢梅花，正如她取的名字一样，开在百花俱敛的寒冬；她的性格刚强，正如她的姓，有如石头一样坚硬。她像一座秀拔挺立的孤石，独自站在山顶，承受着风吹日晒，却怀着一片温存，抚慰着所有不幸的受难者；她的心地善良、慷慨；她悲观，但也乐观。她写作品善于描绘景物，在污浊的环境中，写出了一新耳目的锦绣文字。

她在《灰烬》里写道："灰烬是时时刻刻地寓在建设里面，但建设也时时刻刻化作灰烬。""谁都忍心骗自己，谁都是看不见自己的脸，而能在很清楚看见别人的脸上，不觉自己的面目是可憎，常常觉着别人的面目可憎。上帝虽然曾告诉人们有一面镜子，然而人们都藏起来，久而久之忘了用处，常常拿来照自己。"她还说："谁都认荒冢枯骨是死了的表象，然而我觉着生的开始，因此我将我最后的希望还在灰烬之上。"在这里，我们看出她在矛盾中，看到消极的一面，也看到有归于无的辩证的一面以及她将生死置于度外的心情，到底是失恋者啊！

她的哀痛隐含着一种抗议人世不公平的勇气。她自己的生活，一半是政治生活，一半是爱情生活，是政治和爱情融合而为一。高君宇同志的革命思想和旧社会的黑暗现实教她懂得了憎恨黑暗，向往光明。在旧社会，教会的宣传是无孔不入的，所以她绝望的时候，也求救于虚无的"上帝"。但她的绝望也是一种力量，她不沉沦，她敢于战斗；她号召女子起来解放自己，她反对鲁迅反对的杨荫榆校长，她哀悼被段祺瑞政府杀害的刘和珍等烈士，她要求辛亥革命之后再来新的革命，尽管她不明白革命真谛和内容，但是中华民族必须从帝国主义强加给它的耻

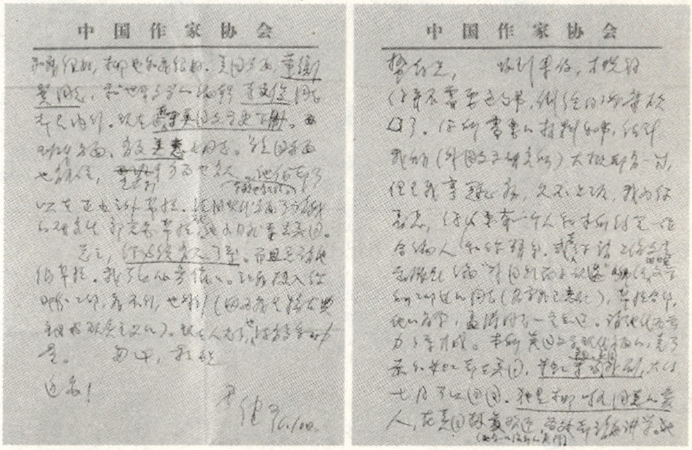
中国作家协会

中国作家协会

李健吾信札手迹

石评梅

石评梅除了酷爱文学，还喜好书画、音乐和体育，是一位天资聪颖、多才多艺的女性。

辱中解放出来，来一次翻天覆地的大变革！这是她意会到了的。政治终归高于爱情，高于一切。

她感情上留连忘返的地方始终是北京西南的陶然亭。她在《母亲》一文中比较万牲园与陶然亭道：“我回头望望四周的环境，我觉着不如陶然亭的寥廓而且凄清，有萧森而且清爽。陶然亭的晚霞，陶然亭的池塘芦花，都是坟墓布置的美景，在这个地方埋葬几个烈士或英雄，确是很追念的地方。”接着她又讲：“在陶然亭芦苇池塘畔，我曾照了一张独立苍茫的小像；当你看见它时，或许因为我爱它的地方，你也爱它，我常这样希望着。”她的老母不会看到这个芦苇丛生的地方了，她也终于在民国十七年稍后于她来清华大学春游之后就去世了！朋友们知道她的心愿，把她的尸骸埋在陶然亭高君宇的棺木一旁，成为后人凭吊的另一座鹦鹉冢。如今不但沦为废墟，就连这对鹦鹉的尸骸也不知去向了。痛哉！

这本集子里印有她早年做大学生时写的一出话剧，非常幼稚，这是完全可以谅解的。她做大学生时期，话剧才在北京冒头。我想我们总不能以今天的水平来苛求话剧历史在幼年时期的产品吧。

谨为序。

一九八二年十月十八日

犹记风吹水上鳞

——敬悼钱宾四师

余英时

【三言两语】

余英时，1930年生于天津，安徽潜山人，当代历史学家、学者。1950年至1955年就读于香港新亚书院及新亚研究所，师从钱穆先生；1956年入哈佛大学，1961年获博士学位。曾任密西根大学、哈佛大学、耶鲁大学教授，现任普林斯顿大学讲座教授，台湾中央研究院院士。主要著作有：《汉代中外经济交通》、《历史与思想》、《史学与传统》、《中国思想传统的现代诠释》、《现代儒学论》等。

此篇长文是余英时先生缅怀恩师钱穆的。恩师钱穆去世，作者悲痛不已，写文纪念并抒发哀痛之情。文章追述钱穆先生的过往种种，虽仅仅是几个片段，却足以见证他们师生之间的情谊。文章写到钱穆先生在初创新亚书院时所经历的艰辛与苦痛，写到钱穆先生的风度和威严，写到钱穆先生对自己学问上的指导和影响，整篇文字纯朴无修饰，全是真情实感的流露，让我们一睹钱穆先生的风采。

海滨回首隔前尘，犹记风吹水上鳞。
避地难求三户楚，占天曾说十年秦。
河间格义心如故，伏壁藏经世已新。
愧负当时传法意，惟余短发报长春。

八月三十一日深夜一时，入睡以后突得台北长途电话，惊悉钱宾四师逝世。悲痛之余，心潮汹涌，我立刻打电话到钱府，但钱师母不在家中，电话没有人接，所以我至今还不十分清楚钱先生（我一直是这样称呼他的，现在仍然只有用这三个字才能表达我对他的真实情感）逝世的详情，不过我先后得到台北记者的电话已不下四五起，都说他是在很安详的状态下突然去的，这正是中国人一向所说的“无疾而终”。这一点至少给了我很大的安慰。今年七月，我回到台北参加“中央研究院”的会议，会后曾第一次到钱先生的新居去向他老人家问安。想不到这竟是最后一次见到他了，走笔至此禁不住眼泪落在纸上。

余英时

余英时先生于2006年获得美国国会图书馆颁发享有“人文学诺贝尔奖”之称的克鲁格奖，被誉为“胡适之后最杰出的中国学者”。从普林斯顿大学退休后，他隐居“小书斋”中著书立说，笔端深含中国情怀，思想影响华文世界。

最近十几年，我大概每年都有机会去台北一两次，多数是专程，但有时是路过。而每次到台北，无论行程怎么匆促，钱先生是我一定要去拜谒的。这并不是出于世俗的礼貌，而是为一种特殊的情感所驱使。我们师生之间的情感是特别的，因为它是在患难中建立起来的；四十年来，这种情感已很难再用“师生”两个字说明它的内容了。但最近两三年来，我确实感到钱先生的精神一次比一次差。今年七月初的一次，我已经不敢说他是否还认识我了。但是他的身体状态至少表面上还没大变化。所以他的突然逝世对我还是一件难以接受的事。

我对于钱先生的怀念，绝不是短短一两篇，甚至三五篇“逝世纪念”那种形式化的文字所能表达得出来的，而且我也绝不能写那样的文字来亵渎我对他老人家的敬爱之情。所以我现在姑且回想我最初认识他的几个片断，为我们之间四十年的师生情谊留下一点最真实的见证，同时也稍稍发抒一下我此时的哀痛。以后我希望有机会写一系列文字来介绍他的思想和生平，但那必须在我的情绪完全平复以后才能下笔。

我在前面所引的诗是我五年以前祝贺钱先生九十岁生日的四首律诗的最后一首，说的正是我们在香港的那一段岁月。我第一次见到钱先生是一九五〇年的春天，我刚刚从北京到香港，那时我正在北京的燕京大学历史系读书。我最初从北京到香港，自以为只是短期探亲，很快就会回去的。但是到了香港以后，父亲告诉我钱先生刚刚在这里创办了新亚书院，要我去跟钱先生念书。我还清楚地记得父亲带我去新亚的情形。钱先生虽然在中国是望重一时的学者，而且我早就读过他的《国史大纲》和《中国近三百年学术史》，也曾在燕大图书馆中参考过《先秦诸子系年》，但是他在香港却没有很大的号召力。当时新亚书院初创，学生一共不超过二十人，而且绝大多数是从大陆来的难民子弟，九龙桂林街时代的新亚更谈不上是“大学”的规模，校舍简陋得不成样子，图书馆则根本不存在，整个学校的办公室只是一个很小的房间，一张长桌已占满了全部空间。我们在长桌的一边坐定不久，钱先生便出来了。我父亲和他已见过面。他们开始寒暄了几句。钱先生知道我愿意从燕京转来新亚，便问问我以前的读书情况。他说新亚初创，只有一年级。我转学便算从二年级的下学期开始，但必须经过一次考试，要我第二天来考。我去考试时，钱先生亲自出来主持，但并没有给我考题，只叫我用中英文各写一篇读书的经历和志愿之类的文字。交卷以后，钱先生不但当场看了我的中文试卷，而且接着又看我的英文试卷。这多少有点出乎我的意料之外。我知道钱先生是完全靠自修成功的，并没有受到完整的现代教育，他怎么也会看英文呢？我心中不免在问。很多年以后，我才知道他在写完《国史大纲》以后，曾自修过一年多的英文，但当时我是不知道的。阅卷之后，钱先生面带微笑，这样我便被录取了，成为新亚书院文史系二年级第二学期的学生了。这是我成为他的学生的全部过程。现在回想起，这是我一生中最值得引以自傲的事。因为钱先生的弟子尽管遍天下，但是从口试、出题、笔试、阅卷到录取，都由他一手包办的学生，也许我是唯一的一个。

钱先生给我的第一个印象是个子虽小，但神定气足，尤其是双目炯炯，好像把你的心都照亮了。同时还有一个感觉，就是他是一个十分严肃、不苟言笑的人。但是这个感觉是完全错误的，不过等到我发现这个错误，那已是一两年以后的事了。

当时新亚学生很少，而程度则参差不齐。在国学修养方面更是没有根基，比我还差的也大有人在。因此钱先生教起课来是很吃力的，因为他必须尽量迁就学生的程度。我相信他在新亚教课绝不能与当年在北大、清华、西南联大时相提并论。我个人受到他的教益主要是在课堂之外。他给我的严肃印象，最初使我有点敬而远之，后来由于新亚师生人数很少，常常有同乐集会，像个大家庭一样，慢慢地师生之间便熟起来了。熟了以后，我偶尔也到他的房间里面去请教他一些问题，这样我才发现他真是“即之也温”的典型。而后来我父亲也在新亚兼任一门西洋史，他常常和我们一家人或去太平山顶或去石澳海边坐茶馆，而且往往一坐便是一整天，这便是上面所引诗中的“犹记风吹水上鳞”了。钱先生那时偶尔还有下围棋的兴趣，陈伯庄先生是他的老对手，因为两人棋力相等。我偶尔也被他让几个子指导一盘，好像我从来没有赢过。

这样打成一片以后，我对钱先生的认识便完全不同了。他原本是一个感情十分丰富而又深厚的人。但是他毕竟有儒学的素养，在多数情况下，都能够以理驭情，恰到好处。我只记得有一次他的情感没有完全控制好，那是我们一家人请他同去看一场电影，是关于亲子之情的片子。散场以后，我们都注意到他的眼睛是湿润的。不用说，他不但受了剧情的感染，而且又和我们一家人在一起，他在怀念着留在大陆的子女。但这更增加了我对他的敬爱。有一年的暑假，香港奇热，他又犯了严重的胃溃疡，一个人孤零零地躺在一间空教室的地上养病。我去看他，心里真感到为他难受。我问他：“有什么事要我帮你做吗?”他说他想读王阳明的文集。我便去商务印书馆给他买了一部来。我回来的时候，他仍然是一个人躺在教室的地上，似乎新亚书院全是空的。

我跟钱先生熟了以后，真可以说是不拘形迹，无话不谈，甚至彼此偶尔幽默一下也是有的。但是他的尊严永远是在那里的，使你不可能有一分钟忘记。但这绝不是老师的架子，绝不是知识学问的傲慢，更不是世俗的矜持。他一切都是自自然然的，但这是经过人文教养浸润以后的那种自然。我想这也许便是中国传统语言所谓的“道尊”，或现代西方人所说的“人格尊严”。

这种尊严使你在他面前永远会守着言行上的某种分寸，然而又不觉得受到什么权威的拘束。说老实话，在五十年代初的香港，钱先生不但无权无势，连吃饭都有困难，从世俗的标准看，哪里谈得上“权威”两个字？这和新亚得到美国雅礼协会的帮助以后，特别是新亚加入中文大学以后的情况，完全不同。我们早期的新亚学生和钱先生都是患难之交，以后，雅礼协会和哈佛燕京社都支持新亚了，香港大学又授予他“荣誉博士”学位，钱先生在香港社会上的地位当然遽速上升。但是就个人的亲身体验而言，钱先生则依然故我，一丝一毫也没有改变。发展以后的新亚迁到了嘉林边道。我仍然不时到他的房间里聊天，不过常不免遇到许多形形色色的访客。有一次，一位刚刚追随他的文史界前辈也恰好在座，忽然这位先生长篇大段地背诵起文章来了，我没有听清楚是什么，钱先生有点尴尬地笑，原来他背诵的是钱先生几十年前在北平图书馆馆刊上所发表的一篇文字。这一切都和钱先生本人毫不相干。一九六〇年春季，钱先生到耶鲁大学任访问教授，我曾两度去奉谒，他和钱师母也两度到康桥来作客。他们临行前，还和我们全家同去一个湖边木屋住了几天。我们白天划船，晚上打麻将，这才恢复到我们五十年代初在香港的那种交游。钱先生还是那么自然、那么率真、那么充满了感情，但也依然带着那股令人起敬的尊严。

上面描写的钱先生的生活的一面，我想一般人是不十分清楚的。我能比较完整地看到这一面也是出于特殊机缘造成的。钱先生从来不懂得哗众取宠，对于世俗之名也毫无兴趣，更不知道什么叫作“制造社会形象”或“打知名度”。这些“新文化”是向来和他绝缘的，因此他不会在和人初相识时便有意要留下深刻的印象。他尤其不肯面对青年人说过分称誉的话。除非有五十年代香港的那种机缘，钱先生的真面目是不易为人发现的。他对《论语》“人不知而不愠”那句话深信不疑，而近于执著。五十年代初他和我闲谈时也不知提到了多少次，但他并不是向我说教，不过触机及此罢了。

上面说到我得到钱先生的教益主要是在课堂以外，这也有外缘的关系。我在新亚先后只读了两年半，正值新亚书院最艰困的时期，钱先生常常要奔走于香港与台北之间，筹募经费。一九五〇年年底，他第一次去台北，大约停留了两三个月，好像一九五一年的春季，他没有开课。一九五一年冬他又去了台北，不久便发生了在联合国同志会演讲而礼堂倒塌的事件，钱先生头破血流，昏迷了两三天，几乎死去，所以整个一九五二年春季他都在台湾疗养。一九五二年夏初，新亚书院举行第一届毕业典礼，我是三个毕业生之一，但钱先生还没有康复，以致竟未能赶回香港参加。所以我上钱先生的课，一共不过一个半学年而已。事实上，我有机会多向钱先生私下请益是在他伤愈回港以后，也就是我毕业以后。

大概在一九五〇年秋季开学不久，我为了想比较深入地读《国史大纲》，曾发愤作一种钩玄提要的工夫，把书中的精要之处摘录下来，以备自己参考。我写成了几条之后，曾送呈钱先生过目，希望得到他的指示。这大概是我第一次在课外向他请教。钱先生的话我至今还记得。他说："你做这种笔记的工夫是一种训练，但是你最好在笔记本上留下一半空页，将来读到别人的史著而见解有不同时，可以写在空页上，以备比较和进一步的研究。"他的闲闲一语对我有很深的启示，而且他透露出他自己对学问的态度。《国史大纲》自然代表了他自己对一部中国史的系统见解，但是他并不认为这是唯一的看法，而充分承认别人从不同的角度也可以得出不同的论点，初学的人则应该在这些不同之处用心，然后去追寻自己的答案。用今天的话说，钱先生的系统是开放的，而不是封闭的。这个意思，他在《国史大纲》的"引言"和"书成自序"中也隐约地表示过，但是对我而言，究竟不及当面指点，直凑单微，来得亲切。从此以后，我便常常警惕自己不能武断，约束自己在读别人的论著——特别是自己不欣赏的观点——时，尽量虚怀体会作者的用心和立论的根据。

这次以后，我曾不断提出《国史大纲》中的具体论断，请他说明为什么要这样说，而不那样说。每一次都是我"小扣"，而他"大鸣"。我渐渐明白原来他多年在北大等校讲授中国通史的过程中，读遍了同时史学专家在一切重大关键问题上的研究文字，然后根据他自己的通史观点而判定其异同取舍。有一次我们讨论到西魏府兵制，他便向我说明他和

钱穆

中国学术界尊称钱穆为“一代宗师”，更有学者说他是中国最后一位士大夫、国学宗师。

陈寅恪的看法有何异同之处。他认为陈寅恪过分强调了宇文泰个人私心在府兵制成立上的作用，而他则宁可从胡汉势力的消长上去着眼。他很推崇陈寅恪的贡献，但认为专题考证的具体结论和通史所需要的综合论断未必能完全融合无间。我举此一例，以见《国史大纲》并不易读。因为钱先生写通史时惜墨如金，语多涵蓄，其背后不仅是正史、九通之类的旧史料，而且也包含了整个民国时期的史学史。

我们讨论的范围几乎无所不包，但重点总是在现代史学的演变方面。我从他的谈论中，逐渐领悟到中国传统学术一方面自有其分类和流变，另一方面又特别注重整体的观点。这是“专”与“通”的大问题。但是这一传统和现代西方学术的专门化趋势接触以后，引起了许多有关如何沟通和融化的困难，一时无法解决。如果单纯地依照西方的分类，各人选一专门的范围去进行窄而深的断代研究，当然也会有成绩。但在熟谙中国传统的人看来，总不免有牵强和单薄之感。如果过分注重“通”的传统，先有整体的认识再去走专家的道路，事实上又是研究者的时间、精力、聪明都不能

钱穆故居

图为钱穆先生的故居——素书楼的外景。素书楼是由钱穆夫人胡美绮女士亲自设计的。

允许的。钱先生走出了自己独特的“以通驭专”的道路。现在大家都把他当作学术思想史家，其实他在制度史、沿革地理，以至社会经济史各方面都下过苦功，而且都有专门著述。《国史大纲》中“南北经济文化之转移”三章尤其有绝大的见识，显示了多方面的史学修养和现代眼光。在钱先生门下，以我所认识的人而言，严耕望先治政治制度史后治人文地理，都是受到钱先生的启发和指导。一九五三年钱先生得到亚洲基金会的资助，在九龙太子道租了一层楼创办研究所，这是新亚研究所的前身。当时只有三四个研究生，我也在其中。但我当时的兴趣是研究汉魏南北朝的社会经济史，由钱先生任导师。钱先生仍一再叮咛，希望我不要过分注意断代而忽略贯通，更不可把社会经济史弄得太狭隘，以致与中国文化各方面的发展配合不起来。这仍然是“通”与“专”之间的问题，不过钱先生的道路并不是人人都能走得通的，所以这个大问题也一直没有得到妥善的解决。他也承认这个问题恐怕无法统一解决，只有凭各人性之所近，分途摸索，也许等到新的研究传统真正形成了，这个问题也就自然而然地化解了。这里又显示了钱先生治学的另一面：他是开放型的现代学人，承认史学的多元性，但是同时又择善固执，坚持自己的路向。他并没有陷入相对主义的泥淖。他相信，各种观点都可以用之于中国史的研究，然而学术价值的高下仍然有客观的标准，也不完全是时人的评价即能决定，时间老人最后还是公平的。所以，在他的谈话中，他总是强调学者不能太急于自售，以致为时代风气卷去，变成了吸尘器中的灰尘。这便回到“人不知而不愠”那个老话题上去了，但是他承认三十年代的中国学术界已酝酿出一种客观的标准，可惜为战争所毁，至今未能恢复。

钱先生回忆民国以来中国学术界的变迁，对我也极有吸引力。最初我只是为了好奇而向他追问各派的人物的性格和治学的长短及彼此间的关系，但久而久之，我对民国学术思想史有了比较亲切的认识。这一部分的知识更是书本上所找不到的。钱先生自民国十九年（1930）到北平以后，表面上他已进入了中国史学的主流，然而他的真正立场和主流中的“科学”考证或“史料学”又不尽相合。因此，他和反主流派的学人却更为投缘，甚至“左派”学人中也不乏和他谈得来的，例如杜守素便非常佩服他，范文澜也十分注意他的著作。四十年代中，范文澜开始编《中国通史简编》，便颇取材于《国史大纲》，不过解释不同而已。此外如南方以中央大学为中心的史学家如缪凤林、张其的也和他交往很密切。钱先生不在任何派系之中，使他比较能看得清各派的得失；他又有自己的观点，所以论断鲜明，趣味横生。一九七一年以后，我每次到台北去看他，只要话题转到这一方面，他总是喜欢回忆这些学坛掌故。我曾一再请求他写下来，为民国学术史留下一些珍贵的资料。这也许有助于他后来下决心写《师友杂忆》。但是《杂忆》的文字还是太洁净、太含蓄了。这是他的一贯风格。但读者如果不具备相当的背景知识，恐怕很难体会到他的言外之意，更不用说言外之事了。

自从获得钱先生逝世的消息，这几十小时之内，香港五年的流亡生涯在我心中已重历了无数次。有些记忆本已隐没甚久，现在也复活了起来。正如钱先生所说，忘不了的人和事才是我们的真生命。我这篇对钱先生的怀念主要限于五十年代的香港，因为这几年是我个人生命史上的关键时刻之一。我可以说，如果我没有遇到钱先生，我以后四十年的生命必然是另外一个样子。这就是说：这五年中，钱先生的生命进入了我的生命，而发生了塑造的绝大作用。但是反之则不然，因为钱先生的生命早已定型，我在他的生命史上则毫无影响可言，最多不过如雪泥鸿爪，留下一点浅浅的印子而已。

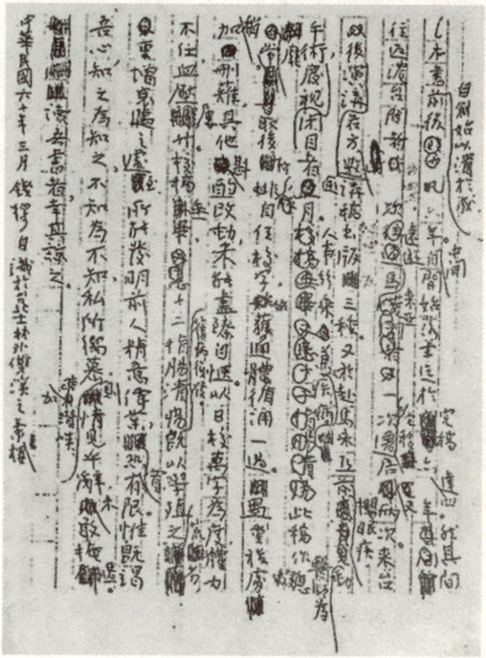

钱穆手迹

图为钱穆的《八十忆双亲》手稿。

这篇文字在情感波动中写出，无暇修饰，也不能修饰，但所记仅仅是一个轮廓。在结束之前，让我叙述一个刚刚发生的故事，因为这个故事富有象征的意义。

我在美国教学和研究已三十年，钱先生的著作当然是和我的工作分不开的。在我的朋友和学生之中，当然也有不少人因为我的指引才去细读钱先生的著作。其中最明显的当然是Jerry Dennerline。前年（1988）在耶鲁大学出版的《钱穆和七房桥的世界》这是以《八十忆双亲》的译注为基础而写成的专著。

但是三十年来，我并没有利用任何机会去宣扬钱先生的学术和思想，好像要造成一个“学派”的样子，这也是本于钱先生的精神同时，我深信“道假众缘，复须时熟”之说，揠苗助长是有害无利的。而且钱先生毕生所发挥是整个中国学术传统，不是他个人的私见。过分强调或突出他个人的作用，不是抬高或扩大他，而是降低或缩小他。他对章学诚“言公”和“谢名”的深旨，低回往复，不能自已，其故正在于是。

我个人几十年来也没有直接写到钱先生的机会，因为我在美国的教学和研究都不涉及近代和现代的人物与思想。一年多以前，我接受了瑞典诺贝尔委员会的邀请，在今年九月初参加一个讨论世界各国“民族史的概念”（Conceptions of National History）的学术会议。我想借此机会听听其他国家的专家关于这个问题的意见，因此几经考虑之后，决定参加。我的题目是“二十世纪中国民族史概念的变迁”，论文期限本在六月底，但因为我七月初回台北开会，加上其他事情，一直延至最近才赶写了出来。这篇文字从章炳麟、梁启超开始，最后一位代表，恰好是钱先生。在我得到钱先生逝世消息的前几个小时，我正在撰写《国史大纲》所体现的民族史的意识。也许在他离开人世的那一刹那，就是我介绍《国史大纲》的时刻。这中间是不是有什么感应之理呢？也许像我在上面所说的，由于他在我早期的生命中发生了塑造的力量，这种力量在他临终前又从我的潜意识中涌现了出来。无论如何，这总是一种不可思议的巧合。但是使我倍加哀痛的是：我不能不对这篇文字作一次最后的修改，添上了他的卒年，并且把动词改为过去式。

钱先生走了，但是他的真精神、真生命并没有离开这个世界，而延续在无数和他有过接触的其他人的生命之中，包括像我这样一个平凡的生命在内。

永怀师恩

——记受恩于傅斯年先生的一段往事

李亦园

【三言两语】

李亦园，1931年生于福建晋江，台湾地区人类学家。1948年就读于台湾大学历史系，后转至人类学系；1953年毕业后留校担任助教；1958年赴美国哈佛大学留学，1960年获得人类学硕士学位。李亦园长期从事人类学教育与研究，育才无数，著作等身。他创建一套中国传统民间文化理论，广受学界推崇。1984年他获选为“中央研究院”院士。

作者年少时求学于台大而受恩于傅斯年先生，这段经历改变了作者一生的命运，对傅斯年先生充满着无尽的感激怀念之情。一个伟大的教育家像傅斯年先生这样，“不但在大处塑造一个时代的学风，而且也常常在小处替一个青年人安排好一生的路程”。而作者受人恩情并能将它传递下去，转授他人，也算壮举。

一位伟大的教育家，不但在大处塑造一个时代的学风，而且也常常在小处替一个青年人安排好一生的路程。已故“台湾大学”校长傅斯年先生就是这样的一位教育家。

傅孟真先生于一九四九年一月接任“台大”校长，至一九五〇年十二月二十日因脑溢血猝逝于“台湾省议会”议场，前后主持“台大”校务尚不足二年。但是在这短短的二年中，他却为“台大”树立优良的学风，并为台湾的学术研究立下不拔的根基。作为“台大”的一分子，作为台湾学术研究圈内的一个成员，我和其他的人一样对傅先生怀有无限敬仰之意。可是，就我个人求学的历程来说，我却另对傅先生怀有一种终生无尽感念之情。

我是一九四八年九月考取“台大”历史系，当时傅先生尚未出任“台大”校长，而学校也因时局及屡次更换校长正处于极不安定的情况下，但是当傅先生莅任数个月后，一切校务都很快地上了轨道。傅先生不但在很短期间内稳定了整个学校的行政，而且“带”来大批在国内学术界极负盛名的学者。傅先生自己是学历史的，同时也是“中央研究院”历史语言研究所的负责人，因此随他南下的学者，有很多是史学家，更有不少著名的考古学家、人类学家，如李济、董作宾、凌纯声、芮逸夫诸先生，也都来到“台大”。当我在历史系读完一年而进入二年级时，我们真是高兴得不得了，因为我们不但可以接触到很多史学大家，并且可以直接聆教于从前只能在教科书上看到大名的考古学者与人类学者，我在接受他们教益之余，已深深地为这些新的科目所吸引住了。而在此时，在傅先生的策划下，新成立的考古人类学系也自历史系分出，所以当我读完历史系二年级时，我就决定转系去读考古学与人类学了。

李亦园

李亦园先生在人类学与汉学研究中所做的贡献和取得的成就，得到学界高度肯定，并获得多项殊荣。

当我正兴高采烈准备办理转系之时，一件重大的困难出现了。考古人类系是在傅先生来后半年，也就是一九四九年秋天才奉准设立的，到一九五〇年秋季我读完史学系二年级要升三年级时，该系只有二年级，所以不能收我为三年级的学生，假如我一定要转系，就得降一班就读，也就是目前所说的“降转”。我当时兴趣很浓，而且追随名师之心甚切，并不在乎多读一次二年级，不过问题并不在于我自己是否愿意降一班就读，而是在于降一班即不能保有我赖以就学的“奖学金”。原来在一九五一年以前，考取“台大”的学生成绩在每班前百分之五者，可以得到全额奖学金，我在入学时很幸运地能得到这份奖学金。这份奖学金不仅是荣誉，而且是赖以继续在台就学的保障，因为当时家里经济的支援中断，假如没有奖学金，就不能再读下去。可是奖学金顾名思义是奖给成绩好的学生，如何能奖给降班的学生呢？所以当我办转系时，教务处就告诉我不能再保有奖学金了，这对我真是进退两难，而且心里很不服气，虽说我是“降班”的学生，但并非因成绩不及格而降，而是学校没有三年级可读才“屈就”的，我以此与教务处的人争辩，但他们总无法通融，即使是当时的教务长，也就是傅先生逝世后继任“台大”校长的钱思亮先生也爱莫能助。不过他告诉我，这种有关规则的事假如要改变，恐怕要校长批准才行，他要我写一张说明去见校长。

傅校长是一个喜欢与学生接触的校长，他来校后没多久，我们已见过他好几面，特别是史学系的学生，更有机会碰到他，但是单独去见他，对于一个二年级的学生来说，确实有点胆怯，不过为了自己的兴趣，我终于硬着头皮去见傅先生。他读了我的报告，没有立刻表示可否，却是先问了我三个问题：头一个问题是为什么要转考古人类学系？我说明了我的兴趣与想法后，他点头表示满意。在我稍嫌冗长的说明时，他一面燃着烟斗，呼呼地抽烟，一面注意地听，现在想来，以他那样繁忙的工作，却肯听一个初入门的学生诉说志愿，实在是不多见的。接着他又问我知不知道读人类学的人经常要去做田野工作，那是很苦而且要离家很长久的事，估量过自己能忍受得了吗？我回答说，我相信自己能忍受。接着他又问我是否知道读这一行“冷门”，将来只有教书或研究的路，那是不能赚钱的行业吗？我回答说，我来自一个教书的家庭，我对教书或研究有兴趣。傅先生听完我的回答后，没有再说别的，立刻在我的报告上批了准予保留奖学金。于是，我就满怀欢欣地离开校长去办手续了。

傅斯年

在近代学术史上，傅斯年是一个著名人物。他是历史学家、教育家、历史语言研究所创始人、北京大学代理校长、台湾大学校长，而且他的一生还富有传奇色彩。

现在想起这段事，虽然已隔了二十八年之久，但是仍然历历如在眼前，因为这一件事关系我一生的历程至大，当时假如不是有一位这样开明的校长.我可能就要被迫放弃转读人类学的企图，而以后的发展，也很可能就大有不同了。所以每当我想起这段往事，总是对这位良师怀念不已，所幸我并没有太过辜负傅先生帮助我转读人类学的苦心，如今我仍留在人类学研究的领域里，我也继续留在“台大”的考古人类学系担任教职，同时也特别对那些真正有心要转读人类学、考古学的人都给予帮助与关切。今天考古人类学系在学的学生中，仍有三四位转学来的同学大都能体会出我的这番心意。我想傅先生地下有知，也许会同意我把他施于我身上的“恩”，再转之于新生一代的身上去的。

一九七八年

一封未拆的信
——纪念老师沈骊英先生

费孝通

【三言两语】

费孝通（1910–2005），江苏吴江人，社会学家和人类学家。1930年考入燕京大学社会学系；1933年考取清华大学社会学及人类学系研究生；1935年取得公费留学资格，1936年留学英国；1938年获伦敦大学研究院哲学博士学位；1938年回国；1944年参加中国民主同盟，投身爱国民主运动，曾任清华大学教授。

沈骊英先生是作者的启蒙老师。多年后作者给恩师写信，但不到一星期，就得到沈骊英老师脑溢血死在实验室的噩耗。又过一星期，寄出的信被退回，只是加了一个信封，其他什么也没夹。作者说：“再没有人去拆这封信了，我把它投入了炉子里。”这是怎样的悲痛，怎样的令人扼腕叹息啊！启蒙老师给了自己起步的力量，等到自己有所成就，想要向老师传达自己对她的惦念的时候，却无人倾听！

从我们魁阁走上公路，向北约摸半个钟点的路程，就到三岔口。中央农业实验所有一个分站疏散在这村子里。疏散在附近的文化机关时常有往来，大家用所在地的名称作各个机关的绰号。三岔口的徐季吾先生上下车站，便道常来我们魁阁，我们星期天有闲也常去三岔口望他。在一次闲谈中徐先生讲起了沈骊英先生。

“沈先生是我的老师，”我这样说，“我在小学时，最喜欢的老师就是她。”

我停了一忽，接着说：

“说来这已是二十多年的事了。最后一次见着她是在东吴的校门前，那时候我就在这大学的附中里念书。我母亲去世不久，她是我母亲的朋友，一路和我说了许多关于我生活细节的话。中学时代的孩子最怕听这些，尤其像我这种乱哄哄的人，一天到晚真不知干些什么，她那时所说的，听过也就忘了。但是，我一闭眼，还记得这位老师的笑容：一副近视眼，一个拖在脑后梳得松松的髻。那时看来算是相当时髦的。至少，她所穿那件红方格子带裙子的衣服，在我印象里是件标准的西装——”

我一面说着，二十多年前的印象似乎愈来愈逼真：天赐庄夹道的两道红墙，东吴大门口的那棵大树——在这地方我们分手了。本来是路上偶然相逢，你想，一个十五六岁的男孩子在路上遇着了她幼年的女教师，怎么会说得上什么清楚的话？手插在裤袋里，脸红红的，眼睛潮润润地，只怕有哪个同学看见，多不好意思？

徐先生打断了我的回忆，“沈先生不是在苏州那个女学校里教过书的么？怎会教得着你的呢？”

十多年前，我如果听到这话，一定要脸红，决不会接着说：“是呀，

费孝通

1936年，费孝通在伦敦大学经济政治学院马林诺斯基门下学习社会人类学。毕业时在马林诺斯基指导下完成了博士论文《江村经济》并获得博士学位。《江村经济》一书被誉为“人类学实地调查和理论工作发展中的一个里程碑”，成为国际人类学界的经典之作。

我是在女学校里长大的呀。”徐先生好奇地听我说下去：“那个学校名叫振华。苏州人大概都知道这学校。现在的校址是织造府。苏州的织造府谁不知道？这就是曹雪芹住过的地方，据说他所描写的大观园就依这个织造府作蓝本的。”

我在中学里时，最怕是有人提起我的来历；愈是怕，愈成了同学们取笑的把柄。“女学生！”——在这种心理压力之下，我怎么会有勇气，在我女老师的身边并排着走？校门救了我，我飞跑似的冲进铁门，头也不敢回，甚至连“再会”两字也没有说。可是，虽则这样鲁莽，我却并没有这样容易把这事忘却，二十多年后，还是这样清楚地记得：那副眼镜，那件红方格的西装，和温存的语调。

我进高小刚是十岁，初次从小镇里搬到苏州。羸弱多病使我的母亲不敢把我送入普通的小学。振华靠近我们所住的地方，是我母亲的朋友王季玉先生所办的，而且是个女学，理论上说女孩子不像男孩子那样喜欢欺负人，至少欺负时不太动用武力。不久我成了这女学校里少数男学生之一。入学时我母亲还特地送我去，那时校址是在十全街，就在那时我被介绍给这位沈先生。以后她常带我到她的房里去，她房里的样子现在已模糊了，只记得她窗外满墙的迎春花，黄黄的一片。当时，沈先生，我后来总是这样称呼她，其实还是和这一片黄花一样的时代，但是在我却免不了她已经属于“什么都懂，什么都能”的伟大人物那一类了。我当初总有一点羞涩，也有一些异样：在四年的小学中，老师在我是一个可怕的人物，打手心的是他，罚立壁角的也是他，一个似乎不太讲理，永远也不会明白孩子们心情的权威。可是这个老师却会拉着我的手，满面是笑容，是个手里没有戒尺的人，这使我不太明白。我想，我那时一定没有勇气望着她的眼。不然，我怎会现在只记得满墙的迎春花呢？

沈先生教我算学，每次做练习，我总是第一个交卷。习题做快了，又不重看一遍，不免时常把 6 写成 8，2 写成 3。“这样一个粗心大意的孩子！”其实我的心哪里是在做算学？课堂外的世界在招惹我。可怪的是沈先生从来没有打过这个顽皮的手心，或禁闭过这个冒失的孩子。她望着我这匆忙的神色，忙乱的步伐，微微地摇着头：“孩子们，你们什么时候才会定心做一个算题？”

过了有十年的一个暑假，我在沪江的暑期学校里选了三门算学课程，天气热得像是坐在蒸笼里，我伏在桌子上做题解；入晚靠窗眺望黄浦江的烟景，一个个还是几何的图形。我不知为什么，一直到现在还是记不住历史上的人名，地理上的地名，而对于数字并不怎么怕；若是有理由可说的，该是我高小里历史和地理的教师并不是姓沈的缘故罢。多少孩子们的兴趣在给老师们铲除送终？等大学毕业，一个人对于学术前途还没有全被封锁的，该算是很稀少的例外了。

我的性格也许是很不宜于算学的，可是为了有这个启蒙的教师，我竟为了它牺牲了一个可以夏游的暑天。

从那天偶尔在街上见面之后，我一直没有见过这位老师。我也没有去想着她的理由。天上的雨，灌溉了草木，人家看到苍翠，甚至草木也欣然自感茂盛，雨水已经没入了泥土，没有它的事了。多少小学里的教师们，一天天，一年年把孩子们培养着。可是，培养了出来，向广阔的天地间一送，谁还记得他们呢？孩子们的眼睛望着前面，不常回头的。小学教师们的功绩也就这样被埋葬在不常露面的记忆之中了。

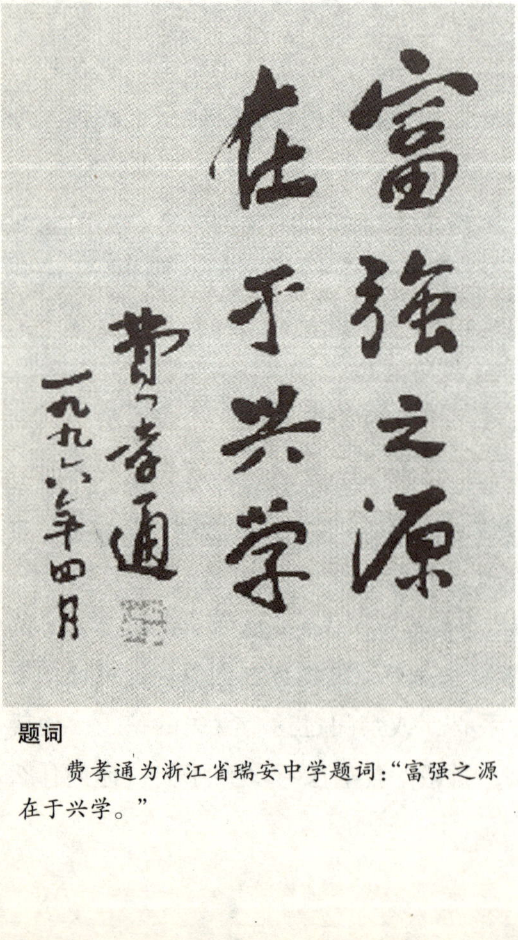

题词

费孝通为浙江省瑞安中学题词："富强之源在于兴学。"

一直到徐季吾先生说起了沈骊英先生在中央农业实验所服务，我才引起了这一段内疚。其实，如果不是我当时也在教书，也许这段内疚都不会发生。人情原是这样的。我问起沈先生的生活，徐先生这样和我说：

"她已是一个一群孩子的好母亲，同时也已成了我们种麦的农民们的恩人了。华北所种的那些改良麦种就是她试验成功的。她从南京逃难出来，自己的衣服什物都没有带，可是，亏她的，我们所里那些麦种却一粒不漏地运到了重庆。我们现在在云南所推广的麦种，还不是她带进来的种子所培植出来的？所里的人都爱她。她是所长的太太，但是，她的地位并不是从她先生身上套取来的，相反的，她帮了她先生为所里立下这一项最成功的成绩。”

我听着了，不知为什么心跳得特别快，皮肤上起一阵冷。一个被认为早已“完成”了的小学里的老师，在我们分离的二十多年中，竟会生长得比她的学生更快。她并没有停留，她默默地做了一件中国科学界里罕有的大事。改良麦种，听来似乎很简单，可是，这是一件多繁重的事？麦子的花开得已经看不清楚，每朵花要轻手轻脚地包好，防止野蜂带来了野种。花熟了，又要一朵朵地把选择好的花粉加上去。如果“粗心大意”，一错就要耽搁一年。一年！多少农民的收入要等一年才能增加？

魁阁

魁阁，又名“魁星阁”，位于昆明市的呈贡县。整体为三层小楼，其中有木梯相连接，建筑风格传统古朴。抗日战争期间，北方的几所大学迁至昆明后，魁阁便成为在费孝通领导下的一大批学者的工作场所和研究基地。在魁阁，在那样一段艰苦的岁月，这些优秀的社会学和人类学的研究者，理论联系实际，深入调查研究，为社会科学做出了巨大的贡献。

家务，疾病，战争，在阻碍她的成功，可是并没有打击倒她。她所改良的麦种已经在广大的华北平原，甚至在这西南偏僻的山国里，到处在农民的爱护中推广了。

我从三岔口回来，坐在魁阁的西窗边，写了一封将近五张纸长的信给我这二十年没见过面、通过消息的老师。我写完这信，心上像是放下了一块石头。我想，任何一个老师在读着他多年前学生的信，一封表示世界上还没有把老师完全丢在脑后的学生的信，应当是一件高兴的事。我更向她说："当你在实验室里工作得疲乏的时候，你可以想到有一个曾经受过你教育的孩子，为了要对得起他的老师，也在另一个性质不同的实验室里感觉到工作后疲乏的可贵。我可以告慰你的不过是这一些。让我再加一笔，请你原谅我，我还是像在你班上时那样粗心大意，现在还没有定心做过一个算题。"

我把这信挂号递给呈贡的邮局，屈指数日子，盼望得到一封会使我兴奋的回信。

不到一个星期，徐季吾先生特地到魁阁来报告我一个消息：沈骊英先生脑充血死在她的实验室里。我还是坐在靠西窗的椅子上，隔着松树，远远是一片波光，这不是开迎春花的时节，但是波光闪烁处，还不是开遍了这黄花？

又过了一个星期，我寄出的信退了回来。加了一个信封，没有夹什么字。再没有人去拆这封信了，我把它投入了炉子里。

一九四六年一 月十一日

人不知而不愠
——缅怀史禄国老师

费孝通

【三言两语】

史禄国（1887–1939），俄罗斯人类学奠基者，现代人类学先驱之一，通古斯研究权威。他接受了西方传统的古典教育，通晓多种语言，曾就读于法国索邦大学和巴黎大学。1917年史禄国来到中国，先后任教于北京大学、中山大学，费孝通是他悉心指导的研究生。

史禄国的后半生有将近20年的时间是在中国度过的，绝大部分的著作也在中国出版，为中国民族学和人类学的发展做出了重要贡献。直到1994年，费孝通还在深情地怀念这位1933年收他为弟子、指导他从事民族学和人类学研究、使他受益终身的恩师，并以未能详细了解其生平、甚至连其出生日期都不清楚而深感遗憾，而对于恩师那严谨精细的治学态度感到由衷的钦佩，至今还记得老师的一句话："你得准备在最艰难的条件下，还能继续你的研究工作。"本文节选自《人不知而不愠》。

一九三三年暑假前，距今可巧正是六十一年前，燕京大学的吴文藻老师带着我去清华大学登门拜见史禄国教授。为了这次约会，吴先生是经过一番考虑的。他认为发展中国的社会学应当走中国化的路子，所谓"社会学中国化"是以"认识中国，改造中国"为宗旨的，社会学必须从中国本土中长出来。为此他费尽心思要培养一批年轻学生做这件事，他在这年又邀请了美国芝加哥大学的派克到燕京大学来做客座教授，传授实地调查的社区研究方法。这套方法据派克说是从现代人类学里移植过来的。西方当时人类学者都必须参与到具有不同文化特点的各族人民的实际社会生活中去，通过切身的观察、理解、分析、总结，取得对实际的认识。这种参与研究对象的实际生活的方法被称为“实地调查的社区研究方法”。派克和他的学生们就采用这种方法去调查芝加哥的都市社会，建立了被称为“芝加哥学派”的社会学。吴先生就有意采用这种方法来建立中国的社会学。这是他的意图，要实行这个意图就必须培养一批人。当时我正好是燕京大学社会学系毕业班的学生，成了他看中的一个培养对象。

要培养一个能进行社区实地调查研究的社会学者，在吴先生看来，首先要学会人类学方法，于是想到了就在燕京大学附近的清华大学里的一位教人类学的史禄国教授，以下简称史氏。燕京和清华两校是近邻，但是要送我去从史氏学人类学却不是那么方便。吴先生为此先说服了清华的社会学及人类学系在一九三三年招收学人类学的研究生，更重要的一关是要说服史氏愿意接受我这个研究生。这却是个不容易过的关，因为这位教授据说生性怪癖，不易同人接近。为了要他愿意收我这个徒弟，吴先生特地亲自带着我去登门拜见。换一句话说，先得让他对我口试一番，取得了他首肯后，才能进行正规手续。

我是一九三五年和他分别的，他就在这年的暑期按清华的惯例：教授工作五年后有休假出国一年的权利，去了欧洲，但由于一直没有通信，他的行踪我无法得知。我一九三八年返国正在抗日战争时期，北平已经沦陷，情况不明。我所见到从北方南下的人中，没有提到过他。直到抗战胜利后，我于一九四七年回到北平，听说他已逝世。据《人名字典》他是一九三九年十月十九日死的。《北方通古斯》日文本译者跋文中记着一九四二年在北平访史禄国夫人的事，当时她住在景山山麓，他的夫人是一九四三年去世的。

从上述史氏简历中可以看到他一共享年五十岁或五十二岁。在这半个世纪中有五分之二的时间，约有二十年，是用在打学术基础的受业时期。由于他出生于帝俄末期的世家，深受彼得大帝传下来的向西欧开放和向东亚扩张的基本传统影响，后来他留学法国和研究通古斯人。《北方通古斯》日文本译者说他受的是“古典教育”，用我们的话说是欧洲早期的通才教育，着重学习数理化文史哲的基础知识和掌握接通欧洲文化的各种语言工具。他在大约二十岁时进入法国巴黎大学，在当时西欧文化的中心，接受资本主义上升时期的实证主义思想的熏陶。他接受进化论的观点，把人和人所构成的社会和所创造的文化看做是自然的一部分，企图用科学方法来探讨其发展变化的规律。

他确是从当时欧洲学术最前沿起步的。当时欧洲的人类学还是在研讨文化起源和发展阶段上徘徊，希望从“原始社会”和“野蛮人”中寻找到人类文明的起源。直到第一次世界大战之后才突破了这种“古典”人类学的传统。史氏就在这时投身到人类学这门学科中的。他扬弃了坐在书斋里用零星汇集的资料沿主观思路推论的那种历史学派和传播学派的老框框，采取了当时先进的亲身实地观察的实证主义的方法。

史氏把体质人类学作为人类学的基础训练就是这个原因。而且他所讲的体质人类学绝不限于体形学、人体测量学，而要深入到生理现象，从人体形态的类型发掘其生理上的差异，一直到人体各部分生长过程的区别。如果停止在这里，还是生物学的范围。他在理论上的贡献也许就在把生物现象接上社会和文化现象，突破人类的精神领域，再从宗教信仰进入现在所谓意识形态和精神境界。这样一以贯之地把人之所以为人，全部放进自然现象之中，作为理性思考的对象，建立一门名副其实的人类学。我用这一段话来总结史氏的理论，自己知道是很冒失和草率的，也就是说完全可能和史氏理论的真实思想有很大的距离。但是作为我个人的体会，在这里说一说也算是写下我向他学习了两年的一些心得。

也许我是史氏在中国惟一的及门弟子。但是由于客观的原因，我没有能按照他在我们初次见面时为我规划下的程序完成学业，可说是个及门而未出师的徒弟。他给我规定了三个学习阶段，每个阶段用两个学年。第一阶段学体质人类学，第二阶段学语言学，第三阶段才学文化人类学。其间还要自学一段考古学。这个规划看来是重复他自己的经验。体质、语言、社会及文化和考古是他自己的学术基础程序，在他留下的著作中可以看到他从这些学科的训练中所取得的知识，怎样纯熟地运用到他所从事的人类学研究中去的。

史氏在人类学方面主要的贡献是在通古斯人的研究。他所著有关通古斯人的社会组织和心态研究这两大巨册现已得到高度的声誉，成了举世公认的权威著作。从他有关通古斯人和满族的著作中，读者必然会体会到他在语言学方面的根底。他不仅能掌握当地民族的语言文字去接触和理解各族人民生活，而且用以分析各民族的社会组织和文化的发展。史氏不仅能纯熟地说通古斯各种语言，而且对语言本身进行深入研究，最后完成了《通古斯字典》，用俄语对译。我在从《人名字典》有关史氏简历所附著作简目中得知这本字典一九四四至一九五四年已在东京出版。我衷心地感到慰藉，史氏坎坷的一生，终于抵达了他向往的目标，从人类的体质、语言、社会和文化所进行的系统研究环环都做出了传世的成果。他没有辜负历史给他的使命，为开拓人类学做出了先行的榜样。

一九三五年暑假我刚学完他安排给我的第一阶段的课程，就是体质人类学后，我们就分手了。他当时因在清华已届五年，按校规可以由清华出资送他去欧洲休假。我当时即听他的嘱咐去广西大瑶山调查当地的瑶族。他还为我装备了全副人体测量仪器，并从德国订购了一套当时高质量的照相机，不用胶卷而用胶板。我用这照相机所拍摄的相片有一部分发表在《花蓝瑶社会组织》和《江村经济》两书里，颇受出版社的赏识。这应归功于这相机的质量而和我的手法无关。

我还应当记下，他特地为我和同行的新婚妻子各人定制一双长筒皮靴，坚实牢固，因为他知道西南山区有一种犹如北方蝎子一般专门叮人下腿吸血的“蚂蟥”，穿上这种靴就可以防害。他用自己田野工作的经验，十分仔细地给我做好了准备工作。当时谁也没有料想到就是由于这双皮靴竟免了我受一生残废的折磨。因为我们在瑶山里出了事故。一个傍晚的黄昏时刻，我误踏了瑶人在竹林里布置下的捉野兽的机关。当我踏上机关时，安放在机关顶上的大石块一下压了下来，幸而我向前扑得快没有打着我的头，而打在我的腰腿和左脚上。我腰部神经当即麻痹，而左脚奇痛，原来左脚骨节被重石压错了位。如果没有这双坚实的皮靴挡一挡，我的左脚一定压烂，如果流了血和感染了，这左脚也必然完蛋了，甚至我的生命也可能就此结束了。后来我妻子独自出林求援溺水身亡，事过后瑶人劈林开路把我们一死一伤的两人抬送出瑶山。死者已矣，我经过半年的医治，才能拄杖行动，但左脚骨节错位，至今未复。我没有和妻子全归于尽，寻根应当归功于老师送给我这双皮靴。这是我毕生难忘的事。

至于我这位老师对我的教育方法，从简道来，就是着重培养我自己解决问题的能力。他从来不扶着我走，而只提出目标和创造各种条件让我自己去闯，在错路上拉我一把。他在体质人类学这一课程上从没有做过一次有系统的讲解。他给了我几本他自己的著作，就是我上面提到的关于中国人的人体研究。并用示范的方法教会了我怎样使用人体测量的仪器。随着就给我一本日本人所著的关于朝鲜人的人体测量的资料，完全是素材，就是关于一个个人的人体测量各项数字，一共有五百多人。接着就要求我根据这些素材，像他所做过的分析那样，找出朝鲜人的人体类型，怎样找法就由我在他的著作中去捉摸。

他为我向生物学系借了一间实验室，实验室的门有两个钥匙，他一个，我一个。他就让我独自在实验室工作，但是任何时间他都可以自己开门进来看我在做些什么。我们在工作室里见面的机会并不太多。因为他这两年主要的工作，是在编写和刊印他的《通古斯人的心态》巨著。每天主要的时间是在他自己的书斋里埋头工作。可是每天傍晚总要和他夫人一起绕清华园散步一周。当他经过生物馆时，就可以用身边带着的钥匙开门进入我的工作室。我这时大多已回宿舍去了。他正好可以独自查阅我堆在桌上的统计纸，看到错误时就留下“重做”的批语。我一看到这字条，就明白一个星期的劳动又得重来了。

《朝鲜人的体质分析》交卷后，他就替我安排去驻清河的军队测量士兵的体质，每周两次，由驻军派马队来去接送。士兵测量结束后，在暑假里，他又替我接洽妥当到北平监狱，测量犯人的体质。分析这两份资料又费了我一个多学期的时间，独自埋头在这个工作室里打算盘和拉算尺。这又是他的主意。他只准我用这两种工具进行计数，我问他为什么不引进一些较先进而省时间的计算工具，他的答语一直记在我的心里。他说：“你得准备在最艰难的条件下，还能继续你的研究工作。”其实这

史禄国

又是他自己的经验总结。他在体质人类学上的贡献，就是靠这两种工具做出来的。他这句话却成了他对我一生的预嘱，只是我没有能像他一样不自丧志地坚持研究。在一九五七年之后我浪费了足足二十年。我更觉对不住这位老师的是瑶山里所取得的资料，在李、闻事件中遗失在昆明。我没有及时地把这批资料分析出个结论来，以致悔恨至今。不幸的事还不止此。我的两篇关于朝鲜人和中国人的体质分析的毕业论文，也在抗战时期清华图书内迁时，被日机炸沉在长江里。到现在我在体质人类学上并没有留下任何可供后人参考的成果。史老师在我身上费的心计，竟至落了空。

我和史氏在一九五三年分手后没有再见的机会，他给我规定下的三个学习阶段，也没有按预计完成。我一九三六年直接到伦敦跟马氏学社会人类学了。到现在我才深刻地意识到这个跳越的阶段没有把语言学学到手，正是我一生学术研究中主要的缺陷。不听老人言，苦果自己受。

我跟史氏学习虽只两年，但受用却是越老越感到深刻。我在别处已经说过，如果要追究我近十年来城乡发展研究中所运用的类别、模式等概念，其来源应当追溯到我埋头在清华园生物楼里的两年。那时不是天天在找体型类型和模式吗？至于我在民族学上提出的多元一体论更直接从史氏的 Ethnos（族体）论里传来的。前人播下的种子，能否长出草木，能否开放花朵那是后人的事。我这一生没有做到，还有下一代。值得珍视的是这些种子，好好保留着，总有一天会桃李花满园的。让我把这种心情，写在这本《满族社会组织》的中译本的书后，传之后世。

一九九四年二月癸酉除夕于北京北太平庄

站在胡适之先生墓前（节选）

季羡林

【三言两语】

季羡林（1911–2009），语言学家、比较文化学家、佛学家、翻译家、散文家。1935年毕业于清华大学西洋文学系；1935年至1945年留学德国，获哥廷根大学哲学博士学位；1946年起任北京大学教授，为终身教授。他对印度语文文学历史的研究建树颇多，主要著述有《糖史》、《土火罗文〈弥勒会见记剧本〉译释》、《中印文化关系史论丛》、《〈大唐西域记〉校注》等，并翻译印度古代史诗《罗摩衍那》，已出版《季羡林文集》24卷。

站在适之先生墓前，作者不禁“悲从中来，心内思潮汹涌，如惊涛骇浪，眼泪自然流出”。作者回忆了自己在北京大学与胡适之先生交往的种种，虽然所回忆的都是“小事”，但即小见大，适之先生的人格立刻伟岸起来。“毕生奖掖后进”是作者最为佩服适之先生的一点。适之先生离开北大，作者就再没能见先生一面，而如今站在宝岛适之先生的墓前，往事如梭，前尘如烟，但先生的典型的“我的朋友”式的笑容却再见不到了。

我现在站在胡适之先生墓前。他虽已长眠地下，但是他那典型的“我的朋友”式的笑容，仍宛然在目。可我最后一次见到这个笑容，却已是五十年前的事了。

我现在站在适之先生墓前，鞠躬之后，悲从中来，心内思潮汹涌，如惊涛骇浪，眼泪自然流出。杜甫诗：“焉知二十载，重上君子堂。”我现在是“焉知五十载，躬亲扫陵墓”。此时，我的心情也是不足为外人道也。

二战期间，我被困德国，一呆就是十年。二战结束后，听说寅恪先生正在英国就医，我连忙给他写了一封致敬信，并附上发表在哥廷根科学院集刊上用德文写成的论文，向他汇报我十年学习的成绩。很快就收到了他的回信，问我愿不愿意到北大去任教。北大为全国最高学府，名扬全球；但是，门坎一向极高，等闲难得进入。现在竟有一个天赐的机遇落到我头上来，我焉有不愿意之理！我立即回信同意。寅恪先生把我推荐给了当时的北大校长胡适之先生、代理校长傅斯年先生、文学院长汤用彤先生。寅恪先生在学术界有极高的声望，一言九鼎。北大三位领导立即接受。于是我这个三十多岁的毛头小伙子，在国内学术界尚无籍籍名，公然堂而皇之地走进了北大的大门。唐代中了进士，就“春风得意马蹄疾，一日看遍长安花”。我虽然没有一日看遍北京花，但是，身为北大正教授兼东方语言文学系主任，心中有点洋洋自得之感，不也是人之常情吗？

季羡林

季羡林先生为人所敬仰，不仅因为他的学识，还因为他的品格。他自己说：“即使在最困难的时候，也没有丢掉自己的良知。”

在此后的三年内，我在适之先生和锡予（汤用彤）先生领导下学习和工作，度过了一段毕生难忘的岁月。我同适之先生，虽然学术辈分不同，社会地位悬殊，想来接触是不会太多的。但是，实际上却不然。我们见面的机会非常多，他那一间在孑民堂前东屋里的窄狭简陋的校长办公室，我几乎是常客。作为系主任，我要向校长请示汇报工作。他主编报纸上的一个学术副刊，我又是撰稿者，所以免不了也常谈学术问题。最难能可贵的是，他待人亲切和蔼，见什么人都是笑容满面，对教授是这样，对职员是这样，对学生是这样，对工友也是这样。从来没见过他摆当时颇为流行的名人架子、教授架子。此外，在教授会上，在北大文科研究所的导师会上，在北京图书馆的评议会上，我们也时常有见面的机会。我作为一个年轻的后辈，在他面前，决没有什么局促之感，经常如坐春风中。

适之先生是非常懂得幽默的，他决不老气横秋，而是活泼有趣。有一件小事，我至今难忘。有一次召开教授会，杨振声先生新收得了一幅名贵的古画，为了想让大家共同欣赏，他把画带到了会上，打开铺在一张极大的桌子上，大家都啧啧称赞。这时适之先生忽然站了起来，走到桌前，把画卷了起来，作纳入袖中状，引得满堂大笑，喜气洋洋。

这时候，印度总理尼赫鲁派印度著名学者师觉月博士来北大任访问教授，还派来了十几位印度男女学生来北大留学。这也算是中印两国间的一件大事。适之先生委托我照管印度老少学者。他多次会见他们，并设宴为他们接风。师觉月做第一次演讲时，适之先生亲自出席，并用英文致欢迎词，讲中印历史上的友好关系，介绍师觉月的学术成就。可见他对此事之重视。

适之先生在美国留学时，忙于对西方，特别是对美国哲学与文化的学习，忙于钻研中国古代先秦的典籍，对印度文化以及佛教还没有进行过系统深入的研究。据说后来由于想写完《中国哲学史》，为了弥补自己的不足，开始认真研究中国佛教禅宗以及中印文化关系。我自己在德国留学时，忙于同梵文、巴利文、吐火罗文以及佛典拼命，没有余裕来从事中印文化关系史的研究。回国以后，迫于没有书籍资料，在不得已的情况下，开始注意中印文化交流史的研究。在解放前的三年中，只写过两篇比较像样的学术论文：一篇是《浮屠与佛》，一篇是《列子与佛典》。第一篇讲的问题正是适之先生同陈援庵先生争吵到面红耳赤的问题。我根据吐火罗文解决了这个问题。两老我都不敢得罪，只采取了一个骑墙的态度。我想，适之先生不会不读到这一篇论文的。我只到清华园读给我的老师陈寅恪先生听。蒙他首肯，介绍给地位极高的《中央研究院史语所集刊》发表。第二篇文章，写成后我拿给了适之先生看，第二天他就给我写了一封信，信中说：“《生经》一证，确凿之至！”可见他是连夜看完的。他承认了我的结论，对我无疑是一个极大的鼓舞。这一次，我来到台湾，前几天，在大会上听到主席李亦园院士的讲话，中间他讲到，适之先生晚年任中央研究院院长时，在下午饮茶的时候，他经常同年轻的研究人员坐在一起聊天。有一次，他说：做学问应该像北京大学的季羡林那样。我乍听之下，百感交集。适之先生这样说，一定同上面两篇文章有关，也可能同我们分手后十几年中我写的一些文章有关。这说明，适之先生一直到晚年还关注着我的学术研究。知己之感，油然而生。在这样的情况下，我还可能有其他任何的感想吗？

胡适像

季羡林说：“他虽已长眠地下，但是他那典型的‘我的朋友’式的笑容，仍宛然在目。”

在政治方面，众所周知，适之先生是不赞成共产主义的。但是，我们不应忘记，他同样也反对三民主义。我认为，在他的心目中，世界上最好的政治就是美国政治，世界上最民主的国家就是美国。这同他的个人经历和哲学信念有关。他们实验主义者不主张什么“终极真理”。而世界上所有的“主义”都与“终极真理”相似，因此他反对。他同共产党并没有任何深仇大恨。他自己说，他一辈子没有写过批判共产主义的文章，而反对国民党的文章则是写过的。我可以讲两件我亲眼看到的小事。解放前夕，北平学生动不动就示威游行，比如“沈崇事件”、反饥饿反迫害等等，背后都有中共地下党在指挥发动，这一点是人所共知的，适之先生焉能不知！但是，每次北平国民党的宪兵和警察逮捕了学生，他都乘坐他那辆当时北平还极少见的汽车，奔走于各大衙门之间，逼迫国民党当局非释放学生不行。他还亲笔给南京驻北平的要人写信，为了同样的目的，据说这些信至今犹存。我个人觉得，这已经不能算是小事了。另外一件事是，有一天我到校长办公室去见适之先生。一个学生走进来对他说：昨夜延安广播电台曾对他专线广播，希望他不要走，北平解放后，将任命他为北大校长兼北京图书馆的馆长。他听了以后，含笑对那个学生说："人家信任我吗?"谈话到此为止。这个学生的身份他不能不明白。但他不但没有拍案而起，怒发冲冠，态度依然亲切和蔼。小中见大，这些小事都是能够发人深思的。

适之先生以青年暴得大名，誉满士林。我觉得，他一生处在一个矛盾中，一个怪圈中：一方面是学术研究，一方面是政治活动和社会活动。他一生忙忙碌碌，倥偬奔波，作为一个"过河卒子"，勇往直前。我不知道，他自己是否意识到身陷怪圈。当局者迷，旁观者清，我认为，这个怪圈确实存在，而且十分严重。那么，我对这个问题有什么看法呢？我觉得，不管适之先生自己如何定位，他一生毕竟是一个书生，说不好听一点，就是一个书呆子。也举一件小事。有一次，在北京图书馆开评议会，会议开始时，适之先生匆匆赶到，首先声明，还有一个重要会议，他要早退席，会议开着开着就走了题，有人忽然谈到《水经注》。一听到《水经注》，适之先生立即精神抖擞，眉飞色舞，口若悬河。一直到散会，他也没有退席，而且兴致极高，大有挑灯夜战之势。从这样一个小例子中不也可以小中见大吗?

我在上面谈到了适之先生的许多德行，现在笼统称之为"优点"。我认为，其中最令我钦佩，最使我感动的却是他毕生奖掖后进。"平生不解掩人善，到处逢人说项斯。"他正是这样一个人。这样的例子是举不胜举的。中国是一个很奇怪的国家，一方面有我上面讲到的只此一家的"恩师"；另一方面却又有老虎拜猫为师学艺，猫留下了爬树一招没教给老虎，幸免为徒弟吃掉的民间故事。二者显然是有点矛盾的。适之先生对青年人一向鼓励提挈。四十年代，他在美国哈佛大学遇到当时还是青年的学者周一良和杨联陞等，对他们的天才和成就大为赞赏。后来周一良回到中国，倾向进步，参加革命，其结果是众所周知的。杨联陞留在美国，在二三十年的长时间内，同适之先生通信论学，互相唱和。在学术成就上也是硕果累累，名扬海外。周的天才与功力，只能说是高于杨，虽然在学术上也有所表现，但是，格于形势，不免令人有未尽其才之感。看了二人的遭遇，难道我们能无动于衷吗？

我同适之先生在孑民堂庆祝会上分别，从此云天渺茫，天各一方，再没有能见面，也没有能互通音信。我现在谈一谈我的情况和大陆方面的情况。我同绝大多数的中老年知识分子和教师一样，怀着绝对虔诚的心情，向往光明，向往进步，觉得自己真正站起来了，大有飘飘然羽化而登仙之感，有点忘乎所以了。我从一个最初喊什么人“万岁”都有点忸怩的低级水平，一踏上“革命”之路，便步步登高，飞驰前进；再加上天纵睿智，虔诚无垠，全心全意，投入造神运动中。常言道：“众人拾柴火焰高。”大家群策群力，造出了神，又自己膜拜，完全自觉自愿，决无半点勉强。对自己则认真进行思想改造。原来以为自己这个知识分子，虽有缺点，并无罪恶，但是，经不住社会上根红苗壮阶层的人士天天时时在你耳边聒噪：“你们知识分子身躯脏，思想臭！”西方人说：“谎言说上一千遍就成为真理。”此话就应在我们身上，积久而成为一种“原罪”感，怎样改造也没有用，只有心甘情愿地居于“老九”的地位，改造，再改造，直改造得懵懵懂懂，“两涘渚崖之间，不辨牛马。”然而涅槃难望，苦海无边，而自己却仍然是膜拜不息。通过无数次的运动一直到十年浩劫自己被关进牛棚被打得一佛出世二佛升天，皮开肉绽，仍然不停地膜拜，其精诚之心真可以惊天地泣鬼神。改革开放以后，自己脑袋里才裂开了一点缝，“觉今是而昨非”，然而自己已快到耄耋之年，垂垂老矣，离鲁迅在《过客》一文讲到的“长满了百合花的地方”不太远了。

至于适之先生，他离开北大后的情况，我在上面已稍有所涉及；总起来说，我是不十分清楚的，也是我无法清楚的。到了一九五四年，从批判俞平伯先生的《红楼梦研究》的资产阶级唯心论起，批判之火终于烧到了适之先生身上。这是一场缺席批判。适之远在重洋之外，坐山观虎斗。即使被斗的是他自己，反正伤不了他一根毫毛，他乐得怡然观战。他的名字仿佛已经成一个稻草人，浑身是箭，一个不折不扣的“箭垛”，大陆上众家豪杰，个个义形于色，争先恐后，万箭齐发，适之先生兀自岿然不动。我幻想，这一定是一个非常难得的景观。在浪费了许多纸张和笔墨、时间和精力之余，终成为“竹篮子打水——一场空”，乱哄哄一场闹剧。

适之先生于一九六二年猝然逝世，享年已经过了古稀，在中国历代学术史上，这已可以算是高龄了，但以今天的标准来衡量，似乎还应该活得更长一点。中国古称“仁者寿”，但适之先生只能说是“仁者不寿”。当时在大陆上“左”风犹狂，一般人大概认为胡适已经是被打倒在地的人，身上被踏上了一千只脚，永世不得翻身了。这样一个人的死去，有何值得大惊小怪！所以报刊杂志上没有一点反应。我自己当然是被蒙在鼓里，毫无所知。十几二十年以后，我脑袋里开始透进点光的时候，我越想越不是滋味，曾写了一篇短文：《为胡适说几句话》，我连“先生”二字都没有勇气加上，可是还有人劝我以不发表为宜。文章终于发表了，反应还差强人意，至少没有人来追查我，我心里一块石头落了地。最近几年来，改革开放之风吹绿了中华大地，知识分子的心态有了明显的转变，身上的枷锁除掉了，原罪之感也消逝了，被泼在身上的污泥浊水逐渐清除了，再也用不着天天夹着尾巴过日子了。这种思想、感情上的解放，大大地提高了他们的积极性，愿意为祖国的繁荣富强贡献自己的力量。出版界也奋起直追，出版了几部《胡适文集》。安徽教育出版社雄心最强，准备出版一部超过两千万字的《胡适全集》。我可是万万没有想到，主编这一非常重要的职位，出版社竟垂青于我。

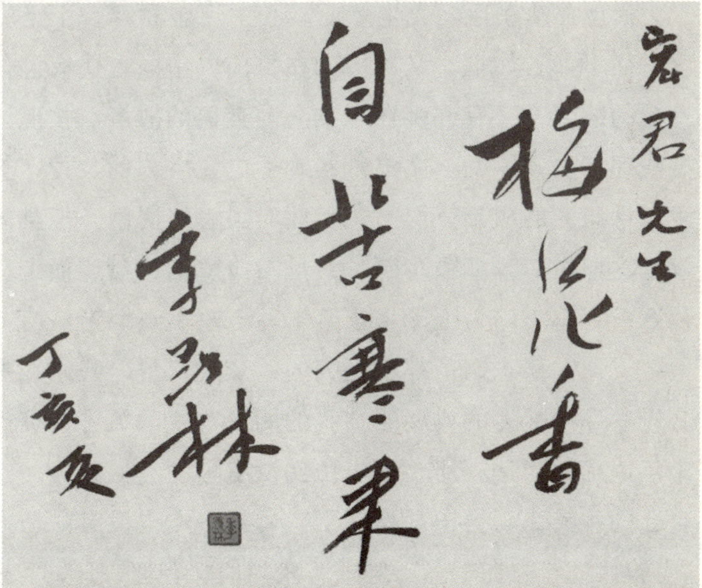

季羡林墨迹

2007年，季羡林为荣宏君题字“梅花香自苦寒来”。

我本不是胡适研究专家，我诚惶诚恐，力辞不敢应允。但是出版社却说，现在北大曾经同适之先生共过事而过从又比较频繁的人，只剩下我一个人了。铁证如山，我只能“仰”（不是“俯”）允了。我也想以此报知遇之恩于万一。我写了一篇长达一万七千字的总序，副标题是：“还胡适以本来面目”。意思不过是想拨乱反正，以正视听而已。前不久，又有人邀我在《学林往事》中写一篇关于适之先生的文章，理由同前，我也应允而且从台湾回来后抱病写完。这一篇文章的副标题是：“毕竟一书生”。原因是，前一个副标题说得太满，我哪里有能力还适之先生以本来面目呢？后一个副标题是说我对适之先生的看法，是比较实事求是的。

我在上面谈了一些琐事和非琐事，俱往矣，只留下了一些可贵的记忆。我可真是万万没有想到，到了望九之年，居然还能来到宝岛，这是以前连想都没敢想的事。到了台北以后才发现，五十年前在北平结识的老朋友，比如梁实秋、袁同礼、傅斯年、毛子水、姚从吾等等，全已作古。我真是“访旧全为鬼，惊呼热衷肠”了。天地之悠悠是自然规律，是人力所无法抗御的。

我现在站在适之先生墓前，心中浮想联翩，上下五十年，纵横数千里，往事如云如烟，又历历如在目前。中国古代有俞伯牙在钟子期墓前摔琴的故事，又有许多在至友墓前焚稿的故事。按照这个旧理，我应当把我那新出齐了的《文集》搬到适之先生墓前焚掉，算是向他汇报我毕生科学研究的成果。但是，我此时虽思绪混乱，但神志还是清楚的，我没有这样做。我环顾陵园，只见石阶整洁，盘旋而上，陵墓极雄伟，上覆巨石，墓志铭为毛子水亲笔书写，墓后石墙上嵌有“德艺双隆”四个大字，连同墓志铭，都金光闪闪，炫人双目。我站在那里，蓦抬头，适之先生那有魅力的典型的“我的朋友”式的笑容，突然显现在眼前，五十年依稀缩为一刹那，历史仿佛没有移动。但是，一定神儿，忽然想到自己的年龄，历史毕竟是动了。可我一点也没有颓唐之感。我现在大有“老骥伏枥，志在千里”之感。我相信，有朝一日，我还会有机会重来宝岛，再一次站在适之先生的墓前。

模朗吟教授

袁昌英

【三言两语】

袁昌英（1894–1973），湖南醴陵人。袁昌英幼年在家读私塾，1916年到英国爱丁堡大学研习英国文学，获文学硕士学位；1926年，又到法国巴黎大学留学；回国后在北平女子高等师范学院讲授英国文学史。袁昌英博览西欧、北欧戏剧名著，曾用西方戏剧形式来表现中国历史题材作品，写出三幕剧《孔雀东南飞》；又擅长散文和小说，出版有《山居散墨》、《行年四十》两本散文集。1956年加入中国作家协会，1957年被错划为右派。“文革”中，她屡遭批斗，身心受到严重摧残，于1973年病逝。

在本文中，模朗吟教授的第三个儿子也在战斗中牺牲了，从此，她要孤孤单单一个人了。多么凄惨的命运啊！然而模朗吟教授却坚持着来给学生上希腊悲剧课，这又是多么悲壮而伟大的精神啊！学生们不约而同集体为模朗吟教授的儿子们低头默哀，向教授致敬。真是感人的画面！

面对人世的坎坷，至亲至爱的人生死永诀，而模朗吟教授仍然不屈不挠，她的孜孜不倦，她的沉稳坚毅，永远是学生的榜样，永远激励着学生。本文虽只有短短的五百来字，却力透纸背，成功地刻画了模朗吟教授的高大形象。

记得这是欧洲大战中一个朔风怒啸、霜封大地的清晨。一间暗淡阴森的课堂内，已经坐定了不少男女学生，一个个呵手蹬脚，意在暖寒。可是呵出来的气，却也以为空中太冷，一珠珠都飞到玻璃窗上，互相取

袁昌英与同仁合影

这张照片摄于1932年，其时胡适在武汉大学讲学，与武大同仁合影留念。前排右一为袁昌英，其左依次为凌叔华、苏雪林、胡适。

暖。在嘈杂喃喃的细语中，我听明了一个女生说道："模朗吟教授今天未必来上课。"这话原是向我同位的女同学说的。我不待她答，就急忙问道："报上所载的模朗吟教授的儿子昨天在前线被害了，可就是她的?""可不是她的！这是她第三个儿子为国家牺牲了。真太可怜！以后她就是孤孤单单一个人了。今天的希腊悲剧准的上不成。"她的声音里满含着凄婉与同情。上课钟终于发出暮鼓晨钟的音节，全堂顿时静肃如缄。呵手蹬足所拒抗不住的厉寒，却为这沉肃所征服了。大家精神焕发地凝视着讲台左侧的门，默伺它的移动。各人的眼膜上果然触着一种波击。门开处，一个五十来岁、头戴黑色方角博士帽、身披黑色宽大博士袍的女教授，憔悴容颜，惨淡面目，从容不迫地走上讲台。全体同学不约而同地，如触电般同时站起，向她整整低头五分钟。她不胜了，眼泪如泉奔如川决，簌簌然直流而下。这神圣的五分钟纯为无声的悲哀所盘踞。最后，她擦干了眼泪，一声"请坐"，就开始讲论七军攻笛博城的伟大悲剧了。声音宏亮，气概激昂，可是哀思凄侧痛隐眉杪，仿佛哀蒂阿克利就是她自己的儿子。身世坎坷，人生难免。可是以一弱女子，能以这种不屈不挠、敛神忍痛的态度担当之，而孜孜不息地履行自己的职务，这是多么沉毅而悲壮的精神！

值得尊敬的智力劳动者

——赞朱光潜先生的学风

罗大冈

【三言两语】

罗大冈（1909-1998），浙江绍兴人，法国文学专家，翻译家。1933年毕业于中法大学文学院，毕业后赴法国里昂大学文哲系留学，获文学硕士学位；1939年获法国巴黎大学文学博士学位。1947年回国，历任天津南开大学外文系法语及法国文学教授；1951年后历任北京清华大学外文系教授、北京大学文学研究所西方文学组研究员、北京大学西语系教授。罗大冈长期致力于法国文学的研究和翻译、评介，著有专著《罗大冈学术论著自选集》、《论罗曼·罗兰》、《〈约翰·克利斯朵夫〉与资产阶级人道主义》等，1983年，被授予法兰西学院荣誉奖章和巴黎第三大学荣誉博士称号。

这篇文章写活了朱光潜，好似朱光潜先生就在我们眼前。先生沉默寡言，不喜长篇大论，视时间如生命；先生学识渊博；刚正不阿；先生治学严谨，锲而不舍。作者说："朱光潜先生的文章朴实、诚笃、直率简练，有如其人。他为人毫无世故气，为文毫无江湖气。这种风格是值得我们学习的。"像朱光潜先生这样的人，我们怎么能不尊敬不钦佩？

三月上旬，我正在协和医院病床上受病魔折磨，接连听到丁玲与朱光潜病逝的噩耗，心情十分沉重。丁、朱二位一生在各自的领域中做出了杰出的贡献，而我是一个毫无建树的人，所以希望再活几年，尽力再多做一点工作。哪怕再多活一年也好，把我手上的工作干完，才对得起前辈。

只有勤奋的劳动者配称为真正的人。而一个真正的劳动者，尤其是智力劳动者很难说能把手上的工作做完。因为这件工作还没有结束，一个新的工作计划又产生在他思想中。一个热爱劳动的智力劳动者，必然是热爱未来的人，必然是热爱祖国，热爱人民，甚至热爱人类前途的人，而不是眼光短浅，只看见自己的个人利益，个人前途的人。如果他只看见自己的前途，那么为什么到了八九十岁，还要至死不懈地劳动，像朱光潜先生一样？最近我看到一篇短文介绍朱先生离开死亡不久的日子里的生活情况，使我深为感动。有一天，朱先生家里的人发现他两脚两手地在楼梯上向上爬，赶紧把他抱下来，放在床上，他的寝室在一楼，他的书室则在二楼。家人问他为什么要爬上楼去？他说还有一篇文章（或一部著作）的最后几句重要的话没有写完，必须去写出来。这件事发生在离开他去世前几天，那时，朱先生已经不能自己站立和步行。我们想，如果家人把朱先生抬上楼去，让他写完他认为非常重要的几句话，还有可能看见朱先生在楼梯上爬，要去为某一个著作计划写几句说明等等。总之，只要他一息尚存，永远不会忘记工作。这是智力劳动者的典型形象。不理解他们的人，很可能把他们看成疯子。朱光潜先生就是这一类人。罗曼·罗兰也是这一类人。他毕生体弱多病，有许多著作是在病床上写的。他曾经说过：从我的健康情况看，我准备明天早晨就被人发现我已长眠不醒了；从我的工作需要来看，我制订了再活一百年的计划（大意）。这就是智力劳动者的伟大的胸怀和大无畏精神。

罗大冈

罗大冈是一个既自卑又高傲，具有叛逆性格的人。他坦诚率真，青年时代他曾经说过：“我有真诚的喜怒，真诚的爱憎。”这个特点贯穿他一生。

接近朱光潜先生的人都知道，朱先生平日作息时间是掌握得十分严格的。他每天早晨出去慢跑或散步，时间之准确简直和传说中的德国哲学家康德一样。康德每天黄昏时刻出去散步。街上的熟人们一见康德出来散步了，纷纷对表，纠正差误的分秒；家庭妇女们从窗口看见康德走过，知道到了准备晚餐的时间，就不约而同地动手做饭。

时间对于智力劳动者来说是多么宝贵。史无前例的“无产阶级文化大革命”把朱光潜先生六十多岁精力比较旺盛的时间浪费了十年之久。虽然从外表上看，他始终以哲学家的态度，逆来顺受，处之泰然，可是心中为他的工作而着急是可想而知的。“四人帮”粉碎之后，朱先生加紧工作，不顾七十多岁的高龄，每日完成很大的工作量，从七十到八十岁这一段时间，他做了许多工作，包括著作和翻译。这种不辞辛劳大器晚成的精神，在中外文化史上也属罕见。

朱先生平日用各种办法，避免为不必要的事浪费时间，从而保证他每日工作时间。他家里有书室，可是他经常不在自己的书室中用功，而在系办公楼或图书馆找一间小室隐居起来。很少有人知道他隐居之处。这是为了躲开一些有闲之人，以突然袭击的方式去找他，浪费他的时间。朱先生平日沉默寡言。在必要的对答时，也简明扼要，我从未见过他和人聊闲天，拖泥带水，长篇大论，他的文风基本上也如此，直截了当，言简意赅。

我和朱先生相识大致有二三十年之久，从来没有和他进行过一次长篇的谈话。他向我说的，或回答我的话，似乎有一条规律：每次不超过三句。虽然有一次由于某个会议在杭州举行，我和他同居一室，数天之久，却没有能和他进行一次接连三句以上的谈话。有时我故意找一个话题，想逗引他打开话匣子，多谈几句他的满腹学问，他就是闭口不谈。例如有一次，我说我在法国文学上感兴趣的只是两个极端：一方面是抒情诗，另一方面是文学评论。至于小说、戏剧等等，一般不大感兴趣，因为觉得在那些领域中，文学的艺术意味不够精湛，不够结晶，不够浓缩。朱先生想了一下，回答说他完全有同感。他的爱好也如此。我正等他接下去发挥，他为什么有同感，如何有同感。可是他的话已用两句说完了，连第三句都节省了。诸如此类的例子不止一次。总之我想引起他多说几句话（往往是和他单独面对面呆着，旁边并无第三者）的企图完全彻底失败了，没有一次获得成功，哪怕极小的成功。在我接触过的当代文人学者之中，像这样高度缄默、这样严格节言的例子是非常少的。也许朱先生认为我没有资格作为他长谈、畅谈的对象，但是我从未见过他和任何别人长谈。朱先生有每天晚餐时喝一小杯酒的习惯。有时在会议期间，偶然在餐桌上大家喝一点酒。朱先生也喝一点，决不过量。他喝了一盅酒就有点微醺，脸上红晕，充满笑容。但是他的话匣子却不因此而打开，反而锁得更紧了，他含笑听别人说醉话，自己一个字也不说，保持他永远清醒的沉默。

朱先生不苟言笑，沉默寡言，和他不熟的人也许以为他矜持、冷淡，旁若无人。其实不然，他对人是很热情的，对待朋友并不冷淡。有一次，还在五十年代，我的老伴在闲谈时无意中说了一句："现在北京质量较高级的香片（茶叶）很难买到。"朱先生在旁边听见了，当时他没说什么。不料过了几天，他竟亲自送了一包香片来。那时他家和我家是邻居。他是全国政协委员，可以在招待所内部的小卖部买到比较高级的商品。朱先生是个学者，性格内向，平日耽于深思而疏于言谈。由于他这个爱沉默的习惯，同时又怕耽误他的宝贵时间，所以我很少去探访他。只有在开某些会议时，有机会和他在一起讨论问题。在开会时，他发言也极少，从来不长篇大论，他三言两语，句句中肯，而且很有力量，所以话虽不多，影响很大，往往起决定性作用。有一次会议讨论几个中年的外国文学研究工作者的晋升问题。按规定，晋升者必须发表过论文，可是在讨论的名单中恰好有一位同志只发表过若干篇翻译，没有发表过论文。大家认为此人不能晋升，可以不必讨论。朱先生却表示不同的意见。他认为一篇质量很高的翻译，其学术价值并不亚于论文。内容空虚的论文，学术价值反不如翻译。而且时下的风气，有些研究工作者连原文原著、外文材料都看不懂，就可以东抄西抄，写出一篇洋洋万言的论文。而翻译者至少要精通外语，读过外文原著。由于朱先生的发言，结果会上通过那位没有发表过论文的同志，破格晋升。

又有一次，在中国大百科全书编辑部，审阅关于外国文学条目初稿的会议上，有一篇数万字的长稿，质量显然较差，多数与会的同志认为不能用，但是个别同志还替这篇稿子说情，说它也有优点，很好地修改一遍，仍旧可以考虑采用。朱先生发言了。他毫不客气地说这篇稿子“没有一个字拿得出去！”（原话）这句话的分量很重，一说出来，会议室中顿时鸦雀无声。我也暗暗地诧异。这还是第一次听见朱先生说分量这样重，这样毫不留情的话。同时又佩服朱先生据理力争、正直不阿的学者风度。该不留情面的时刻，他是敢于不留情面的。结果，那篇至少有数万字的文稿当然被会议彻底否定了，大家认为必须另起炉灶，从头写一篇。

朱光潜先生学识渊博，除了他的专长美学之外，对于外国文学也有一定的造诣。但他一生专门介绍西方古典美学理论，专攻一门，锲而不舍，数十年如一日，所以能有这样大的成就。这种专心致志，集中毕生时间精力于一点的治学态度，是朱光潜先生学风中最令人佩服，最值得学习的优点。

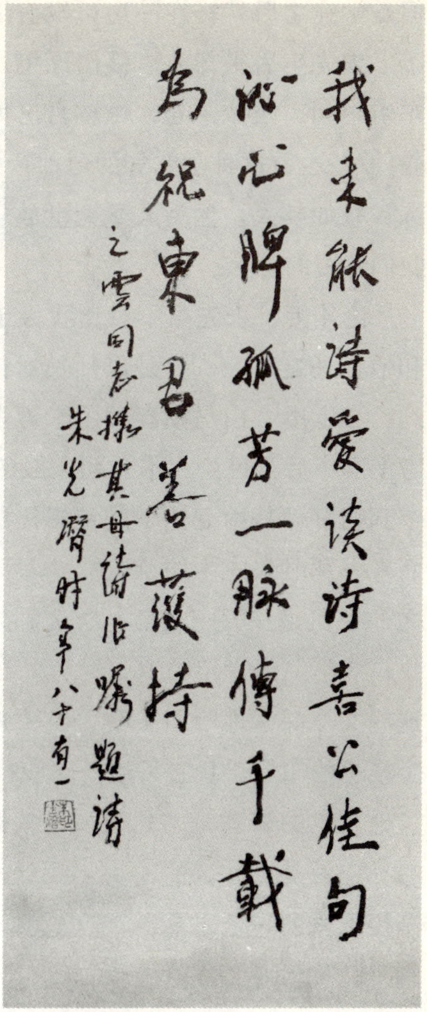

朱光潜的墨迹

朱先生是我所接触到的我国当代文科方面的学者中最令我尊敬和钦佩的代表人物。

他翻译了《歌德谈话录》（爱克曼辑录），听说我有此书的法文译本，他向我把法译本借去，和他自己的中译核对，提高质量，他对别人的工作是严格要求的，对自己的工作，态度也很严谨。这是他学风的又一优点。朱先生能阅读好几种西方语言：德、英、法、意、俄等。俄语是他在北大俄语系参加“速成班”突击学会的。那时大约五十年代末期，朱先生已经六十多岁了。我也参加了俄语速成班，结业时还考了个五分，但是学完之后就扔在一边，没有继续用功，到今天，连俄文字母也忘光了。朱先生后来却从事俄语译书。他虽然知识广博，写文章时却从来不东引一句，西抄一句，炫耀自己博学，（这本是许多学者的通病，连罗曼·罗兰也有这种学究气的习惯）朱光潜先生的文章朴实、诚笃、直率简练，有如其人。他为人毫无世故气，为文毫无江湖气。这种风格是值得我们学习的。

论年龄，朱先生不过比我大十一岁；论学识，他是我的老前辈。我和他相处之时，一直是以师长对待他的。我在杭州上初中时，朱先生大约已在上虞、白马湖春晖中学教书。我初中毕业后因故辍学两年。等我考上高中后，见到一本非同一般的文学期刊，它的名字却叫《一般》。这个刊物好像是由立达学院编辑出版的。而立达学院好像由春晖中学发展而来，那时朱先生仿佛在立达学院教书。详情如何，我一概不知道。总之，我在《一般》上第一次读到朱光潜署名的文章，（不知道是否后来收在《给一个青年的十二封信》，朱先生的第一本单行本出版的著作中？）这些文章深深地吸引了我，其中广博的知识、明净高洁的文风，给我终生难忘的印象。我心里想："我碰到真正的老师了！"记得其中有一篇文章论艺术的来源是"酒神"（狄俄尼索斯）和"美神"（阿波罗）的冲突，也就是灵和肉的冲突。我觉得非常新颖。后来才知道那是从古希腊流传下来的一个古老的观点，对于中学生的我，却觉得新奇：几乎与此同时，我读到了鲁迅翻译的日本学者厨川白村的名著《苦闷的象征》，如获至宝。厨川告诉我们，文艺的来源是生命力在奔腾前进的过程中，遇到阻碍而激起的浪花。说得多么形象化，多么美！我的中学生的心灵立刻被《苦闷的象征》迷住。后来我才知道，厨川的理论完全来自法国哲学家昂利·柏格森（1859–1941）的"生命腾跃力"以及"创造性的直觉"等唯心主义理论。

青少年时期的读物，给我印象那样深刻，以致决定一辈子的爱好和工作方向。我始终爱好美学理论，但是并不喜欢把这种抽象理论的探讨作为自己的终生事业。一九三四至一九三五年，我在法国里昂大学哲学系埃谛安纳苏里欧教授班上读了一学年的美学。那也不过学了一些简单扼要的美学基本概念，以及简单的美学史。当然，如果以此为起点，继续钻研美学，锲而不舍，积数十年之功力，也许成为美学专家，可是我没有那样的勇气。相反，我非常注意我们中国的美学家朱光潜先生的言论著作。我在国外听说朱先生发表了一部著作：《文艺心理学》，蜚声一时，大受欢迎。可惜我在国外见不到这本书。

一九四七年四月底，我终于回到了离开已经十余年的祖国，回到上海。我立即去买了一本《文艺心理学》来看。没有想到，我非常诧异而且高兴地发现，朱先生书中有许多基本观点是直接运用法国学者昂利·德拉夸（1873–1937）的名著《艺术心理学》（1927年初版）的论述的。德拉夸这部《艺术心理学》恰好是我在里昂大学读美学时，教授指定的主要参考书。我们做作业（每隔几个星期，课外写一篇论文）时，主要参考这本书，所以反复翻阅，把这本书的内容大致都记住了。

一九四七年第三季度起，我在天津南开大学教书。星期日常常坐火车到北平（北京）去探亲访友。有一天，我到沙滩中老胡同北大教授宿舍去拜访了朱光潜先生，那是我们两人第一次见面。在谈话中，我提到我十分爱读的他的名著《文艺心理学》，也提到德拉夸的《艺术心理学》。我冒昧地问朱先生，他写作《文艺心理学》时，是不是在德拉夸的《艺术心理学》中得到一些重要启发。朱先生没有回答我的问题，只是默默地轻轻点了一下头。我也就不再说下去了（那时我已经知道朱先生在法国留过学，好像是在斯特拉斯堡大学上学）。

我非常佩服而且赞美朱先生在《文艺心理学》中所采用的方法。那就是用中国文学（主要是诗词）以及艺术（主要是绘画）举一些例子，来阐明西方的美学基本概念。朱先生后来没有再用这个方式写别的著作，我感到遗憾。可是我从未把这个意见对朱先生说过。

朱先生用毕生的时间和精力，介绍西方古典美学理论，孜孜不倦，积数十年的辛勤劳动，终于在晚年完成了他的巨著《西方美学史》，对我国学术界做出重大的贡献。他的精神和毅力令人佩服，他的学风值得我们学习。

致力于研究介绍外国学术思想到中国来的智力劳动者们都知道，把一门外国的学术思想移植到中国来，还不是我们的最终目的。我们的最终目的在于以外国的学术为借鉴，按照我国的优秀文化传统，民族风格和现实需要，建树我国自己的学术理论体系。美学也不例外。我们的目的是建立有我国特色的美学理论体系，决不是介绍移植外国古典美学就算一切都满足了。即使介绍外国美学理论，也不应当限于古典美学理论，而置西方最近数十年来新发展的美学理论于不顾。

总而言之，要建立我国自己的新的美学理论体系，有三个方面的准备工作必须先打下坚实基础：首先是研究和整理我国古代的文学与艺术理论，其中往往有精深的合乎科学道理的见解；其次介绍外国的理论，包括古代理论与现代理论两大方面。这种研究工作，不用说不可能全部由一个人包办，即使其中的一部分，一个部门，往往也不能由一个人尽毕生之力所能完成。比如外国古典美学理论方面，朱光潜先生尽毕生之力，做了许多工作，有很大的贡献，但这方面的工作并未做完，还需要后人继续努力。因此我们的学术工作的各领域各方面，需要许多的朱光潜式的学者，尽心竭力，埋头苦干。

无论从人格，从学风而论，朱光潜先生配称我国当代学人的表率。我建议掌握朱先生生平事迹具体资料的同志，写一部详尽正确的朱光潜评传，供后人参考学习。

一九八六年三月

忆先师陈翰笙

潘　维

【三言两语】

潘维，1961年生，1996年获得美国加州伯克利大学政治学系博士学位，现任北京大学中国与世界研究中心主任，北京大学国际关系学院教授，讲授世界政治理论、中国政治、比较政治、中外政治制度比较和美国社会发展史等课程。他思维敏锐，涉猎广泛，以滔滔雄辩著称，常在授课之余宣讲时事，给人以猝不及防和游刃有余之感。代表论著有《法治与民主迷信——一个法治主义者眼中的中国现代化和世界秩序》、《农民与市场》等。

陈翰笙（1897-2004），江苏无锡人，中国早期马克思主义的农村经济学家、社会学家、历史学家和社会活动家，20世纪30年代中国农村经济研究会的创始人。他的治学精髓在于对马克思主义的立场、观点和方法的坚持和运用。这位跨越三个世纪，集革命家与学者于一身的传奇人物，在马克思主义社会科学史上占有极重的分量，在社会学、经济学、历史学等领域都取得了不朽的成就。

陈翰笙是潘维在北大读硕士时的导师，潘维平生最为推崇这位导师。在他的心目中，“把共产党的地下工作与学术生涯完美地结合在一起，陈翰笙是中国第一人。”是导师宏博的知识与见解开启了他进入社会学的大门，尖锐而精准的视角指引了其研究的方向。恩师热烈地爱着这片土地上的青年们，百岁之后甚至还“哀求”北大校方送学生给他，这是一种何其深挚的感情！

将近四分之一个世纪以前，一九八二年春末，我二十一岁，考上北大国际政治系的硕士生。管教务的老师通知我：派给你的导师是本系外聘的教授陈翰笙。

“谁是陈翰笙？是写戏的阳翰笙吧？”那老师说肯定不是，可也说不清陈翰笙是干什么的。只告我，听说陈翰笙曾与李大钊和蔡元培共过事，八十五岁了，脾气倔，要学生去他家面试，面试后才决定收不收。天哪，八十五岁的人当老师，还是李大钊和蔡元培的同事？

我首次见到陈翰笙是在他东华门附近的家。他问我为什么要跟他念书？我说那是系里分配的。不过我很乐意来，因为他是蔡元培和李大钊的同事。我们北大七七和七八级学生已经捐了款，给这两位在校园立铜像。他问我为什么要念国际政治的研究生？我说，我忒想上研究生，本科学的就是这个，所以只能考这个。随即我就狡猾地转守为攻，“面试”他，“审查”这个无锡老头的“个人历史”。以后的很多年里，我为面试的“成功”纳闷。他喜我“勤学好问”？换了我，大概会立即撵走这不知天高地厚的娃娃。后来经历丰富了，我才知道，那是“缘分”，缘起不灭。

开学了，正式去陈翰笙家上课，他已迁居复兴门外二十四号楼——那时俗称“部长楼”，今天称为“高层板楼”。那“部长楼”并排有两栋，像堵大灰墙立在长安街边，却是八十年代起始时京城著名的所在，今天称为“高尚社区”的那种。他要我每次来之前打电话预约，电话号码是“邀尔乐临”（1260）。我记数字的本领在那时就臭名昭著，今天更成为学生们的笑话。亏翰老想出这种怪词，这号码我至今还牢牢记得。从此，陈翰笙成为我的启蒙恩师。两年里，我每周去他“106 室”的家中上一次课。每次两小时，单兵教练。

自一九八四年夏毕业，至恩师过世，时间飞过了二十年。不过二十年，却天翻地覆，世事全非。当年追随恩师习学国际政治，中国的死敌是苏联。苏联诞生前，恩师就去美国留学。苏联没了，恩师还活着。他的生命跨越了三个世纪！

“106 室”的主人于二〇〇四年三月十三日仙逝，享高寿一百零七岁有余。二十年后去他家吊唁，我所熟悉的“106 室”全然与二十年前一模一样，从未“装修”过，一件新家具没有，均为旧物，连书桌摆放的位置都没变。当年，他坐桌这边，我坐桌那边，学英文，谈历史，一杯清茶，漫议国事，打赌开心，正是“昔人已乘黄鹤去，此地空余黄鹤楼”。“106”室低声回荡着先师喜欢的丝竹曲。先师去也，师情犹浓，遗像如生，教诲不敢忘。睹旧物，思故人，满心的惆怅，更有满怀的感动。

兹忆当年师生事，纪念翰老，为自己余生鉴，亦为那精神薪火相传。

一

每周去“部长楼”上课，常有意外的惊喜，能见到原只在电影里见过的“高干”名人。因为是固定时间，便能在地铁站见到“文革”时的农民副总理陈永贵。他那时好像固定每周半天，乘地铁去四季青公社上班，而且还戴着那顶标志性的草帽，不过不再有政治含义，只为避免让公众认出来。还能见到的其他名人也不少，比如刘少奇的夫人王光美。

先师无子女，夫人在“文革”时去世，起居由其九妹照看。先师父母生九子，仅存首末二子，长子先师，另一即九妹。先生的小妹慈眉善目，迄今健在，高寿九十一岁了。每次去上课，到家落座，她便端来一杯清茶。谈历史时，她有时取椅坐于先生身旁，偶尔取笑先生眼疾，拍着他的手，说他瞎眼不辨人。她给师生关系带来一份轻松，带来了家一般的气氛和爱意。到了八十年代中，她年事已高，自己都需人照顾了，返沪养老。她女儿童大夫一家照看先生，直至为先生送终。

与现时不同，陈翰笙对指导研究生是非常认真的。师生就是师生，每周必定要上课的，惟“课堂气氛”轻松愉快。而今许多文科研究生隔周上课，还忙着为导师写书，学生写书给学生念。陈翰笙上课按部就班，一小时教授英文（中译英），一小时谈历史、社会、时政和硕士论文。先生有高朋来访，亦不得逃课，命我移座去听他们的高论。

先生指导论文非常有办法，是紧逼盯人式。

第二次去他家，就把我的论文方向定下来了。他问，你研究外国政治研究哪里？我说研究第三世界。他说，研究拉美你不懂西班牙文；研究非洲你不懂祖鲁语或者斯瓦西里语，也不懂法文；研究中东你不懂阿

陈翰笙

拉伯文；所以你只能研究亚洲。研究亚洲的南亚，取得资料太难，研究的人也不少了；研究东北亚，你不懂朝鲜文，不懂蒙古文；所以只剩下东南亚了。新加坡最反共，与中国没有外交关系，没有资料。其他国家的语文你也不懂，只好研究当时与中国关系不错的菲律宾了，菲律宾的官话是英文。我只好说，菲律宾就菲律宾吧。他说，下个礼拜，你把北大图书馆和国家图书馆所有关于菲律宾的资料拉个清单，拿来给我看。原来，研究方向可以这样定！后来我把此法略加改进，用于自己带的研究生，屡试不爽。

接下来的一个星期里，我疯狂地往返于北大和北海（当时国家图书馆还在北海旁边）之间。翰老极为重视“资料”，重视到近乎痴迷的地步。他八十多岁了还在主编《华工史料》，以及《外国历史小丛书》。他还是外交部国际问题研究所图书馆的创始人，那是世界上几个顶尖的专业图书馆之一，至今使用陈翰笙独创的编目法。好在当时我国有关菲律宾的资料稀少，自麦哲伦登陆后的数百年也没多少中文著述，进口外文书就更少，抄录图书馆卡片就够了。到第三次见面，我拿着手抄的清单去见老师。翰老很满意，很高兴。后来开始教书，就懂得他为什么满意我了：我并不因他近乎失明而偷懒，比今天的多数研究生勤奋、听话。他问，资料大多是关于什么的？我说是关于历史的。他说那就对了，要我认真读菲律宾的历史，找个细点的研究领域，下周来告诉他。

我又废寝忘食地读了一个星期，摸清了菲律宾历史的大线索。菲律宾史大体是民族主义发展史，是民族形成史。到第四次见面，论文题目就定下来了，研究菲律宾民族主义的发展历程。这篇论文说明，帝国主义导致殖民地，殖民地导致民族形成，民族形成导致民族主义，民族主义导致独立，宗主国让殖民地独立时留下民主制，民主制在新帝国主义面前的脆弱导致民族主义的专制，专制的堕落导致民族主义的民主化浪潮。我完成这篇幼稚的论文只用了两年，是当时北大文科惟一提前一年毕业的研究生，还是经“校务委员会”讨论同意的。当时的理工科有否此例，我不知道。为了追求做硕士论文的效率，我“逃”了不少北大的课。回想起来，逃课很“值”。后来在北大执教，我从不点名，学生爱来不来，可迟到，亦可早退。翰老曾告诉我，上课“自由来去”是老北大的自由传统之重。

翰老居然为研究生写论文收集资料。从第三次见面起，翰老就开始剪报，让家人和秘书给他读报后把有关菲律宾的报道全剪下来，每周都会给我一些豆腐块剪报，两年下来，竟是一大堆。如此，我有了认真读报的习惯，读到重要的消息，就会想想这条消息说明了什么，能支持什么样的论点。对照今天，老师让研究生为自己写书，方知翰老为学生收集资料之不同。老师的心血，当时看似平常。自己做了老师后，方知那是极为不易的。自己做了父母，才知父母对子女的一片心。

比起本科时代，硕士论文让我的学术本领“上了一个台阶”，成为我学术生涯的起点。我把那篇论文译成英文，寄给加州伯克利大学政治系，改变了他们因没有 GRE 成绩而不录取我的决定，挣来了当那个系博士生的资格。菲律宾是亚洲惟一的“拉美国家”，与拉美情况非常相似。这项研究使我后来很容易理解拉美学者发明的“依附论”，决定了我以“比较政治学”为生，也奠定了我在“右派”时代对左派的同情。有时我甚至自嘲：如果那时知道科学在于精致地证明出色的因果关系，“依附论”的发明权可能就归我们爷俩了。

翰老还教我写文章。要点大多忘记了，但有一条是一辈子不会忘的，就是通俗易懂，写短句，不用生涩的词。他告诉我：没学问的人，才用怪词。凡使用老百姓不懂的词，要么是想吓唬读者，要么就是没读懂外文原文。因为他当时没讲出什么道理来，我一直不服气。有一次，我提到“社会结构”，他马上严厉地质问，什么叫“社会结构”？我当时并不知“系统论”的道理，只是人云亦云而已，一下子把我问倒了。就说，结构就是 Structure。他更恶狠狠地问，什么是 Structure，我不懂英文！我解释不出来，憋了半天，才脸红脖子粗地争辩说，我指的是“阶级力量对比”。他嘲笑我，那你就直说“阶级力量对比”就好了，干吗要用什么“社会结构”啊？还 Structure 呢！我还是不服气，认为他强词夺理，但这件“强词夺理”的事给我印象太深了。多年以后，我在美国写博士论文，导师认为我的英文句子太长，让我去读韩丁写的《翻身》，说那是最好的英文。老师解释说，社会科学作品与自然科学不同，是要给大众读的。大众读得懂的文章，才是好文章。大众读着明白顺畅的文章，是最好的文章。老师告诉我：博士论文，应当让你没念过政治学的老妈也能流利地阅读。我这才恍然大悟，沃尔兹的《国际政治理论》没有一个长句，没用一个“大词”，所以是文笔最好的书。该书的中文版，是学生翻译的。学生没能领会其语言的通俗，自以为是地翻译成很“学术”很“洋气”的味道。社科论文的“学术气”，其实就是“学生气”。翰老早就对我讲了这话，是学生愚钝，迟迟未能领会。

二

看上去，先师是无所不通的杂家，却是学历史出身。他要我认真读历史，什么历史都读，古今中外的政治史、经济史、社会史、思想史。非常幸运，老师的传奇经历本身就是部丰富的历史书。他的历史感如此之强，经历如此有趣，那时的我虽无法理解，却留下深刻印象。

翰老讲他当年在美国做学生，当过激进学生的代表。顾维钧去美国谈判，陈翰笙代表学生闯入会议室闹事，踢着顾维钧坐的椅子，警告他不许卖国。先师告我，顾虽西学出身，老婆却一大堆。我那时在读《顾维钧回忆录》，津津有味，正在做外交家的梦。翰老三言两语，把我对顾的向往和对外交的神秘感一扫而空。

与先师谈论两次世界大战之间的欧洲政治经济史。他写过关于巴黎和会的博士论文，不讲，却讲了他去德国的缘由。从芝加哥大学拿到硕士学位后，先师去哈佛学习，一年多以后就没钱继续了，于是带着仅余的一点钱同夫人顾淑行去了德国。战后的德国经济已经彻底崩溃，那点美国钱值了许多，够坐火车的豪华包厢，还够雇个德国佣人。我在美国也学两次世界大战之间的欧洲史，学到什么，全然忘记了。若干年后，苏联垮台，中国人那点可怜的工资却能在俄国过上神仙日子。这就让我想起了翰老去德国的故事，对什么是“经济崩溃”理解得非常鲜活。当“民主派”们说，不管怎么样，俄国到底是民主了。每到此，我就会想起翰老讲魏玛共和国的民主是怎么垮台的，蒋介石的统治是怎么垮台的。经济崩溃，不是民主的福音，是民粹主义和法西斯主义的温床。

当时北大有一美国来的华裔访问学生，请我帮忙查她爷爷的历史。说她父母从不谈论其在法国得到博士学位的爷爷。可她爷爷好像很出色，做过中国的大官。我查不到，就去问陈翰笙。翰老不仅知道，还与那人有过交往。那人做过司法部长，不过是汪伪政权的司法部长，病死于监狱，先是国民党管的监狱，后是共产党管的监狱。我当时在学日文，翰老提示我去查日本出的中国名人录。我果然在那里查到了该汉奸的生平。华裔女孩得知我的“研究结果”后，一脸的落寞，让我很不忍心。查那本名人录时，我顺便也查了陈翰笙，记载居然更详细。让我震惊的是，书里写到：根据日本的情报，一九四四年蒋介石命令在昆明抓捕陈翰笙，昆明突然飞来架英国军用飞机，把陈翰笙接到印度去了。我就这件事问过翰老，他只告诉我，做地下工作的人，有些事是要带到棺材里去的。把共产党的地下工作与学术生涯完美地结合在一起，陈翰笙是中国第一人。在日本被处死的世纪著名间谍左尔格，获得了“苏联英雄”称号，却是被翰老介绍去日本的。翰老在印度的研究工作卓有成效，他那时写的英文书，今天还在美国不少大学南亚课程的必读书单上。不仅如此，陈翰笙还是我国追随共产党闹革命的第一个洋博士。

翰老讲中国经济史，特别是农村经济史。他讲的英美烟草公司（BAT）历史特别有趣。公司被中国本地官僚介绍给农民，先给中国农民发放优惠的小额贷款，让他们从粮食作物改种烟草。而收获的时候却以垄断性的低价收购烟叶。种过烟草的地不适合种庄稼了，农民命运只能由外国资本家左右。当烟草市场崩盘，农民还得向地主照交地租。由此，他在三十年代初就得出结论：中国农民不仅受地主的盘剥，还受外国资本的压榨，也受本地官僚买办的压榨。除了造反，没有出路。这个项目是为共产国际和中国共产党做的情报研究。依赖贫苦农民闹革命，推翻“三座大山”路线，是这样被翰老提出，在学界传播开来，而且变成了中国共产党的政策。翰老是现代中国农村调查的创始人，在农村研究上的成绩闻名海内外。提到陈翰笙的中国农村研究，我在美国的博士导师也钦羡不已。这位今天哈佛大学政府系的教授，费正清研究中心的主任，当初也热情支持我继承陈翰笙的衣钵，继续研究中国农村问题。这便是我那本《农民与市场》的来源。陈翰笙研究二十世纪中国农村的上半期，说明资本主义让中国小农破产和造反；我做二十世纪的下半期，说明因为有二十五年的社会主义集体传统，所以市场经济没能让中国的小农破产和造反。在做陈翰笙的学生时，我就有个心愿，要做一点农村研究，要“青出于蓝”。“青出于蓝”的后半句，当然是由不得自己说的。

毕业数年后，我要去美国读博士，翰老为我写推荐信。到了那里，才知道，他在美国的名气比在中国大，他的推荐信是关键性的。又过了好多年，我才懂得，有这样一位出色的学者领着入学术之门，是多么幸运。可惜当时年幼无知，修课时偶得的先生遗墨，均已荡然无存。

三

如所有其他人，我称老师为“翰老”。今人可能会觉得学生这样称呼老师有点怪，却颇有道理。一九九六年，翰老九十九岁，政府在人民大会堂为他庆百岁华诞，我国社科界左中右派的名人几乎到齐了。其间，季羡林先生自述成为“翰老学生”的经历，让我暗中吃惊。在北大教书，对季先生高山仰止，既为翰老门徒，岂非季先生“师弟”？解放后，中国著名经济学家中有一声名显赫的“无锡帮”，均是得翰老师惠的弟子。各代弟子都尊称“翰老”，就不会有辈份上的尴尬。先师“文革”中赋闲在家，义务教授英文，业余弟子在美国能编一个营。

“翰老”是我们大家的，因为他学问好、正直、率真。

先师是学问家，也是政治和社会活动家。他一辈子讲原则，对自己心中的原则不妥协。因为他在莫斯科工作的经历，不愿与苏联人共事。归国后他拒绝做外交部副部长，也拒绝当北大副校长，号称“不会用刀叉，只会使筷子。”他疾恶如仇，直言直语，建国后不知得罪了多少人，自然也是仕途从不长进。我去读书时，常为他对时政的严厉评论所震惊。我曾说：“你这么讲话，不怕进监狱？”他说：“为什么怕进监狱？”我说：“那你若准备进共产党的监狱，当初还入共产党干什么？”他说：“你怎么连这个都不知道啊？为了打倒军阀啊，打倒旧军阀，新军阀。”

先师是大学问家，却一点架子都没有，我在他家读书，丝毫不感到压力。惟一有压力的是，课业结束离去时，他必定起身送至电梯口，作揖而别，让我觉得不敢消受。后来方知道，他是无论老幼亲疏，地位高低，尽皆如此。

老师平易，学生也就张狂。今日想来，依然趣味盎然。有一天，谈到苏联发动世界战争的危险——那个时候的大课题，他预测五年里世界大战必然爆发。理由是，苏美两国疯狂地生产和储存了那么多武器，不打仗，两国的军工联合体有什么道理生存？我和他起劲儿地争论，也说不服他。心生一计，就要求打赌。他居然同意了，问我赌什么？我说，五年后的这一天，如果世界大战没打起来，他那个月的工资归我，打起来了，我那个月的工资归他。他想了想，说他太亏了，不平等。那时候他的工资将近四百元，我是四十元，工作五年大概也就七八十。他自己提了个赌注：输了就把手边那件大衣给我。不到半分钟，他又变了，声称那大衣是与斯诺穿错了的，不能给我。历史博物馆要，他不给，怕给弄丢了。我对此解释一声不吭。直到他自己不好意思了，改了说法：若五年后的这一天，世界大战打不起来，他要拿根杆子把这旧衣服杵出窗外，就当作挂了投降旗。他不提我输了怎么办，就是

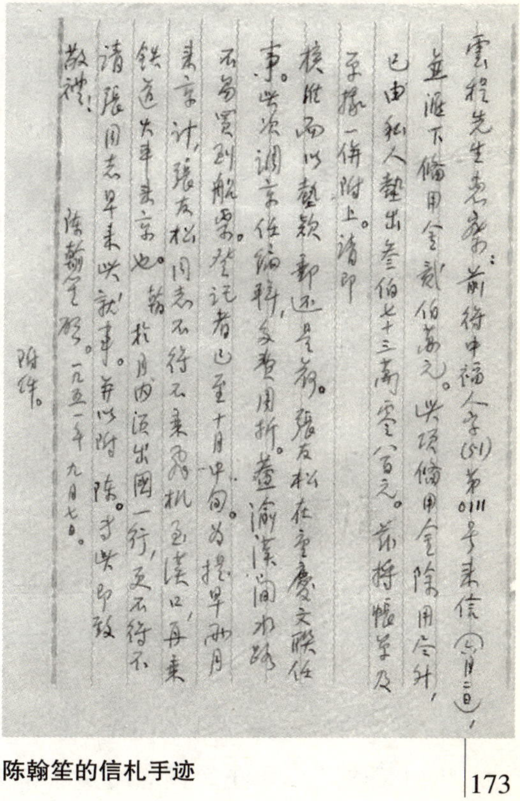
云程先生惠鉴：前得中福人字(51)第0111号来信(九月二日)，
并汇下备用金贰佰万元。此项备用金除用去外，
已由私人垫出叁佰七十三万零一百元。兹将帐单及
单据一併附上。请即
核准而以垫款归还是荷。张友松在重庆文联任
事。此次调京任编辑，多费周折。盖渝汉间水路
不易买到船票。登记者已至十月中旬。为提早两月
来京计，张友松同志不得不乘飞机至汉口，再乘
铁道火车来京也。翰於月内须出国一行，更不得不
请张同志早来此就事。并以附陈。专此即致
敬礼！
陈翰笙启。一九五一年九月七日。
附件。

陈翰笙的信札手迹

认输，承认世界大战打不起来。

一九九七年，北大百年校庆。笔者带着学生去看他。时有电视台记者在场，请他说几句祝福北大的话。当时先师已过百岁，两眼完全看不见了，精力也很不济，谈话很难持续两分钟以上。但在那天，他好像头脑异常清楚，掰着手指头说："我给北大老师讲三句话：第一，要好好帮助年轻学生；第二，不要当官；第三，要多写书。"电视台记者坚持要他给北大说句祝福的话，老先生居然出口成章，"祝北大今后办得像老北大一样好"。幽了北大一默。记者和家人都不干了，就教他说：你说"祝北大今后越办越好"。老先生连说三遍，次次都与原先说的一样，不肯照别人吩咐的说。他自己眼镜都要旁人帮他戴，脑子也不走了，可新北大要继承老北大的优秀传统，他一直放在心里，直到生命的尽头。这就是陈翰笙！"老兵不死，只会逐渐凋零。"

先师与北大同龄。北大百岁，先师亦百岁。陈翰笙二十多岁回国之际，蔡元培校长聘他为北大正教授，是为当年北大最年轻的教授。而先生过世时，已是北大最年长的教授。生命跨越三个世纪，真神人也。

先师活了一百零七岁有余。四十年代与宋庆龄办"工合"，过手的钱千千万万，大部分暗中偷运延安，自己却一生廉洁简朴。他从无额外收入，存款多用于补贴出书。离去时，竟仅余不到六万元存款。大概是举丧之资不累旁人吧。先师书面遗嘱：身后不开追悼会，不举行遗体告别，并随其早逝之爱妻，骨灰撒入富春江。正所谓"来去赤条条无牵挂"。

北京大学图书馆专辟一室，建"陈翰笙纪念研究中心"，由北大党委副书记吴志攀同志亲任主任。先师工作之厅堂已原样搬入这里。翰老的亲友学生们，可在此重温那些温馨的往日。

先师为中华民族的进步事业奋斗了漫长的一生。其辉煌业绩并非其晚年一弟子所能记录。但我深知，陈翰笙属于学生，他热爱学生，百岁之后甚至还"哀求"北大校方送学生给他。在他那已凝固的大脑里，最后的一缕余光是青年，是学生。我们在北大图书馆219室开设"陈翰笙纪念研究中心"，那里每天都有数以千计的学生经过，希望他们在中心门前的铜牌前停一停脚，像我当年那样，问一声："谁是陈翰笙？"进来在他的书桌前坐一坐吧，那里有翰老的铜像和遗墨与北大学子们同在。

记黄小泉先生

郑振铎

【三言两语】

郑振铎（1898-1958），生于浙江温州，现代作家、学者和社会活动家；1917年入北京铁路管理学校学习；1919年参加五四运动并开始发表作品。他曾任燕京大学、清华大学、暨南大学教授，《世界文库》主编。1937年，郑振铎加入文化界救亡协会，与许广平、王任叔等人组织出版《鲁迅全集》。新中国成立后曾任全国文协研究部长、中央文化部文物局长、民间文学研究室副主任、文化部副部长等职务；1952年加入中国作家协会；1958年率领中国文化代表团出国访问，因飞机失事遇难殉职。

黄小泉先生是一个默默无闻的人，没有什么著作，也没有立下什么功勋，就是一个普通的小学教员，但对郑振铎来说，黄小泉先生却是他最难忘的恩师。“他是那样的和蔼、忠厚、热心、善诱。”数十年如一日地坚持着自己的岗位，对待小学生就像对待自己的儿子一样。黄先生自己受的是旧式教育，却努力地学习着新式教育，不断地在教育中注入新的营养来教导学生。作者从中受益良多。他永远不会忘记黄小泉先生，虽然受教时间不长，却是他文学上真正的启蒙者，真正的指导者。

我永远不能忘记了黄小泉先生。他是那样的和蔼、忠厚、热心、善诱，受过他教诲的学生们没有一个能够忘记了他。

他并不是一位出奇的人物，他没有赫赫之名，他不曾留下什么有名的著作，他不曾建立下什么令年轻人眉飞色舞的功勋。他只是一位小学

郑振铎像

郑振铎是现代文坛上一位重要的文艺理论家，五四时期，在《文学旬刊》、《小说月报》上发表大量的文艺评论文章。他提倡“血的文学、泪的文学”，反对“‘雍容尔雅’，‘吟风啸月’的冷血的产品”。画中的郑振铎叼着烟卷做沉思状。郑振铎像是徐悲鸿1949年所画，现藏徐悲鸿纪念馆。

教员，一位最没有野心的忠实的小学教员。他一生以教人为职业。他教导出不少位的很好的学生。他们都跑出他的前面，跟着时代走去，或被时代拖了走去。但他留在那里，永远地继续地在教诲，在勤勤恳恳地做他的本分的事业。他做了五年，做了十年，做了二十年的小学教员，心无旁骛，志不他迁，直到他儿子炎甫承继了他的事业之后，他方才歇下他的担子，去从事一件比较轻松些、舒服些的工作。

他是一位最好的公民。他尽了他所应尽的最大的责任；不曾一天躲过懒，不曾想到过变更他的途程。——虽然在这二十年间尽有别的机会给他向比较轻松些、舒服些的路上走去。他只是不息不倦地教诲着，教诲着，教诲着。

小学校便是他的家庭之外的惟一的工作与游息之所。他没有任何不良的嗜好。连烟酒也都不入口。

有一位工人出身的厂主，在他从绑票匪的铁腕之下脱逃出来的时候，有人问他道：“你为什么会不顾生死地脱逃出来呢？”

他答道：“我知道我会得救。我生平不曾做过一件亏心的事，从工厂出来便到礼拜堂；从家里出来便到工厂。我知道上帝会保佑我的。”小泉先生的工厂，便是他的学校，而他的礼拜堂也便是他的学校。他是确确实实的不曾到过第三个地方去；从家里出来便到学校，从学校出来便到家里。

他在家里是一位最好的父亲。他当然不是一位公子少爷，他父亲不曾为他留下多少遗产。也许只有一所三四间屋的瓦房——我已经记不清了，说不定这所瓦房还是租来的。他的薪水的收入是很微小的，但他的家庭生活很快活。他的儿子炎甫从小是在他的“父亲兼任教师”的教育之下长大的。炎甫进了中学，可以自力研究了，他才放手。但到了炎甫在中学毕业之后，却因为经济的困难，没有希望升学，只好也在家乡做着小学教员。炎甫的收入极少，对于他的帮助当然是不多。这几十年间，他们的一家，这样地在不充裕的生活里度过。

但他们很快活。父子之间，老是像朋友似的在讨论着什么，在互相帮助着什么。炎甫结了婚。他的妻是我小时候很熟悉的一位游伴，她在他们家里觉得很舒服。他们从不曾有过什么不愉快的争执。

小泉先生在学校里对于一般小学生的态度，也便是像对待他自己的儿子炎甫一样：不当他们是被教诲的学生们，不以他们为知识不充足的小人们；他只当他们是朋友，最密切亲近的朋友。他极善诱导启发，出之以至诚，发之于心坎。我从不曾看见他对于小学生有过疾言厉色的责备。有什么学生犯下了过错，他总是和蔼地在劝告，在絮谈，在闲话。

没有一个学生怕他，但没有一个学生不敬爱他。

他做了二十年的高等小学校的教员、校长。他自己原是科举出身。对于新式的教育却努力地不断地在学习，在研究，在讨论。在内地，看报的人很少，读杂志

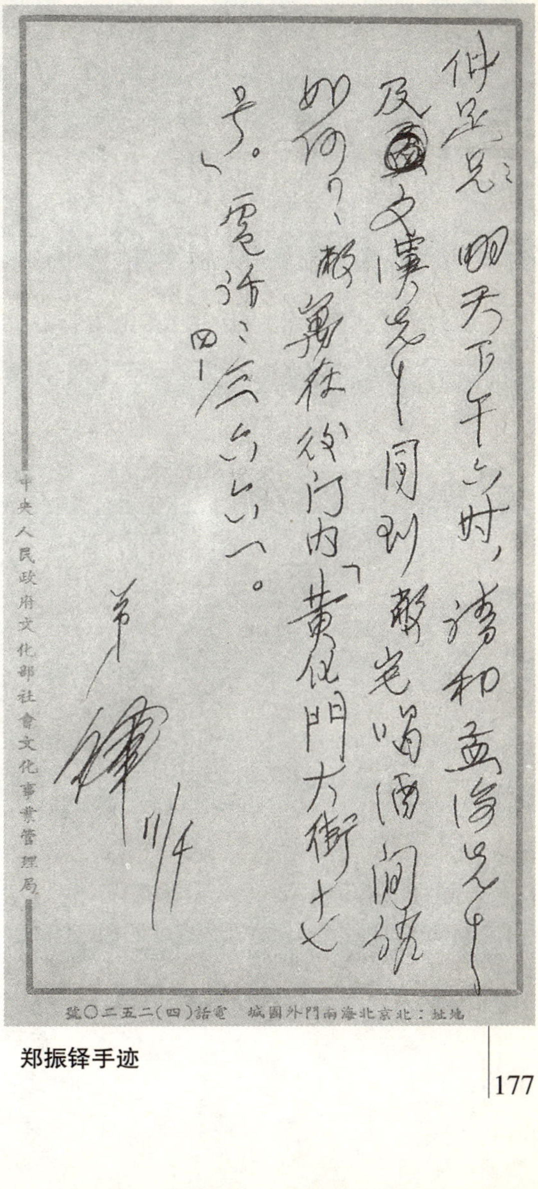

郑振铎手迹

的人更少；我记得他却订阅了一份《教育杂志》，这当然给他以不少的新的资料与教导法。

他是一位教国文的教师。所谓国文，本来是最难教授的东西；清末到民国六七年间的高等小学的国文，尤其是困难中之困难。不能放弃了旧的四书五经，同时又必须应用到新的教科书。教高小学生以《左传》、《孟子》和《古文观止》之类是“对牛弹琴”之举，但小泉先生却能给我们以新鲜的材料。

我在别一个小学校里，国文教员拖长了声音，板正了脸孔，教我读《古文观止》。我至今还恨这部无聊的选本！

但小泉先生教我念《左传》，他用的是新的方法，我却很感到趣味。

仿佛是到了高小的第二年，我才跟从了小泉先生念书。我第一次有了一位不可怕而可爱的先生。这对于我爱读书的癖性的养成是很有关系的。

高小毕业后，预备考中学。曾和炎甫等几个同学，在一所庙宇里补习国文。教员也便是小泉先生。在那时候，我的国文进步得最快。我第一次学习着作文。我永远不能忘记了那时候的快乐的生活。

到进了中学校，那国文教师又在板正了脸孔，拖长了声音在念《古文观止》！求小泉先生时代那么活泼善诱的国文教师是终于不可得了！

所以，受教的日子虽不很多，但我永远不能忘记了他。

他和我家有世谊，我和炎甫又是很好的同学，所以，虽离开了他的学校，他还不断地在教诲我。

假如我对于文章有什么一得之见的话，小泉先生便是我的真正的“启蒙先生”，真正的指导者。

我永远不能忘记了他，永远不能忘记了他的和蔼、忠厚、热心，善诱的态度——虽然离开了他已经有十几年，而现在是永不能有再见到他的机会了。

但他的声音笑貌在我还鲜明如昨日！

一九三四年七月九日在张家口车上

先父梦岐先生

曹聚仁

【三言两语】

曹聚仁（1900–1972），浙江兰溪人。现代作家、学者和记者。浙江第一师范学校毕业。1921年到上海教书，任上海大学、暨南大学、复旦大学等校教授，并从事写作，以散文创作立足文坛，同时从事新闻工作。1937年抗战开始，任中央通讯社战地特派记者，并主持《正气日报》编务。1950年后，曹聚仁只身赴港写作，他频频来往于北京和台北之间，成为毛泽东、周恩来、蒋介石、蒋经国的座上宾，密商两岸和平统一大事。1972年，在澳门病逝。作品有论著《文史讨论集》、《国学概论》和《国学大纲》，散文集《我与我的世界》、《今日北京》、《万里行记》等。

曹聚仁父亲梦岐先生是启蒙时期的一个渴求进步的知识分子，他不畏强权，敢于尝试打破环境束缚，在家乡借维新变法的路向，办学，破除迷信，迎新历等等，志向笃定，敢作敢为。逐渐赢得了威望，而对于自己儿子的影响从品德和学识各方面都是深刻的。父亲实在是曹聚仁人生最重要的一位导师。

从我个人的生命根源来说，我永远是我父亲梦岐先生的儿子，却又永远是先父的叛徒。一个经过了十几代挖泥土为活的贫农家庭，祖父永道公一生笃实和顺，委曲求全。有一年，天旱，邻村土豪霸占了水源，祖父不惜屈膝以求，先父愤然道：“我们为什么要向他哀求？”便拖着先祖回家。这便见先父的反抗压力的精神。先父之所以要在耕余读书，要参加科举考试，要背着宗谱到金华去考试，这都表现他不为环境所束缚的威武不能屈的气度。

先父从杭州应了乡试回来，接受了维新志士的变法路向，一回到家乡，便把学校办起来。在我们自己的厅堂上办育才小学，已经招来亲友们的窃笑，说先父是书呆子。而进一步，把通州桥头的观音堂的庵中佛像拆了，办起乡村小学来，那真是犯众怒的大事。却一肩独当，居然做成了，这就使亲友由惊疑而钦佩了。先父青少年时，身体很怯弱，二十八岁那年，大病几乎死去。其后，他处在危殆境况中，总是说："我譬如二十八岁那年死去了，怕什么！"除死无大难，这就战胜了横逆之境。看起来，先父那么一个瘦弱的身子，却有着钢铁般坚强的意志，我阅世六七十年，能如先父这样敢作敢为的汉子，就很少了。

有如范仲淹那样，乐以天下，忧以天下，公而忘私的人，世人一定看作是大傻瓜。先父说了要维新，便一一做了起来。女人要放脚，儿童要受教育，革命就剪了发，事事切实去做。辛亥革命，废旧历行新历，先父便要我们在阳历去向亲友贺年，到了旧历新正，就不让先母招呼贺年的亲友，这虽是小事，做起来，就十分别扭的。他要兴实业，就要家中人，种桑养蚕，纺纱织布，还开了一家小小的布厂。我们在小学读书时，先父就划了一亩水田，给我们种稻、种麦、种豆，从插秧到收割，让我们一一做起来。因此，我这个书呆子，对所有田间的事，一一都熟知，我还会养蚕养蜂接桑。我一向看不起孔老夫子，因为他是四体不勤，五谷不分，手不能提，肩不能挑的人。先父虽是圣人之徒，却是要我们学农学稼，走的是许行的路子。

表面上看起来，先父是朱熹一派的信徒。朱子的《近思录》和《小学》，乃是教导我们立身处世入门工夫。但在躬行实践上，却和北方学人颜元李塨的路子相吻合。而他那年从杭州回家，带了一部《王阳明全集》回来，他的关心社会治安，培养民间新风尚，敢作敢为的立身之道，实在和王氏相符合。这种种，正如朋友们所称道的"蒋畈精神"。这是维新志士所带来的朝气，但先父并不如康梁那样浮夸，也并不想投入政治圈子，只是一点一滴在地方自治的文化教育下功夫就是了。因此，先父的施为，颇和陶知行先生的晓庄工作相吻合呢！

先父这位圣人之徒，他只从孟子的议论中知道有所谓“异端”杨（朱）墨（翟）。他从来没看过墨子和庄子列子之书。其实，先父一生磨顶放踵，以利天下而为之，是一个墨子之徒。而我呢，却是一个老庄之徒，正是孟子所谓“异端”。到了先父晚年，扬名声于四近，一提到“蒋畈曹”，有着敬而畏之的意味。真所谓“邪不敌正”。我们那一边区，真是烟赌盗窃丛生之地。他以一手之力完全肃清掉。地方自治，并不是件容易的事，除恶务尽，无权无势，怎么做得到？居然做到了，乡人奉之若神明。先父逝世了，乡人都说他到某地做土地神城隍神去了。乡人都相信，只有我不信。

我的舅父，他是独生子，给外祖父母娇养惯了，吃喝玩赌吹，无所不能。先父嫉恶如仇，凡是他所要禁绝戒绝的，舅父无一不染上了。可是，舅父老年时，却对我说：“四近百里以内，没有人不怕你爸爸的，只有我一个人不怕你爸爸。可是，不怕你爸爸的人，总是没出息的！”这就说了他心底的话了。要说舅父是软弱的人吗？他七十五岁那年，感怀身世决定要自杀了，如杨白劳喝下盐卤去。喝盐卤自杀，是一件极苦痛的事，他有那么大的勇气，却耐不住赌博的诱惑。这件事，对我是了解

曹聚仁

当年抗战爆发后，曹聚仁以新闻记者身份出入上海闸北战场，为《申报》、《立报》、《社会日报》和中央通讯社采访战地新闻，以笔从戎。

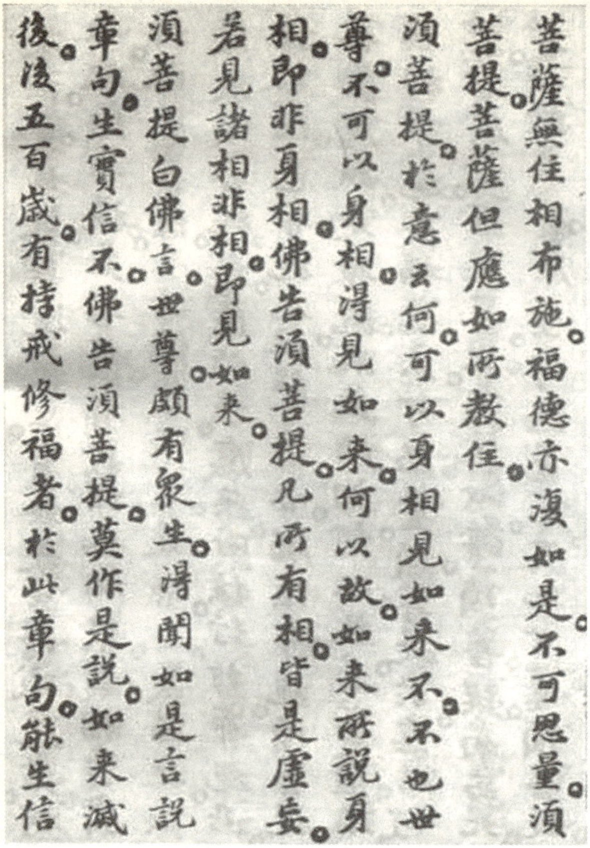

苏东坡书《金刚经》

《金刚经》是佛教的重要经典。《金刚经》传入我国后，自东晋到唐朝共有六个译本，其中以鸠摩罗什所译的《金刚般若波罗蜜经》最为流行，"金刚"喻指般若如金刚一样锋利无比，能破除世间一切烦恼与偏见。

人生的一课。

先父是一个防微杜渐，而且以身作则的人。我六七岁时，旧历除夕，跟邻家女去赛"字乌"（一个钱的正面，便是字，反面便是乌。三钱在掌，谁得的字多为胜），先父便叫了回家，狠狠打了我一顿，我一生不爱赌博，和那顿教训有关。我对先父，"畏"的成分多于"敬"。他只怕孩子们玩物丧志，因此先父生平，是不让我们看社戏的。（他决想不到，我到了中年以后，倒成为地方剧曲的研究者呢！）他以坚强意志来克制种种欲念，立志成为圣人之徒，因此，我一直怕了他，不肯和他相接近。别人都以为先父只痛爱我这个孩子，我呢，却畏敬而远之。二十以后，我一直在上海做事，年节也很少回乡去。有一回，一位至戚到上海来看我，对我说："你知道你爸爸怎么对我说？他说：'别人都说我有三个儿，一个女儿子，实在呢，我是养了四个女儿！'"这番话，深深地感动了我。原来他是把热情的火团，用灰盖了起来，时时怀念着我们的。那年，我回乡住了一个夏天，秋初回上海去，先父一直送我们出门，送了一程又一程。其明年，先父便卧病了，病了十八个月，便逝世了。病中，我曾在床的另一头陪着他，却已补不了先前对他的疏远了。先父对先兄聚德管责得最严厉，对我次之，到了四弟，先父公务太忙，管束最松。后来，我才知道先兄的受责，有时是挞伯禽以教成王之意，这当然不是我们所能领会的了。不过父子之间，究竟该怎么来教育？自是一个值得研究的大问题，古有易子而教之说，也值得研究一下的。

先父是一位笃实的理学家，他对程朱学说和儒家思想的笃信，已经到达要排除佛道各派思想的程度。他要把“居敬”、“存诚”工夫灌输到我们这一代，让理学在我们心灵中生根，其结果是失败的。但我一生对于恋爱会这么认真，也还是受了理学的影响。有一件事，我在这儿郑重说一件旧事：先父病危时，有一天，忽然要叫我母亲备一份香烛到庙中去祈祷一番，而且吩咐她不要我们知道这件事。我忽有所感：先父到了最后，对灵魂来世的事，无法安顿，这样的矛盾，颇值得体味的。于先父死后，乡间传出了他出任某处县城隍的神话，我已说过了。先父是不礼拜佛道二教的神道的，也不相信基督耶稣的，只留下了泛自然神教的观念，真要成神的话，也只有土地神可以做得的了。

在这一方面，家母倒是先父的忠实信徒，她既不烧香拜佛，也不吃素念经。我自信，我所讲的《金刚经》，比一般方丈法师高明一点，虽不能使顽石点头，却也足使凡人们恍然有所悟。上海解放以后，家母从乡间来上海，我看她十分寂寞，心绪也不十分好，想试着劝她看看《金刚经》。她却一一拒绝，说她是不信佛的。她和我一样，近于自然神教，我是走出了儒家圈子以后，走进道家思想圈子去。家母则是无意之中，闯到泛神论的世界，成为朴素的自然主义的信徒的。有一位耶稣教徒，他自以为天天关着门看《圣经》，直通基督的圣旨，他认为如我这样一个凡夫俗子，不会有所领会的。他并不知道我正走了和他相反的路。我是走了比较宗教的路，才对这一问题有所交待。我觉得各种经典之中，博大精深，莫如佛经。新旧约实在浅薄得很，比之佛经，连小巫都称不上。道家思想虽不及佛经，但圆通之处，老庄还在释迦之上。从前，我不曾注意到《可兰经》，后来看了一遍，才知道此中自有胜义，自在新旧约之上。我从反程朱而重复回到宋明理学、儒家思想门庭，已在中年以后，觉得孔老二毕竟见过大世面，不像耶稣在钉上十字架以前，只在小天地中翻斤斗的。比较宗教，比较哲学，使我成为虚无主义者，我想当年的释迦也一定走过同样的路子。可惜，这些话，已经没有机会来和先父反复讨论了。

当然，先父虽是启蒙时期的进步分子，但他毕竟是上一代的人物。当他病危那一时期，他和我谈到一件宗法社会的大事。我们的祖先，为了保持血统的纯洁，立下了祠规，不许外姓人继嗣的。恰好洞井叔一辈某家，没有后嗣，已经抚养郑姓的外甥来继嗣。依祠规，那是不许“上宗谱”的。因此，那家便上法庭提出控诉，按照国家法律说，这样的嗣子，应该承认的，这一场官司，先父代表宗祠任被告，却败诉了。先父觉得他自己对不起了祖宗，要我牢记在心，在适当机会，把这场官司再翻过案来。我当时不知怎么答复他的，到了今日，连宗谱也不再存在了呢！

瘦影

——怀梁思成先生

陈从周

【三言两语】

陈从周（1918-2000），浙江杭州人，古建筑、古园林专家，并擅长文史，兼工诗词、绘画。1978年赴美国纽约为大都会博物馆设计园林“明轩”；1987年，设计并主持施工上海豫园东部园林的复园工程。他是现代第一个将中国园林艺术推向世界的人。主要著作有:《苏州园林》、《扬州园林》、《园林谈丛》、《说园》、《绍兴石桥》、《春苔集》、《书带集》、《帘青集》、《山湖处处》等。

作者与梁思成先生谊兼师友，梁先生去世，作者感到寂寞空虚，脑中不断浮现梁先生的“瘦影”。流年似水，作者看着当年与梁思成先生的珍贵合影，追述往事，恍如隔世。梁先生品德高尚，学养深厚，值得歌颂，值得尊敬。作者从侧面描写，寄托哀思。所有的建筑工作者都不会忘了梁思成先生，中国需要梁先生这样的学者。

旧游谁左说相从，初日芙蓉叶叶风；
挥手浮云成永诀，而今謦盲欬梁公。

新会梁思成教授逝世那年，我还在安徽歙县“五七干校”。我在报上见到了噩耗，想打个唁电去，工宣队不同意，我说梁教授是我老师，老师死了，不表示哀思，那么父母死了也可不管了。饶舌了许久，终于同意了。我那时正患胃出血症，抱病翻过了崎岖的山道，到了城内，终于发出了人何以堪的唁电。冬季的山区，凄厉得使人难受，偶然有几只昏鸦，在我顶上掠过，发出数声哀鸣，教人心碎。这夜没有睡好，时时梦见他的瘦影，仿佛又听到他那谈笑风生的遗音，一切都是寂寞空虚。

"无穷山色，无边往事，一例冷清清"，那几天的处境，我便是在这般光景中过去。我回思得很多，最使人难忘的是一九六三年夏与梁先生一起上扬州，当时要筹建鉴真纪念堂，中国佛教协会请梁先生去主持这项工作，同时亦邀我参加。约好在镇江车站相会，联袂渡江，我北上，他南下，我在车站候他，不料他从边门出站了，我久等不至，径上轮渡，到了船上却欣然相遇了，莽莽南徐，苍苍北固，品题着飘渺中的山水，他赞赏了宋代米南宫小墨画范本，虽然初夏天气，但是湿云犹恋，因此光景奇绝。

我们在扬州同住在西园宾馆，这房间，过去刘敦桢教授以及蔡方荫教授曾住过，我告诉了他这段掌故，他莞尔微笑了："真巧，真巧。"第二天同游瘦西湖，蜿蜒的瘦影，妩媚的垂杨，轻舟荡漾于柔波中，梁先生风趣地说："我爱瘦西湖，不爱胖西湖。"似乎对那开始着西装的西湖有所微辞了。对钟情祖国自然风光、热爱民族形式的学者来说，这种话是由衷的，是可爱的，是令人折服的。梁先生开始畅谈了他对中小名城的保护重要性的看法，不料船到湖心，忽然"嘣"的一声，船舱中跳进了一条一尺多长的大鱼，大家高兴

陈从周和梁思成

1962年，陈从周与梁思成合影，左为陈从周。

极了，舟子马上捉住，获得了意外的丰收。这天我们吃到瘦西湖的鲜鱼，梁先生说："宜乎乾隆皇帝要下江南来了。"

我们上平山堂勘查了大明寺建造鉴真纪念馆的基地，那时整个平山堂的测绘我已搞好，梁先生一一校对了。对鉴真纪念堂及碑的方案，他非常谦虚，时时垂询于我，有所讨论，我是借讨论的机会，向他讨教，学习到很多东西。他开朗、真诚，我们谊兼师友，一点也没有隔阂之处。鉴真纪念碑的方案是在扬州拟就的，他画好草图，由我去看及量了石料，作了最后决定，交扬州城建局何时建同志画正图，接着很快便施工了，十月份我重到扬州，拍了新碑的照片寄他，他表示满意。

扬州市政治协商委员会邀梁先生作报告，内容是古建筑的维修问题，演讲一开始，他说"我是无耻（齿）之徒"，满堂为之愕然，然后他慢慢地说："我的牙齿没有了，在美国装上了这副义齿，因为上了年纪，所以不是纯白，略带点黄色，因此看不出是假牙，这就叫做'整旧如旧'，我们修理古建筑也就是要这样，不能焕然一新。"谈话很生动，比喻很恰当，这种动人的说话技术，用来作科普教育，如果没有高度的修养与概括的手法，是达不到好效果的。他循循善诱，成为建筑家、教育家，能在人们心中留下不可磨灭的印象，原因是多方面的，关键是有才华。一九五八年批判"中国营造学社"，梁先生在自我检讨会中说："我流毒是深的，在座的陈从周他便能背我的文章，我反对拆北京城墙，他反对拆苏州城墙，应该同受到批判。"天啊！我因此以"中国营造学社"外围分子也遭到批判。我回忆在大学时代读过大学丛书——梁先生翻译的《世界史纲》，我自学古建筑是从梁先生的《清式营造则例》启蒙的，我用梁先生古建筑调查报告，慢慢地对《营造法式》加深理解，我的那本石印本《营造法式》上面的眉批都是写着"梁先生曰……"我是从梁先生著作中开始钦佩这位前辈学者的。后来认识了，交谈得很融洽，他知道我了解他，知道他的身世、为学等……我至今常常在恨悔，气愤，他给我的一些信，"文革"被抄家散失了。如今仅存下他亲笔签上名送给我的那本《中国佛教建筑》论文了。我很感激罗哲文兄于一九六一年冬在梁先生门前为他与我合摄一影，如今放在我的书桌上，朝夕相对，我还依依在他身旁，当然流年逝水，梁先生已做了天上神仙，而我垂垂老矣，

滕王阁草图

滕王阁的重建，参考了梁思成及其弟子莫宗江于1942年绘的8张草图，梁先生草图的画成又是根据天籁阁的旧藏宋画《滕王阁图》。图为梁思成画滕王阁草图。

追忆前游，顿同隔世。

我与梁先生从这次扬州相聚后，自此永别了，我们同车到镇江候车，在宾馆中午餐，他买了许多包子、肴肉及酱菜等，欣然登上北上的火车，挥手送别，他在窗口的那个瘦影渐渐模糊不见了，谁也不能料到，这是生离，也是死别。我每过镇江车站，便浮起莫名的暗淡情绪。今日大家颂梁先生的德，钦佩他的学术。我呢？仅仅描绘他的侧面，抒写我今日尚未消失的哀思：梁先生，你是永远活在我们建筑工作者的心中。清华园中，前有王静安（国维）先生，后有梁思成先生，王先生的纪念碑是梁先生设计，仿佛早定下这预兆了。中国就是需要这样的学者，我为清华大学歌颂之。

昆曲带引我学园林

——写在俞振飞访港演出之前

陈从周

【三言两语】

俞振飞（1902–1993），京剧、昆曲表演艺术家。他擅长演出的剧目有：《牡丹亭》、《长生殿》、《游园惊梦》、《群英会》、《春秋配》等。

陈从周先生是研究园林的，但是他却能从昆曲中学到一些“园林知识”，这些都是得自俞振飞先生的影响。作者敬佩俞先生，俞先生有“高度修养的文化与学问”，作为演员却有其他演员身上没有的精神与气质，而且他诲人不倦，对下一代的教育不仅在“技”，更可贵的是“道”。

我与俞振飞先生认识算来时间不算短了，因为他年时大于我，我总以道长相称。俞氏之学，促使了我对昆曲的爱好，因昆曲又进而影响对园林的研究，这话说来太长了。记得童年听俞粟庐老先生的唱片《辞朝》，这是第一次尝到“昆曲味”，把我小小的灵魂引入到这诗一般的境界中去。从此我进入园林感触便不同了。后来继续听到振飞先生早年的唱片，那都是他二十多岁时灌的，雏莺声清，粟庐老人誉儿美谈并不是无因的。但我仍在盼望着有一天能见其风采，居然后来到上海来念书，首次观到了他与程砚秋先生合演的《奇双会》。这仙境般的享受，使我垂老难忘。以后每有俞先生的演出，总节约了伙食金与零用金，买一张后排座位的票去倾听一下。俞先生演《牡丹亭》的《游园惊梦》，我从曲情、表情、意境、神韵，体会到造园艺术与昆曲艺术之息息相通处，园林与昆曲如果停留在形式上，而不从精神上去研究，那是得不到中国艺术的超越性。我虽然仅仅是一个昆曲的爱好者，然而我却在昆曲的本身与俞先生的艺术上，在我专业知识上，对我的帮助，那昆曲便是教材，俞先生真是老师。俞先生是学者，他是一位深明中国文化的人，后来他要我去为昆曲班学生讲园林，用意极深，普通人看来不理解，而俞先生却有独到之见。我曾为此写过一篇《园林美与昆曲美》载在《书带集》中。

最近陈巨来翁请客，席间见到了俞老与夫人李蔷华，还有郑传鉴、华文漪。二十年前华文漪、王英芝、刘异龙、岳美缇、蔡正仁、顾兆祺等一班小朋友，还在念书学戏、学笛，我请他们到同济大学来演出。莫说他们都只十几岁，可是当时已轰动同济大学，不能说万人空巷，亦可说万人空校了。我虽"跑差"，人是累极了，然而在他们的身上，寄托了中国文化的流传。昆曲的复兴，是一朵刚开的花，美丽得耐人寻味，引人遐思。因为在这花上有一个极美好的未来。如今他们经过这么一段不短不长的年月，到了花正怒放的时候了，我们要如何地珍惜，如何地尽情观赏，该学习的要努力学习。他们的身上是通过俞先生及传字辈老一代艺术家，将我国戏曲艺术最精华的一部分集中了。它不是一个狭义的地方剧，而是中国戏曲的祖先，从它身上产生了多少流派别支，是一个文化宝库，而演出的诸位却都是国宝了。我真敬佩俞先生，这位老人仁慈、慷慨，能诲人不倦，交游不尽，他身上、戏上、谈吐上、举止上是有书卷气，亦就是说有高度修养的文化与学问。他常常对我说艺术家要有气质、风度。先生对下一代的教育并不局限于技，而已进乎道了，因此他八十高龄在港的演出，我们不是单看他的戏，而要看他身上在一般演员身上没有的东西，这东西就是我们的民族文化，是作为一个中国最可宝贵的精神文明。

"虽然高下分浓淡，总是新篁得意时。"我用郑板桥题画诗来赠送俞老带头在港的昆剧演出，想来老少皆欣然吧！可是悠扬笛韵、婉转歌声，我只能凭我的想象与幻思了。

一九八三年十月

星斗其文，赤子其人

汪曾祺

【三言两语】

汪曾祺（1920–1997），江苏高邮人，当代作家、散文家、戏剧家。汪曾祺毕业于西南联大，历任中学教师、北京市文联干部、《北京文艺》编辑、北京京剧院编辑，著有小说集《邂逅集》，小说《受戒》、《大淖记事》；散文集《蒲桥集》，大部分作品收录在《汪曾祺全集》中。他的小说被视为诗化小说，其中《大淖记事》获全国短篇小说奖。汪曾祺博学多识，情趣广泛，爱好书画，乐谈医道，对戏剧与民间文艺也有深入的研究。

“不折不从，亦慈亦让，星斗其文，赤子其人。”虽短短的16字，却能全面贴切地概括沈从文的一生。沈从文笔耕不辍夜以继日，夜间经常流鼻血。“沈先生爱改自己的文章。他的原稿，一改再改，天头、地脚、页边，都是修改的字迹，蜘蛛网似的，这里牵出一条，那里牵出一条。作品发表了，改。成书了，改。看到自己的文章，总要改”。沈从文总是“用一种善意的、含情的微笑，来看这个世界的一切”。到了晚年，他“看破一切人事乘除，得失荣辱全置度外，心地明净无渣滓”。但沈先生去世了，丧事却极其简单——“我哭了”。

沈先生逝世后，傅汉斯、张充和从美国电传来一幅挽辞。字是晋人小楷，一看就知道是张充和写的。词想必也是她拟的。只有四句：

不折不从　亦慈亦让

星斗其文　赤子其人

这是嵌字格，但是非常贴切，把沈先生的一生概括得很全面。这位四妹对三姐夫沈二哥真是非常了解。——荒芜同志编了一本《我所认识的沈从文》，写得最好的一篇，我以为也应该是张充和写的《三姐夫沈二哥》。

沈先生的血管里有少数民族的血液。他在填履历表时，“民族”一栏里填土家族或苗族都可以，可以由他自由选择。湘西有少数民族血统的人大都有一股蛮劲、狠劲，做什么都要做出一个名堂。黄永玉就是这样的人。沈先生瘦瘦小小 (晚年发胖了)，但是有用不完的精力。他小时是个顽童，爱游泳 (他叫“游水”)。进城后好像就不游了。三姐 (师母张兆和) 很想看他游一次泳，但是没有看到。我当然更没有看到过。他少年当兵，漂泊转徙，很少连续几晚睡在同一张床上。吃的东西，最好的不过是切成四方的大块猪肉(煮在豆芽菜汤里)。行军、拉船，锻炼出一副极富耐力的体魄。二十岁冒冒失失地闯到北平来，举目无亲。连标点符号都不会用，就想用手中一支笔打出一个天下。经常为弄不到一点东西“消化消化”而发愁。冬天屋里生不起火，用被子围起来，还是不停地写。我一九四六年到上海，因为找不到职业，情绪很坏，他写信把我大骂了一顿，说：“为了一时的困难，就这样哭哭啼啼的，甚至想到要自杀，真是

沈从文

沈从文是现代著名作家、历史文物研究家、京派小说的代表人物。

没出息！你手中有一支笔，怕什么！”他在信里说了一些他刚到北京时的情形。——同时又叫三姐从苏州写了一封很长的信安慰我。他真的用一支笔打出了一个天下了。一个只读过小学的人，竟成了一个大作家，而且积累了那么多的学问，真是一个奇迹。

沈先生很爱用一个别人不常用的词：“耐烦”。他说自己不是天才(他应当算是个天才)，只是耐烦。他对别人的称赞，也常说“要算耐烦”。看见儿子小虎搞机床设计时，说“要算耐烦”。看见孙女小红做作业时，也说“要算耐烦”。他的“耐烦”，意思就是锲而不舍，不怕费劲。一个时期，沈先生每个月都要发表几篇小说，每年都要出几本书，被称为“多产作家”，但是写东西不是很快的，从来不是一挥而就。他年轻时常常日以继夜地写。他常流鼻血。血液凝聚力差，一流起来不易止住，很怕人。有时夜间写作，竟致晕倒，伏在自己的一摊鼻血里，第二天才被人发现。我就亲眼看到过他的带有鼻血痕迹的手稿。他后来还常流鼻血，不过不那么厉害了。他自己知道，并不惊慌。很奇怪，他连续感冒几天，一流鼻血，感冒就好了。他的作品看起来很轻松自如，若不经意，但都是苦心刻琢出来的。《边城》一共不到七万字，他告诉我，写了半年。他这篇小说是《国闻周报》上连载的，每期一章。小说共二十一章，21×7=147，我算了算，差不多正是半年。这篇东西是他新婚之后写的，那时他住在达子营。巴金住在他那里。他们每天写，巴老在屋里写，沈先生搬个小桌子，在院子里树荫下写。巴老写了一个长篇，沈先生写了《边城》。他称他的小说为“习作”，并不完全

《中国古代服饰研究》封面（沈从文）

是谦虚。有些小说是为了教创作课给学生示范而写的，因此试验了各种方法。为了教学生写对话，有的小说通篇都用对话组成，如《若墨医生》；有的，一句对话也没有。《月下小景》确是为了履行许给张家小五的诺言“写故事给你看”而写的。同时，当然是为了试验一下“讲故事”的方法（这一组“故事”明显地看得出受了《十日谈》和《一千零一夜》的影响）。同时，也为了试验一下把六朝译经和口语结合的文体。这种试验，后来形成一种他自己说是“文白夹杂”的独特的沈从文体，在四十年代的文字（如《烛虚》）中尤为成熟。他的亲戚，语言学家周有光曾说“你的语言是古英语”，甚至是拉丁文。沈先生讲创作，不大爱说“结构”，他说是“组织”。我也比较喜欢“组织”这个词。“结构”过于理智，“组织”更带感情，较多作者的主观。他曾把一篇小说一条一条地裁开，用不同方法组织，看看哪一种形式更为合适。沈先生爱改自己的文章。他的原稿，一改再改，天头、地脚、页边，都是修改的字迹，蜘蛛网似的，这里牵出一条，那里牵出一条。作品发表了，改。成书了，改。看到自己的文章，总要改。有时改了多次，反而不如原来的，以至三姐后来不许他改了（三姐是沈先生文集的一个极其细心、极其认真的义务责任编辑）。沈先生的作品写得最快、最顺畅，改得最少的，只有一本《从文自传》。这本自传没有经过冥思苦想，只用了三个星期，一气呵成。

他不大用稿纸写作。在昆明写东西，是用毛笔写在当地出产的竹纸上的，自己折出印子。他也用钢笔，蘸水钢笔。他抓钢笔的手势有点像抓毛笔（这一点可以证明他不是洋学堂出身）。《长河》就是用钢笔写的，写在一个硬面的练习簿上，直行，两面写。他的原稿的字很清楚，不潦草，但写的是行书。不熟悉他的字体的排字工人是会感到困难的。他晚年写信写文章爱用秃笔淡墨。用秃笔写那样小的字，不但清楚，而且顿挫有致，真是一个功夫。

他很爱他的家乡。他的《湘西》、《湘行散记》和许多篇小说可以作证。他不止一次和我谈起棉花坡，谈起枫树坳——一到秋天满城落了枫树的红叶。一说起来，不胜神往。黄永玉画过一张凤凰沈家门外的小巷，屋顶墙壁颇零乱，有大朵大朵的红花——不知是不是夹竹桃，画面颜色很浓，水气泱泱。沈先生很喜欢这张画，说：“就是这样！”八十岁那年，和三姐一同回了一次凤凰，领着她看了他小说中所写的各处，都还没有大变样。家乡人闻知沈从文回来了，简直不知怎样招待才好。他说："他们为我捉了一只锦鸡！"锦鸡毛羽很好看，他很爱那只锦鸡，还抱着它照了一张相，后来知道竟作了他的盘中餐，对三姐说："真煞风景！"锦鸡肉并不怎么好吃。沈先生说及时大笑，但也表现出对乡人的殷勤十分感激。他在家乡听了傩戏，这是一种古调犹存的很老的弋阳腔。打鼓的是一位七十多岁的老人，他对年轻人打鼓失去旧范很不以为然。沈先生听了，说："这是楚声，楚声！"他动情地听着"楚声"，泪流满面。

沈先生八十岁生日，我曾写了一首诗送他，开头两句是：

> 犹及回乡听楚声，
> 此身虽在总堪惊。

端木蕻良看到这首诗，认为"犹及"二字很好。我写下来的时候就有点觉得这不大吉利，没想到沈先生再也不能回家乡听一次了！他的家乡每年有人来看他，沈先生非常亲切地和他们谈话，一坐半天。每当同乡人来了，原来在座的朋友或学生就只有退避在一边，听他们谈话。沈先生很好客，朋友很多。老一辈的有林宰平、徐志摩，沈先生提及他们时充满感情。没有他们的提挈，沈先生也许就会当了警察，或者在马路旁边"瘪了"。我认识他后，他经常来往的有杨振声、张奚若、金岳霖、朱光潜诸先生、梁思成林徽因夫妇。他们的交往真是君子之交，既无朋党色彩，也无酒食征逐。清茶一杯，闲谈片刻。杨先生有一次托沈先生带信，让我到南锣鼓巷他的住处去，我以为有什么事。去了，只是他亲自给我煮一杯咖啡，让我看一本他收藏的姚茫父的册页。这册页的芯子只有火柴盒那样大，横的，是山水，用极富金石味的墨线勾轮廓，设极重的青绿，真是妙品。杨先生对待我这个初露头角的学生如此，则其接待沈先生的情形可知。杨先生和沈先生夫妇曾在颐和园住过一个时期，想来也不过是清晨或黄昏到后山谐趣园一带走走，看看湖里的金丝莲，或写出一张得意的字来，互相欣赏欣赏，其余时间各自在屋里读书做事，如此而已。沈先生对青年的帮助真是不遗余力。他曾经自己出钱为一个

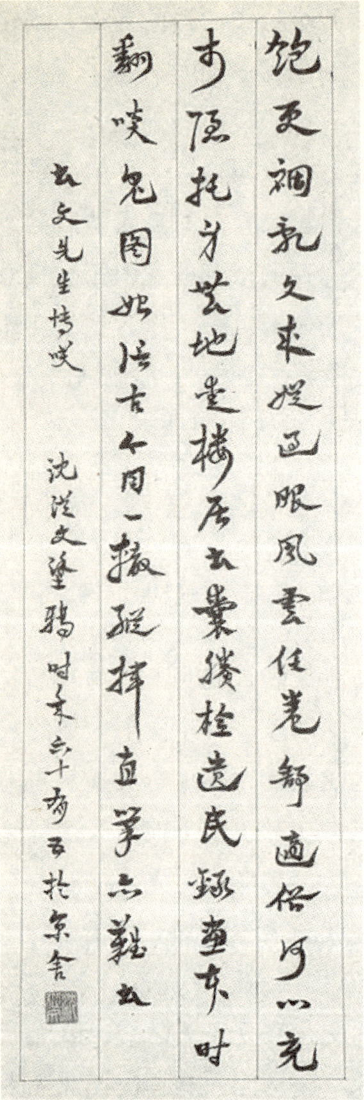

沈从文的书法作品

诗人出了第一本诗集。一九四七年，诗人柯原的父亲故去，家中拉了一笔债，沈先生提出卖字来帮助他。《益世报》登出了沈从文卖字的启事，买字的可定出规格，而将价款直接寄给诗人。柯原一九八〇年去看沈先生，沈先生才记起有这回事。他对学生的作品细心修改，寄给相熟的报刊，尽量争取发表。他这辈子为学生寄稿的邮费，加起来是一个相当可观的数字。抗战时期，通货膨胀，邮费也不断涨，往往寄一封信，信封正面反面都得贴满邮票。为了省一点邮费，沈先生总是把稿纸的天头地脚页边都裁去，只留一个稿芯，这样分量轻一点。稿子发表了，稿费寄来，他必为亲自送去。李霖灿在丽江画玉龙雪山，他的画都是寄到昆明，由沈先生代为出手的。我在昆明写的稿子，几乎无一篇不是他寄出去的。一九四六年，郑振铎、李健吾先生在上海创办《文艺复兴》，沈先生把我的《小学校的钟声》和《复仇》寄去。这两篇稿子写出已经有几年，当时无地方可发表。稿子是用毛笔楷书写在学生作文的绿格本上的，郑先生收到，发现稿纸上已经叫蠹虫蛀了好些洞，使他大为激动。沈先生对我这个学生是很喜欢的。为了躲避日本飞机空袭，他们全家有一阵住在呈贡新街，后迁跑马山桃源新村。沈先生有课时进城住两三天。他进城时，我都去看他，交稿子，看他收藏的宝贝，借书。沈先生的书是为了自己看，也为了借给别人看的。“借书一痴，还书一痴”，借书的痴子不少，还书的痴子可不多。有些书借出去一去无踪。有一次，晚上，我喝得烂醉，坐在路边，沈先生到一处演讲回来，以为是一个难民，生了病，走近看看，是我！他和两个同学把我扶到他住处，灌了好些酽茶，我才醒过来。有一回我去看他，牙疼，腮帮子肿得老高。沈先生开了门，一看，一句话没说，出去买了几个大橘子抱着回来了。沈先生的家庭是我见到的最好的家庭，随时都在亲切和谐气氛中。两个儿子，小龙小虎，兄弟怡怡。他们都很高尚清白，无丝毫庸俗习气，无一句粗鄙言语，——他们都很幽默，但幽默得很温雅。一家人于钱上都看得很淡。《沈从文文集》的稿费寄到，九千多元，大概开过家庭会议，又从存款中取出几百元，凑成一万，寄到家乡办学。沈先生也有生气的时候，也有极度烦恼痛苦的时候，在昆明，在北京，我都见到过，但多数时候都是笑眯眯的。他总是用一种善意的、含情的微笑，来看这个世界的一切。到了晚年，喜欢放声大笑，笑得合不拢嘴，且摆动双手作势，真像一个孩子。只有看破一切人事乘除、得失荣辱全置度外、心地明净无渣滓的人，才能这样畅快地大笑。

沈先生五十年代后放下写小说散文的笔（偶然还写一点，笔下仍极活泼，如写纪念陈翔鹤文章，实写得极好），改业钻研文物，而且钻出了很大的名堂，不少中国人、外国人都很奇怪。实不奇怪。沈先生很早就对历史文物有很大兴趣。他写的关于展子虔《游春图》的文章，我以为是一篇重要文章，从人物服装颜色式样考订图画的年代的真伪，是别的鉴赏家所未注意的方法。他关于书法的文章，特别是对宋四家的看法，很有见地。在昆明，我陪他去逛街，总要看看市招，到裱画店看看字画。昆明市政府对

汪曾祺的笔墨画

面有一堵大照壁，写满了一壁字（内容已不记得，大概不外是总理遗训），字有七八寸见方大，用二爨掺一点北魏造像题记笔意，白墙蓝字，是一位无名书家写的，写得实在好。我们每次经过，都要去看看。昆明有一位书法家叫吴忠荩，字写得极多，很多人家都有他的字，家家裱画店都有他的刚刚裱好的字。字写得很熟练，行书，只是用笔枯扁，结体少变化。沈先生还去看过他，说“这位老先生写了一辈子字”！意思颇为他水平受到限制而惋惜。昆明碰碰撞撞都可见到黑漆金字抱柱楹联上钱南园的四方大颜字，也还值得一看。沈先生到北京后即喜欢搜集瓷器。有一个时期，他家用的餐具都是很名贵的旧瓷器，只是不配套，因为是一件一件买回来的。他一度专门搜集青花瓷。买到手，过一阵就送人。西南联大好几位助教、研究生结婚时都收到沈先生送的雍正青花的茶杯或酒杯。沈先生对陶瓷赏鉴极精，一眼就知是什么朝代的。一个朋友送我一个梨皮色釉的粗瓷盒子，我拿去给他看，他说：“元朝东西，民间窑！”有一阵搜集旧纸，大都是乾隆以前的。多是染过色的，瓷青的、豆绿的、水红的，触手细腻到像煮熟的鸡蛋白外的薄皮，真是美极了。至于茧纸、高丽发笺，那是凡品了。（他搜集旧纸，但自己舍不得用来写字。晚年写字用糊窗户的高丽纸，他说：“我的字值三分钱。”）

在昆明，搜集了一阵耿马漆盒。这种漆盒昆明的地摊上很容易买到，且不贵。沈先生搜集器物的原则是“人弃我取”。其实这种竹胎的，涂红黑两色漆，刮出极繁复而奇异的花纹的圆盒是很美的。装点心，装花生米，装邮票杂物均合适，放在桌上也是个摆设。这种漆盒也都陆续送人了。客人来，坐一阵，临走时大都能带走一个漆盒。有一阵研究中国丝绸，弄到许多大藏经的封面，各种颜色都有：宝蓝的、茶褐的、肉色的，花纹也是各式各样。沈先生后来写了一本《中国丝绸图案》。有一阵研究刺绣。除了衣服、裙子，弄了好多扇套、眼镜盒、香袋。不知他是从哪里“寻摸”来的。这些绣品的针法真是多种多样。我只记得有一种绣法叫“打子”，是用一个一个丝线疙瘩缀出来的。他给我看一种绣品，叫“七色晕”，用七种颜色的绒绣成一个团花，看了真叫人发晕。他搜集、研究这些东西，不是为了消遣，是从发现、证实中国历史文化的优越这个角度出发的，研究时充满感情。我在他八十岁生日写给他的诗里有一联：

玩物从来非丧志；著书老去为抒情。

这全是记实。沈先生提及某种文物时常是赞叹不已。马王堆那副不到一两重的纱衣，他不知说了多少次。刺绣用的金线原来是盲人用一把刀，全凭手感，就金箔上切割出来的。他说起时非常感动。有一个木俑(大概是楚俑) 一尺多高，衣服非常特别：上衣的一半 (连同袖子) 是黑色，一半是红的；下裳正好相反，一半是红的，一半是黑的。沈先生说："这真是现代派！"如果照这样式 (一点不用修改) 做一件时装，拿到巴黎去，由一个长身细腰的模特儿穿起来，到表演台上转那么一转，准能把全巴黎都"镇"了！他平生搜集的文物，在他生前全都分别捐给了几个博物馆、工艺美术院校和工艺美术工厂，连收条都不要一个。

沈先生自奉甚薄。穿衣服从不讲究。他在《湘行散记》里说他穿了一件细毛料的长衫，这件长衫我可没见过。我见他时总是一件洗得褪了色的蓝布长衫，夹着一摞书，匆匆忙忙地走。解放后是蓝卡其布或涤卡的干部服，黑灯芯绒的"懒汉鞋"。有一年做了一件皮大衣 (我记得是从房东手里买的一件旧皮袍改制的，灰色粗线呢面)，他穿在身上，说是很暖和，高兴得像一个孩子。吃得很清淡。我没见他下过一次馆子。在昆明，我到文林街二十号他的宿舍去看他，到吃饭时总是到对面米线铺吃一碗一角三分钱的米线。有时加一个西红柿，打一个鸡蛋，超不过两角五分。三姐是会做菜的，会做八宝糯米鸭，炖在一个大砂锅里，但不常做。他们住在中老胡同时，有时张充和骑自行车到前门月盛斋买一包烧羊肉回来，就算加了菜了。在小羊宜宾胡同时，常吃的不外是炒四川的菜头，炒茨菇。沈先生爱吃茨菇，说"这个好，比土豆'格'高"。他在《自传》中说他很会炖狗肉，我在昆明，在北京都没见他炖过一次。有一次他到他的助手王亚蓉家去，先来看看我 (王亚蓉住在我们家马路对面，——他七十多了，血压高到二百多，还常为了一点研究资料上的小事到处跑)，我让他过一会来吃饭。他带来一卷画，是古代马戏图的摹本，实在是很精彩。他非常得意地问我的女儿："精彩吧？"那天我给他做了一只烧羊腿，一条鱼。他回家一再向三姐称道："真好吃。"他经常吃的荤菜是猪头肉。

他的丧事十分简单。他凡事不喜张扬，最反对搞个人的纪念活动。反对"办生做寿"。他生前累次嘱咐家人，他死后，不开追悼会，不举行遗体告别。但火化之前，总要有一点仪式。新华社消息的标题是"沈从文告别亲友和读者"，是合适的。只通知少数亲友。——有一些景仰他的人是未接通知自己去的。不收花圈，只有约二十多个布满鲜花的花篮，很大的白色的百合花、康乃馨、菊花、菖兰。参加仪式的人也不戴纸制的白花，但每人发给一枝半开的月季，行礼后放在遗体边。不放哀乐，放沈先生生前喜爱的音乐，如贝多芬的"悲怆"奏鸣曲等。沈先生面色如生，很安详地躺着。我走近他身边，看着他，久久不能离开。这样一个人，就这样地去了。我看他一眼，又看一眼，我哭了。沈先生家有一盆虎耳草，种在一个椭圆形的小小钧窑盆里。很多人不认识这种草。这就是《边城》里翠翠在梦里采摘的那种草，沈先生喜欢的草。

一九八八年五月二十六日

忆沈从文老师

邓云乡

【三言两语】

邓云乡（1924-1999），山西灵丘人，红学家、作家。1947年毕业于北京大学中文系；先后任教于山西大同中学、天津中学。1949年后在北京中央燃料工业部工作；1953年后曾任教于苏州电校与南京电校；1956年任教于上海电力学院；1993年退休。

作者限于篇幅，虽有千言万语也只能就此搁笔。作者没想到后来会成为沈先生的学生，做了学生有两件事让他印象最深刻：一是在沈先生家中作客时沈先生的热情招待，二是沈先生与众不同的改作习惯。搬新房，沈先生会为书有地方放而像孩子一样地高兴。沈先生喜欢书法，尤其喜欢小楷、章草，在西南联大沈先生曾经用过“上官碧”的名字给人题过字。

上月《文汇读书周报》在上海文化宫办第九届书展，开幕时去参观了一番，买了一些新旧书。参观的人很多，十分热闹。只是各地出版的新著不多，可看的更少。而一些改头换面的老先生们的文集还不少，如周作人、沈从文诸先生，均是旧日老师，看着这些新印的文集，或厚厚的几大本，或薄薄的而十分精美的许多种，看来销路都不错，可惜这几位老先生都已是古人了，不能再看看自己这些著作风行的情况，思之不免怅然。

我知道沈从文先生的名字，还是在半个多世纪前在沦陷区北京读高中时，当时正从头发胡同市立图书馆借大量“七·七”前文艺书籍看，而先生堂内弟张中和兄是同班要好同学，这样就常常说起沈先生，当时沈先生在西南联大教书，也没有想到我后来会成为沈先生的学生。

一九四六年西南联大复员归来，一分为三，北大、清华、南开，各回各家。沈先生回到北大，讲“现代文学选读及习作”这门课，本来是一年级的课，我当时已升入四年级，但是我是伪北大、临时大学升上来的，没有读过这门课，要补修，所以这才直接成了沈先生的学生。这时有两件事印象最深刻：

一是到沈先生中老胡同家中作客，当时复员回来的教授，单身的住在红楼，部分有家眷的住在景山东街西斋斜对着一条小胡同几个四合院中，房子并不太好，沈先生住了三间北房，陈设也很简单，不过椅子、茶几等都是红木的。当时开学不久，课已上过几次，师生都认识了，已知我是张中和兄同学，很热情地接待我和另外一个同学。当时先生教课之外，还主编天津《大公报》、《益世报》等处文艺副刊，谈话内容就是说这些副刊上当时发表的几篇文章，谈论得十分热烈。后来俞平伯先生的《遥夜闺思引》长诗并序，就是在沈先生编的副刊上发表的。不过这是我毕业以后的事了。

二是先生改的习作，在稿纸的两行间的空格内，能再加两三行密密麻麻、芝麻大小的字进来，而且个个字都是正功小楷。第一次题目记得是一个字“影”，一周后我领回卷子，真是大吃一惊，当时我私塾小学、中学、大学，已经看过十几位老师改的作文，从未见这样用蝇头小楷加二三行改卷子的，真是叹为观止，一学年里写了四五次习作，卷子我一直保留着，直到一九六六年八月底被抄家，被捆载而去，大概送到造纸厂去了。

我久在上海，虽然年年都回北京，但时间短暂，且过去简化社会关系，免得双方麻烦，很少与旧日师友有联系，因而沈先生也多年未见。一九六二年故宫在文华殿开《红楼梦》展览会，展出不少珍贵文物。在预展之间，我特地到外交部街去看望老师，了解展出情况。是一所大四合院的两间东耳房中，未走大门，由东边过道走到底，侧门进去，正是先生居室，我们在靠南窗的两张小沙发上坐着，谈了有近两小时，十分尽兴。先生介绍了不少展出珍品，如《南巡图卷》中的各种戏台、乾隆妃子的图像等等，平时很少见到原物。坐处正对着后墙，墙上挂着两个玻璃的仕女画镜框，这是清末时兴的室内装饰品，画在玻璃反面，现在很少见了……我当时心里还奇怪，沈先生怎么挂这种画呢？

邓云乡

邓云乡的书斋自称为"水流云在之室"。他对生活充满热情，心胸豁达、平易近人、谦虚谨慎、勤奋踏实，视学术为生命，一生学术成就卓著。

十年浩劫后，我在上海听王西野兄告诉我，沈先生"文革"后期，在苏州住过一个时期，常和西野兄在公园见面聊天，还从西野兄处借书看。并且我在西野兄处看到过沈先生一封长函，细述徐志摩诗人失事时情况，当时沈先生在山东大学，是最早赶到济南相帮料理诗人后事的。大概是一九七九年夏天，我回北京，承张中和兄告诉地址，又去小羊宜宾胡同看望先生，住在一间小东房中，但后墙又有大窗户，上午东晒，下午西晒，夏天其热可知。书都堆在床下，无法找，无法看，只一张旧椅子、一个小板凳。三个人，就得有一个坐在床沿上谈话，相对真是不胜感慨。后来回到上海，和赵家璧先生闲谈，也互相叹息不已。后来隔了一年多，先生第一次乔迁到社科院至崇文门东交民巷口上，新侨饭店隔壁新建的宿舍楼五楼，其实也不大，只不过朝南一间，朝北一间加小厨房、厕所而已，还没有隔壁军队宿舍团级干部的房子大呢，但是先生已十分高兴，暑假我去看望，先生笑容婉乐地说："这下好了，我买了四个书橱，这下可以摆书了……"真是喜上加喜，不久先生的《服饰史》专著在香港出版，引起了轰动效应。又不久，美国金介甫研究先生著作，得了博士学位，也令

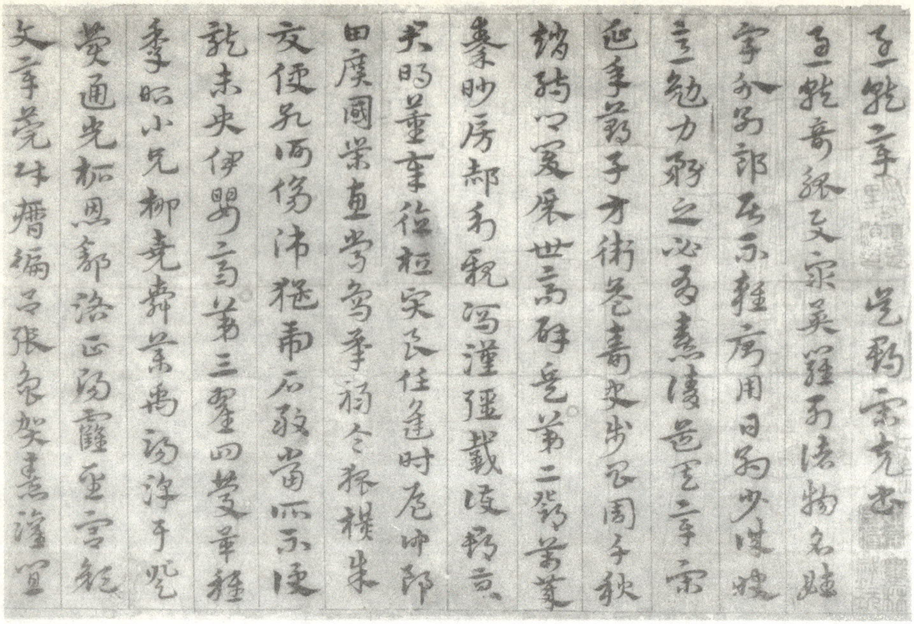

急就章

《急就章》原称《急就篇》，是汉代学童的启蒙读物。世传本共32章，每章63字。作者为西汉史游。《急就章》在魏晋间很流行，当时的书家往往多有写本。历代章草《急就章》写本，以三国时皇象所书最古。图为宋克所书《急就章》(局部)，现藏北京故宫博物院。

人兴奋感叹不已。先生把那厚厚的五百页里封面英文论文复印本，拿给我看，我也真是叹为观止了。先生高兴时，说的文坛上人心不古之类的掌故很多，可惜常联系到一些戴桂冠的诗人，不便一一列举了。

先生写小楷、章草。爱写，也常常写了送人。我处有一个立轴，一封毛笔章草写的信。西野兄处我带回来两幅，一幅《急就章》立轴，一幅西野兄自己写的律诗。几幅字都是用东昌纸写的。给西野兄写的一幅，后面特地注明，是用两毛钱一支的小学生写仿的笔写的，先生章草功夫很深，深得《急就章》拨镫笔意，不过大多寸楷不到，字较小，很少写大字，施蛰存先生家有一幅大字立轴，款署“上官碧”，是在西南联大时写的，更为精神。不过现在知道“上官碧”是沈从文的人已很少了。

想起先生，要说的太多了。篇幅所限，就此告一段落吧。或者将来写篇《再忆从文老师》也未可知。

忆废名先生

邓云乡

【三言两语】

作者回忆往事，废名先生的“音容笑貌、衣冠形象”立马就浮现在他眼前，虽然这已是将近50年前的旧事。废名先生“穿的都是乡间老样式衣服”，而且讲课也是带着浓重的乡音；废名先生“对待学生特别能体谅，给予同情”；废名先生讲课喜欢加入哲学观点，所以意境很深，学生们听起来就有点吃力。可作者解放后就再也没见到废名先生了，就再也没见到那个“说话很慢很低”，而且“木讷”、“亲切”、“平易近人”的废名先生了。

《文汇读书周报》刊载文章，回忆废名先生、赵斐云先生，一下子二位先生的音容笑貌、衣冠形象便浮现在我眼前，真像是昨天的事一样，而实际却是近半个世纪前的往事了。一九四六年秋至一九四七年暑假，废名先生回北大任教，这是西南联大复员后，北大回到沙滩汉花园等旧校址开课的第一年，自然这之前临大二分班，再往前日伪北大文学院也都在这几个地方，但那就不必多说了。

废名先生开了三门课，“《孟子》研究”、“陶渊明研究”、“翻译文学”，前二门是选修的，后一门是必修的。一般选修的同学们都选了，必修的自然非上不可。每门课都是两个学分。开学时天气还热，废名先生一进教堂，对于我们这些慕名已久的沦陷区青年学生来说，都是瞪大眼睛来看先生。当时先生穿着一件较深一些的月白竹布长衫进入课堂。北京话长衫习惯叫大褂，当时北大先生们一年四季都穿长衣服，夏天绸的或布的大褂，春秋夹袍子，或者再罩一件蓝布大褂（南方叫罩衫），冬天棉袍、皮袍，同样如此，不过城里样子都差不多，一般都五寸左右袖口，长短在脚腕上，肥瘦视身体适度，都较宽松，领子一般高一寸多，领口一枚纽襻。夏末秋初，料子一般杭纺、灰或蓝色，也有考究的用西服料子凡立丁、派立司作的，比较节约，经济差一些的，灰竹布长衫。这时极热时横罗、夏布等长衫已经落令了。而废名先生所着深月白竹布长衫，又长又瘦，领口高，钉了三个纽襻，一看就知道是南方山乡裁缝所缝，或者家中缝制的，而先生谈笑自若，以木讷而带有较浓乡音的语言讲课了。废名先生对待学生特别能体谅，给予同情。当时战火纷飞，通货急剧膨胀，物价不断飞涨，学生大多家中生活困难，前途渺茫，因而能安心用功读书的不多，而考试时要保持平均 75 分以上，才能保住全公费。废名先生在考试评分时总是较宽，自然不是随便送分数，但也从不为难学生。当时有些教授会评出 59.5 的分数，废名先生大概从未给过学生以这样刻薄的分数。

先生说话很慢很低，两个学期下来，先生夹袍、棉袍，穿的都是乡间式样的衣服，但是那样亲切，那样平易近人。先生为什么穿的都是乡间老样式衣服呢？因为先生抗战八年中都是在其家乡湖北黄梅乡间度过的。据一九四六年七月三十一日《俞平伯致胡适》信中说："冯于事变之年以母丧返里，后避兵乡间，教学为活，去岁始迁回黄梅城内，于旧京前迹颇致怀想。"因为先生抗战八年中都住在山乡，所以回北大任教时，全是乡下打扮了。

废名先生回北大后，在中文系任课，但在讲课中哲学语言很多，讲孟子、讲陶渊明，加入哲学观点，自然意境很深，可是听起来也感到吃力，好多语言不能理解。连知堂老人都说"生怕看不懂"，何况我这些学生，虽然我当时因为小时《孟子》背得很熟，陶渊明的几篇名文和一些诗，分量不多，平时也是背得很熟的，听起先生的"研究"来，所引原文还较熟，还有意思，而一提高到哲学高论，就有些茫然了。我自解放后再未与先生见过面，也无函件联系，只知先生院系调整后到吉林大学教书去了。

我所认识的钟敬文老师

黄秋耘

【三言两语】

黄秋耘（1918-2001），1918年生于香港。1935年考入清华大学中国文学系；1936年加入中国共产党；1937年发表处女作报告文学《矿穴》，真实地报道了门头沟煤矿工人的生活；此后多次发表报告文学、散文和杂文。抗战胜利后，去香港教书，利用业余时间写作和翻译。新中国成立后，先后在《南方日报》、新华通讯社和中国新闻社当记者和编辑；1971年任广东省出版事业管理局副局长；后任作协广东分会副主席，国际笔会中国广州中心会长、中国国际文化交流中心广东分会副理事长等职。

作者写这篇文章来祝贺钟敬文老师的86岁生日，祝他笔健身安。作者叙述了他与钟敬文老师交往的经历。从刚开始“处处设防”，只谈文艺不涉政治到最后“倾心相许，剖腹相示”，他们成了忘年交。“钟老师是性情中人，他对朋友从来不责备求全，总是多看人家的长处，少看人家的缺点。”而且钟老师虽然自己困顿多年，常身处逆境，却时时鼓励后辈要乐观不怕困难，要朝着正确的方向前行。钟老师这种美德一直激励着作者，即使是在最困难的时期，只要一想到钟老师就又有了继续抗争的勇气和信心。

一九六六年早春，我从北京调职到广东，颇有迁谪意。钟敬文老师写了一阙《金缕曲》给我送别，多劝慰勖勉语，也记述了他和我数十年来的交情。

珍重都门别。正杨枝待绿，砌余残雪。同寓京华疏见面，杯酒临歧意切。学艺话滔滔难竭。曾记论交逾两纪（注：十二年为一纪），道香江坪石心犹热。斗争事，从头说。

送君万里回南粤。望乡关，英雄辈出，白云山屹。看战取荣群勋业。若遇故人相问讯，谓正挥银管歌王杰。襟抱在，轻华发。

这是一首情深语秀的好词，我读了，十分感动。

说来话长，虽然钟敬文老师曾在中山大学当过几年教授，我在抗战期间也在中山大学借读过，后来还在那里毕业。但他认识我却在我已经走出了校门之后，我没有听过他的课，不能算是他的及门弟子。一九四三年秋天，我受中共地下党派遣，打进国民党第七战区长官司令部的编纂委员会当一名中校军官。由于战局紧张，那个军事机关从韶关近郊河边厂搬到粤北坪石，跟中山大学文学院同在一个小镇上。编委会的主任委员许崇清和代理主任委员张铁生都是钟敬文老师的老朋友，编委会主办的《新建设》杂志又经常要向钟老师约稿，作为一个职司跑腿联络的中级军官，我少不得每隔几天就要登门拜访一次。钟老师态度和蔼，平易近人，从来不摆大教授的架子，慢慢就跟我熟悉起来了。他比我年长十五六岁，整整相差一代人，但是我们之间没有“代沟”，还是能够促膝谈心，甚至樽酒论文，成为忘年交。

黄秋耘

黄秋耘一生真诚做人，直率写作，文字简约精当，情感真挚，除了被迫不能握笔的年月，他一直笔耕不辍。

当时我刚刚二十六岁，

全身披挂，戎装佩剑，腰间还掖着一支锃亮的勃朗宁手枪。钟老师是一位恂恂儒者，看到我这身赳赳武夫的打扮，完全像一个国民党的青年军官，不知道他心里怎么想，会不会多少有点戒心。他不可能知道我其实是一个有八年党龄的中国共产党党员、八路军办事处的情报军官，所以我们的谈话内容仅仅以文艺问题为限，至多分析一下当时的军事形势，从来不敢涉及政局，特别是国共两党的关系。张铁生曾向我透露过，钟敬文老师是一位倾向进步的民主人士，完全拥护共产党的抗日民族统一战线主张。应当说，我对钟老师是了解的，也很尊敬他。但钟老师对我并不摸底，他大概认为我是一个知识分子出身的爱国青年军官，至少不会居心叵测地去坑害一个学者。对于我的其他方面，他都一无所知，也不便多问。不过，他对我的气质和为人还是知道一些的，在一篇文章中，曾经提到我给予他深刻的印象。

我们交往的时间不长，一九四五年年初，日本侵略军为了打通粤汉铁路，以跑步的速度攻占了长沙、衡阳，直下耒阳、郴州，逼近坪石。坪石快要沦陷前几天，我去过钟老师的住宅，向他报告了当前战局的严重，我所在的单位已经接到紧急撤退的通知，接着，就分头各自逃难了。直到抗战胜利复员回到广州以后，我们同住在豪贤路的一间公寓里，有机会时常见面，谈罗曼·罗兰，谈莎士比亚，谈鲁迅，谈郁达夫……当时我已经退役，在一间中学里当高中英语教师，作为公开职业掩护，实际上我正在从事一项十分机要的秘密工作，担任军调处执行部第八小组我方首席代表方方将军的联络参谋，执行第八小组我方代表团和广东地下党之间的联络任务。因此，我还是特别谨慎，和钟敬文老师只谈文艺，不及其他。不过，他也逐渐看出我的政治倾向了。

不久，钟老师和我都受到国民党特务的注意和监视，在广州呆不下去，只好先后撤退到香港。钟老师在达德学院教书，我在香岛中学教书，到那时，我们之间已经可以倾心相许，剖腹相示，再也不需要步步“设防”了。当时我在地下党文委工作，文委书记邵荃麟对钟老师评价极高，认为他的文章富有唯物主义辩证法思想，可以算得上是一个党外的布尔什维克。我在业余时间也从事文艺创作，将十多篇习作编成了一部散文集《浮沉》。张铁生不很赞成那里面的某些文章，理由是感伤气味颇浓，情思又是知识分子的。邵荃麟也读过这部散文集，他的评价是：没有八股腔，有几篇文章写得很美，情文并茂，但是情调有点悲凉伤感，他认为像这样的书还是可以出版的，不至于贻害青年。既然得到了文委书记的批准，我就放胆拿书稿去请钟敬文老师作序了。钟老师的序文写得很有分寸，也很有说服力，我的第一本散文集之所以能够顺利问世，和钟老师的推荐是分不开的。他对我的作品并没有作“不虞之誉”，承认这些文章中“有呻吟，有独语，有近于感伤的怨诅”，但最可贵的地方是真实，不虚伪。直到今天，我还是承认他所说的是持平之论，他不愧是我的知音。

钟老师是性情中人，他对朋友从来不责备求全，总是多看人家的长处，少看人家的缺点。例如他怀念林林的诗：

海涅斗心原屹屹，子房风致乃恂恂。
南溟劫火横飞后，何处沧波问此人。

又如怀念夏衍的七律：

曾因感极句难搜，危驿千灯照别愁。
临大节时终定脚，提清名处每低头。
已剜苦胆投优孟，且任狂歌笑孔丘。
谁共此时山海会，一窗星影坐深幽。

还有一首读报后，赠给李春光的诗：

叱咤寒妖胆，弹文忒壮哉！
无私故无畏，真理出真才。
衰草迎风靡，寒梅斗雪开。
太平湖畔路，何日拜兄来。

从上面这三首诗可以想见，钟敬文老师不光是一个呕心沥血、寻章摘句的诗人，而且是高风亮节、肝胆照人的志士。关于这，他早年有一首“夫子自道”的诗：

衣满征尘风啮肤，仓皇曾记走洪都，
宝刀如雪心如火，肯为艰难罢壮图？

文如其人，诗如其人，没有“千锤万击还坚劲”的英风侠骨，是写不出这样的豪言壮语来的。钟敬文老师青年时代很可能有一段可歌可泣的战斗经历，可惜他老人家讳莫如深，我们后辈不知其详，未敢妄加猜测，尚望钟老师有以教我。

《丁香花下》封面

在一九五七年那个不寻常的夏天，钟敬文老师也和许多知识分子一样，惨遭奇冤横祸，但他生性豁达，精神上虽然受到极大打击，尚能泰然处之，安心做自己的学问。一九六三年的一个严寒的冬夜里，他在家中设便宴给王蒙、黄谷柳饯行（王、黄两人跟他同在一个“学习班”学习过），特别邀请我去作陪。在酒酣耳热之余，他忽然诗兴大作，即席写了一首七律赠给我们：

一灯明丽助朋欢，泼泼文心语涌澜。
雪后菊花仍照座，梦中乡味忽登盘。
英年已误矜文采，前路应同励岁寒。
岭外域西原一室，心如满月共团圞。

钟敬文和他的书房

钟敬文教授被称为“中国民俗学之父”，他的书房名曰“致远斋”，就在这间不足十平方米的小屋里，钟先生修炼成中国民间文化的一代宗师。

钟老师当时身处逆境，困顿多年，一家数口住在一间陋室之中，仍然能够保持乐观主义精神，勖勉我们咬紧牙关熬过“寒冬”，尽力去做自己应该做的事，而不作垂头丧气之语，这一点是最值得我学习的。在十年浩劫期间，每当我痛苦得几乎不想活下去的时候，总是暗自讽诵着钟老师这几首诗，它们确实能够使我减除痛楚，增添勇气。革命的诗篇总是教导人们要聪明纯洁、勇猛向上的，在这种意义上，钟敬文老师可以称得上是一个革命诗人。

钟老师的坚韧不拔的战斗精神是值得我们敬佩的；他的与人为善、宽厚博大的胸怀同样值得我们敬佩。

作者附记：

今年三月二十日为钟敬文老师的八十六岁生日，谨撰此文祝贺钟老笔健身安。

一九八九年四月

学螳螂拳

黄秋耘

【三言两语】

作者小时候曾在香港的一个精武体育会学打螳螂拳，师傅是有名的北派拳师罗光玉。“罗师傅不但对训练武功严格，对学员的品德要求更严格。”罗师傅说练武之人要重武功，更要重武德，不能欺凌弱小。一个练武之人有这种觉悟实属难能可贵。虽然作者已经忘了螳螂拳的招数，但罗师傅的教诲却使他一生受用。

说起来，我跟武术倒有一段宿缘，虽然差不多是半个世纪以前的事了。

我小时候体弱多病，好静不好动，但上了中学以后，就逐渐爱好起体育运动来。排球、篮球、乒乓球、游泳，都成为我课余的必修科目。我的叔叔是个太极拳的爱好者，他极力劝我学点武术。他认为各种体育运动都有健身的作用，而武术除了健身之外，还可以防身，一举两得。但不主张我学太极拳。他说，对于中年人和老年人来说，太极拳是很理想的运动，而当时我还是一个年仅十五岁的少年，经常从事体育运动，太极拳的运动量太少了，应当学点硬功夫。

当时香港有一个精武体育会，距离我家不远。该会聘请了不少有名的拳师，教授各派武术。只要经过会员介绍，每年缴纳两元会费，入了会，就可以自由选学。每周练三个晚上，每晚上课时间一个半小时左右。

我选学的是螳螂拳，师傅是有名的北派拳师罗光玉。他对螳螂拳的

螳螂打拳

螳螂拳是我国著名的传统武术流派，象形拳的一种。螳螂拳师法螳螂，精神上吸取它意念高度集中、刚毅机智的气概；手法上吸取它巧妙运用两个前臂进行勾、搂、卦、劈等动作是所表现出的快速灵巧；身法上吸取它腰身的仰、俯、拧、旋的灵活多变；步法上吸取它踏实、稳固以及前后左右闪展腾挪的突跃等。

造诣很深，对徒弟的要求又十分严格。他首先训练我们一些基本功，例如坐马（北方人管这叫“蹲架子”）、双臂轮打沙袋、单脚独立等动作。练完以后，两条腿和两只胳膊都有点酸痛的感觉，这些还不算太难。罗光玉师傅认为，练螳螂拳要讲究练指力，他想出一个绝招，用洗脸盆盛着大半盆绿豆，让学员使劲把指头插进绿豆里，左右手轮流着插，每一回插一百下。第一次练完以后，十只指头都肿痛不堪。罗师傅说这不要怕，他已经准备好几盆跌打药水，叫我们把两只手泡在药水里，轻轻按摩指头十分钟，果然到了第二天就一点也不觉得痛了。

大约经过三四个星期基本功训练后，他就开始教给我们一些套路了。至于对打，他是不轻易让我们练习的，大概是怕我们功夫不到家，容易失手误伤。但有时也叫他的几位高徒表演给我们看，让我们观摩一下。

罗师傅不但对训练武功严格，对学员的品德要求更严格。他一再告诫我们，学武的人，不但要重武功，更要重武德，千万不要自恃懂得点武术，就在外面向别人挑衅打架，甚至欺凌弱小，调戏妇女，这种人是武林中的败类。假如他发现徒弟中有这样的“害群之马”，他会一点也不客气，加以制裁的。我在学期间，果然没有一个同学闹过事、打过架。

后来由于学校的功课越来越紧，我只学了半年左右，学完了初级班的基本项目，就中途退学了。老实说，对螳螂派的武术，我只学得点皮毛，而且多年不练，早已忘得一干二净了。但罗师傅的教诲，对于我这一辈子为人处世，还是颇有点好处的。

我在小学

梁实秋

【三言两语】

梁实秋（1903–1987），原名梁治华，字实秋，祖籍浙江杭州，生于北京，中国著名的散文家、学者、文学批评家和翻译家。主要著作有：散文集《秋室杂忆》、《雅舍小品》；专著《英国文学史》；译著《莎士比亚全集》、《沉思录》等。梁实秋曾说他这一生有四大遗憾：一是有太多的书没有读；二是与许多鸿儒没有深交，转眼那些人已成为古人；三是亏欠那些帮助过他的人的情谊；四是陆放翁但悲不见九州同，现在也有同感。

在这篇文章里，梁实秋写了很多教他的老师。有的往往寥寥几笔，却勾勒有形。比如贾先生，他的口音有一点怯，他的教学方法是“念背打”，但“打”却从来没用过，最多“气得满面通红”；陶氏学堂的国文老师，在教学生念书时总是领着学生“吼书”；周先生，他是作者真正的启蒙恩师，对他的影响也最大。周先生“布衣布履，纤尘不染，走起路来目不斜视，迈大步昂首前进，几乎两步一丈。讲起话来和颜悦色，但是永无戏言。”另外，他还写了一些对小学同学的印象，生动有趣。

我在六七岁的时候开始描红模子，念字号儿。所谓“红模子”就是红色的单张字帖，小孩子用毛笔蘸墨把红字涂黑即可。帖上的字不外是“上大人孔乙己化三千……”，“一去二三里烟村四五家……”，以及“王子去求仙丹成上九天……”之类。描红模子很容易描成墨猪，要练得一笔下去就横平竖直才算得功夫。所谓“字号儿”就是小方纸片，我父亲在每张纸片上写一个字，每天要我认几个字，逐日复习。后来书局印售成盒的“看图识字”，一面是字，一面是画，就更有趣了，我们弟兄姊妹一大群，围坐在一张炕上的矮桌周边写字认字，有说有笑。有一次我一拱腿，把炕桌翻到地上去。母亲经常坐在炕沿上，一面做活计，一面看着我们，身边少不了一把炕笤帚，那笤帚若是倒握着在小小的脑袋上敲一击是很痛的。在那时体罚是最简截了当的教学法。

不久，我们住的内政部街西口内路北开了一个学堂，离我家只有四五个门。校门横楣有砖刻的五个福字，故称之为五福门。后院有一棵合欢树，俗称马缨花，落花满地，孩子们抢着拾起来玩，每天早晨谁先到校，谁就可以捡到最好的花，我有早起的习惯，所以我总是拾得最多。有一天我一觉醒来，窗棂上有一格已经有了阳光，急得直哭，母亲匆忙给我梳小辫，打发我上学，不大工夫我就回转了，学堂尚未开门。在这学堂我学得了什么已不记得，只记得开学那一天，学生们都穿戴一色的缨帽呢靴站在院里，只见穿戴整齐的翎顶袍褂的提调学监们摇摇摆摆地走到前面，对着至圣先师孔子的牌位，领导全体行三跪九叩礼。

在这个学堂里浑浑噩噩地过了一阵。不知怎么，这学校关门大吉。于是家里请了一位教师，贾文斌先生，字宪章，密云县人，口音有一点怯，是一名拔贡。我的二姊、大哥和我三个人在西院书房受教于这位老师。所用课本已经是新编的国文教科书，从“人、手、足、刀、尺”起，到“一人二手，开门见山”，以至于“司马光幼时……”。《三字经》、《百家姓》、《千字文》这一段就没有经历过。贾老师的教学法是传统的“念背打”三部曲，但是第三部“打”从未实行过。不过有一次我们惹得他生了大气，那是我背书时背不出来，二姊偷偷举起书本给我看，老师本来是背对着我们的，陡然回头撞见，气得满面通红，但是没有动用桌上放着的精工雕刻的一把戒尺。还有一次也是二姊惹出来的。书房有一座大钟，每天下午钟鸣四下就放学，我们时常暗自把时针向前拨快十来分钟。老师渐渐觉得座钟不大可靠，便利用太阳光照在窗纸上的阴影用朱笔划一道线，阴影没移到线上是不放学的。日久季节变幻，阴影的位置也跟着移动，朱笔线也就一条条地加多。二姊想到了一个方法，趁老师不在屋里替他加上一条线，果然我们提早放学了，试行几次之后又被老师发现，我们都受了一顿训斥。

辛亥革命前二年，我和大哥进了大鹁鸽市的陶氏学堂。陶是陶端方，在当时是满清政府里的一位比较有知识的人，对于金石颇有研究，而且收藏甚富，历任要职，声势煊赫，还知道开办洋学堂，很难为他了。学堂之设主要的是为教育他的家族子弟，因为他家人口众多，不过也附带着招收外面的学生，收费甚昂，故有贵族学堂之称。父亲要我们受新式教育，所以不惜学费负担投入当时公认最好的学校，事实上却大失所望。所谓新式的洋学堂，只是徒有其表。我在这学堂读了一年可以说什么也没有学到，除非是让我认识了一些丑恶腐败的现象。

陶氏学堂是私立贵族学堂，陶氏子弟自成特殊阶级原无足异。但是有些现象却是令人难以置信的。陶氏子弟上课时随身携带老妈子，听讲之间可以唤老妈子外出买来一壶酸梅汤送到桌下慢慢饮用。听先生讲书，随时可以写个纸条，搓成一个纸团，丢到老师讲台上去，代替口头发问，老师不以为忤。陶氏子弟个个恣肆骄纵，横冲直撞，记得其中有一位名陶栻者，尤其飞扬跋扈。他们在课堂内外，成群地呼啸出入，动辄动手打人，大家为之侧目。

国文老师是一位南方人，已不记得他的姓名，教我们读《诗经》。他根据他的祖传秘方，教我们读，教我们背诵，就是不讲解，当然即使讲解也不是儿童所能领略。他领头扯着嗓子喊“击鼓其镗”，我们全班跟着喊“击鼓其镗”，然后我们一句句地循声朗诵“踊跃用兵，土国城漕，我独南行。”他老先生喉咙哑了，便唤一位班长之类的学生代他吼叫。一首诗朗诵过几十遍，深深地记入在我们的脑子里，迄今有些首诗我能记得清清楚楚。脑子里记若干首诗当然是好事，但是付了多大的代价！一部分童时宝贵的光阴是这样耗去的！

有趣的是体操一课。所谓体操，就是兵操。夏季制服是白帆布制的，草帽，白线袜，黑皂鞋。裤腿旁边各有一条红带，衣服上有黄铜纽扣。辫子则需盘起来扣在草帽底下。我的父母瞒着祖父母给我们做了制服，因为祖父母的见解是属于更老一代的，他们无法理解在家里没有丧事的时候孩子们可以穿白衣白裤。因此我们受到严重警告，穿好操衣之后要罩上一件竹布大褂，白色裤脚管要高高地卷起来，才可以从屋里走到院里，下学回家时依然要偷偷摸摸溜到屋里赶快换装。在辛亥革命以前，我平时没有穿过白布衣裤。

武昌起义，鼙鼓之声动地而来，随后端方遇害，陶氏学堂当然立即瓦解，陶氏子弟之在课堂内喝酸梅汤的那几位以后也不知下落如何了。这时节，祖父母相继逝世，父亲做了一件大事，全家剪小辫子。在剪辫子那一天，父亲对我们讲了一大套话，平夙看的《大义觉迷录》、《扬州十日记》供给他不少愤慨的资料，我们对于这污脏麻烦的辫子本来就十分厌恶，巴不得把它齐根剪去，但是在发动并州快剪之际，我们的二舅爹爹还忍不住泫然流涕。民国成立，薄海腾欢，第一任正式大总统项城袁世凯先生不愿到南京去就职，嗾使第三镇曹锟驻禄米仓部队于阴历正月十二日夜晚兵变，大烧大抢，平津人民遭殃者不计其数。我亦躬逢其盛。兵变过后很久，家里情形逐渐稳定，我才有机会进入公立第三小学。

公立第三小学在东城根新鲜胡同，是当时办理比较良好的学校，离我家又近，所以父亲决定要我和大哥投入该校。校长赫杏村先生，旗人，精明强干，声若洪钟。我和大哥都编入高小一年级，主任教师是周士棻先生，号香如，山西人，年纪不大，约三十几岁，但是蓄了小胡子，道貌岸然。周先生是我真正的启蒙业师。他教我们国文、历史、地理、习字。他的教学方法非常认真负责。在史地方面于课本之外另编补充教材，每次上课之前密密匝匝地写满了两块大黑板，要我们抄写，月终呈缴核阅。例如历史一科，鸿门之宴、垓下之围、淝水之战、安史之乱、黄袍加身、明末三案，诸如此类的史料都有比较详细的补充。材料很平常，可是他肯费心讲授，而且不占用上课时间去写黑板。对于习字一项，他特别注意。他用黑板槽里积存的粉笔屑，和水作泥，用笔蘸着写字在黑板上作为示范，灰泥干了之后显着特别地黑白分明，而且粗细停匀，笔意毕现，周老师的字属于柳公权一派，瘦劲方正。他要我们写得横平竖直，规规矩矩。同时他也没有忽略行草的书法，我们每人都备有一本《草书千字文拓本》，与楷书对照。我从此学得初步的草书写法，其中一部分终身未曾忘，大字之外还要写“白折子”，折子里面夹上一张乌丝格，作为练习小楷之用。他知道我们小学毕业之后能升学的不多，所以在此三年之内基础必须打好，而习字是基本技能之一。

周老师也还负起训育的责任，那时候训育叫做修身。我记得他特别注意生活上的小节，例如纽扣是否扣好，头发是否梳齐，以及说话的腔调，走路的姿势，无一不加指点。他要求于我们的很多，谁的笔记本子折角卷角就要受申斥。我的课业本子永远不敢不保持整洁。老师本人即是一个榜样。他布衣布履，纤尘不染，走起路来目不斜视，迈大步昂首前进，几乎两步一丈。讲起话来和颜悦色，但是永无戏言。在我们心目中他几乎是一个完人。我父亲很敬重周老师的为人，在我们毕业之后特别请他到家里为我的弟弟妹妹补课多年，后来还请他租用我们的邻院作为我们的邻居。我的弟弟妹妹都受业于周老师，至少我们写的字都像是周老师的笔法。

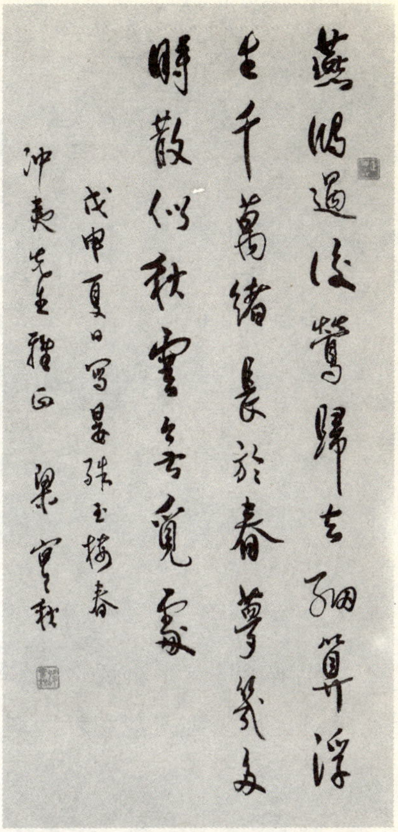

梁实秋手迹（1987）

梁实秋说他的书法受周先生的影响最大。

小学有英文一课，事实上我未进小学之前就已开始从父亲学习英文了。我父亲是同文馆第一期学生，所以懂些英文，庚子年乱起辍学的。小学的英文老师是王德先生，字仰臣。我们用的课本是《华英初阶》，教授的方法是由拼音开始，“ba，be，bi，bo，bu”，然后就是死背字句，记得第三课就有一句“Is he of us?”“彼乃我辈中人否?”这一句我背得滚瓜烂熟。老师一提“Is he of us?”我马上就回答出“彼乃我辈中人否?”老师大为惊异，其实我在家里早已学过了。这样教学的方法使初学英文的人费时很多，但未养成初步的语言习惯，实在是精力的浪费。后来老师换了一位程朴洵先生，是一位日本留学生，有时穿着半身西装，英语发音也比较流利正确一些。我因为预先学过一些英文，所以在班上特感轻松，老师也特别嘉勉。临毕业时程老师送我一本原版的麦考莱《英国史》，这本书当时还不能看懂，后来却也变成对我有用的一本参考书。

体操老师锡福先生，字辅臣，旗人。他有一副苍老而沙哑的喉咙，喊起“立正”、“稍息”、“枪上肩”、“枪放下”的时候很是威风。排起队来我是末尾，排头的一位有我两个高。老师特别喜欢我们这一班，因为我们平常把枪擦得亮，服装整齐一些，而且开正步的时候特别用力踏地作响，给老师做面子。学校在新鲜胡同东口路南，操场在西口路北，我们排队到操场去的时候精神抖擞，有时遇到操场上还有别班同学上操未散，我们便更着力操演，逼得其他各班只有木然呆立瞠目赞叹的份儿。半小时操后，时常是踢足球，操场不画线，竖起竹竿便是球门，一半人臂缠红布，笛声一响便踢起球来，高头大马横冲直撞，像我这样的只能退避三舍以免受伤。结果是鸣笛收队皆大欢喜。

我的算术，像“鸡兔同笼”一类的题目，我认为是专门用来折磨孩子的，因为我当时想鸡兔是不会同笼的，即使同笼亦无需又数头又数脚，一眼看上去就会知道是几只鸡几只兔。现在我当然明白，是我自己笨，怨不得谁。手工课也不容易应付，不是抟泥，就是削竹，最可怕的是编纸，用修脚刀把彩色纸划出线条，然后再用别种彩色纸条编织上去，真需要鬼斧神工，在这方面常常由我的大姊帮忙，教手工的老师患严重口吃，结结巴巴的，惹人笑。教理化的李秉衡老师，保定府人，曾经表演 H_2O 变成水，水没有变出来，玻璃瓶炸得粉碎，但是有一次却变成功了。有一次表演冷缩热胀，一支烧得滚烫的铜珠，被一位多事的同学伸手抓了起来，烫得满手掌溜浆大泡。教唱歌的是一位时老师，他没有歌喉，但是会按风琴，他教我们唱的《春之花》，我至今不能忘。

有一次远足是三年中一件大事。事先筹划了很久，决定目的地为东直门外的自来水厂。这一天特别起了个大早，晨曦未上就赶到了学校，大家啜柳叶汤果腹，柳叶汤就是细长菱形薄面片加菜煮成的一种平民食品，但这是学校里难得一遇的旷典，免费供应，大家都很高兴，有人连罄数碗。不知是谁出的主意，向步军统领衙门借了六位喇叭手，改着我们学校的制服，排在我们队伍前面开道，六只亮晶晶的喇叭上挂着红绸彩，嘀嘀打打地吹起来，招摇过市，好不威风！由新鲜胡同走到东直门外，约有四五里之遥，往返将近十里。自来水厂没有什么可看的，虽然那庞大的水池水塔以前都没有见过。这是我第一次徒步走出北京城墙，有久困出柙之感。午间归来，两腿清酸。下次作文的题目是《远足记》，文章交卷此一盛举才算是功德圆满。

我们一班二十几个人，如今音容笑貌尚存脑海者不及半数，姓名未忘者更是寥寥可数了。年龄最大，身体最高的是一位名叫连祥的同学，约在二十开外，浓眉大眼，膀大腰圆，吹喇叭踢足球都是好手，脑袋后面留着一根三寸多长的小辫，用红绳扎紧，挺然翘然地立在后脑勺子上，像是一根小红萝卜。听说他以后当步兵去了。一位功课好而态度又最安详的是常禧，后来冠姓栾，他是我们的班长，周老师很器重他，后来听周老师说他在江西某处任商务印书馆分馆经理。还有岳廉识君，后来进了交通部。我们同学绝大部分都是贫寒子弟，毕业之后各自东西，以我所知道的有人投军，有人担筐卖杏，能升学的极少。我们在校的时候都相处得很好，有两种风气使我感到困惑。一个是喜欢打斗，动辄挥拳使绊，闹得桌翻椅倒。有一位同学长相不讨人喜欢，满脸疙瘩噜苏，绰号“小炸丸子”，他经常是几个好闹事的同学们欺弄的对象，有多少次被抬到讲台桌上，手脚被人按住，有人扯下他的裤子，大家轮流在他裤档里吐一口痰！还有一位同学名叫马玉岐，因为宗教的关系饮食习惯与别人不同，几个不讲理的同学便使用武力强迫他吃下他们不吃的东西，经常要酿出事端。在这样尚武的环境之中我小心翼翼，有时还不能免于受人欺凌。自卫的能力之养成，无论是斗智还是斗力，都需要实际体验，我相信我们的小学是很好的训练场所。另一件使我困惑的事是大家之口出秽言的习惯。有些人各自秉承家教，不只是《三字经》常挂在嘴边，高谈阔论起来其内容往往涉及《素女经》，而且有几位特别大胆的还不惜把他在家中所见所闻的实例不厌其详地描写出来。讲的人眉飞色舞，听的人津津有味。学校好几百人共用一个厕所，其环境之脏可想，但是有些同学们入厕之后，其嘴巴比那环境还脏。所以我视如厕为畏途。性教育在一群孩子们中间自由传播，这种情形当时在公立小学为尤甚，我是深深拜受其赐了。

我在第三小学读了三年，每天早晨和我哥哥步行到校，无间风雪。天气不好的时候要穿家中自制的带钉的油鞋，手中举着雨伞，途中经常要遇到一只恶犬，多少要受到骚扰，最好的时候是适值它在安睡，我们就悄悄地溜过去了，那时我不明白为什么有人要养狗并且纵容它与人为难。内政部门口站岗的巡捕半醒半睡地拄着上刺刀的步枪靠在墙垛上，时常对我们颔首微笑，我们觉得受宠若惊，久之也搭讪着说两句话。出内政部街东口往北转，进入南小街子，无分晴雨，永远有泥泞车辙，其深常在尺许。街边有羊肉床子，时常遇到宰羊，我们就驻足而视，看着绵羊一声不响地引颈就戮。羊肉包子的味道热腾腾地四溢。卖螺丝转儿油鬼的，卖甜浆粥的，卖烤白薯的，卖糖耳朵的，一路上左右皆是。再向东一转就进入新鲜胡同了，一眼可以望得见城墙根，常常看见有人提笼架鸟从那边蹓跶着过来。这一段路给我的印象很深，二十多年后我再经过这条街，则已变为坦平大道，面目全非，但是我还是怀念那久已不复存在的湫隘的陋巷。我是在这些陋巷中生长大的，这是我的故乡。

一九一五年我毕业的时候，主管教育的京师学务局（局长为德彦）饬令举行会考，把所有各小学应届毕业的学生三数百人聚集在我们第三小学，考国文、习字、图画数科，名之曰观摩会，事关学校荣誉，大家都兴奋。国文试题记得是“诸生试各言尔志”，事有凑巧这个题目我们以前做过，而且以前做的时候，好多同学都是说将来要“效命疆场，马革裹尸。”我其实并无意步武马援，但是我也摭拾了这两句豪语。事后听主考的人说：第三小学的一班学生有一半要“马革裹尸”，是佳话还是笑谈也就很难分辨了。我在打草稿的时候，一时兴起，使出了周老师所传授的草书千字文的笔法，写得虽然说不上龙飞蛇舞，却也自觉得应手得心，正赶上局长大人亲自监考经过我的桌旁，看见我写的好大个的草书，留下了特别的印象。图画考的是自由画，我们一班最近画过一张松鹤图，记忆犹新，大家不约而同地都依样葫芦，斜着一根松枝，上面立着一只振翅欲飞的仙鹤，章法不错。我本来喜欢图画，父亲给我的《芥子园画谱》也发生了作用，我所画的松鹤图总算是尽力为之了。榜发之后，我和哥哥以及栾常禧君都高居榜首，荣誉属于第三小学。我得到的奖品最多，是一张褒奖状，一部成亲王的巾箱帖，一个墨盒，一副笔架以及笔墨之类。

“小时了了，大未必佳”，如今想想这话颇有道理。

记忆中的冯至先生（节选）

柳鸣九

【三言两语】

柳鸣九，1934年生，湖南长沙人。1953年毕业于湖南省立一中，后考入北京大学西语系，毕业后在中国社会科学学部文学研究所工作；1964年转到中国社会科学院外国文学研究所；现任中国社会科学院外国文学研究所研究员、南欧拉美文学研究室主任、研究生院外文系教授、中国法国文学研究会会长、中国外国文学研究会理事、中国作家协会会员、国际笔会中心会员。他一生潜心研究，甘于寂寞，淡泊名利，勤奋写作。2006年，柳鸣九获得中国社会科学院最高学术称号“终身荣誉学部委员”。

柳鸣九先生怀念师长的文章细腻绵密，娓娓道来，自然朴实，让人自然而然地就在头脑中勾勒出师长的形象。冯至先生不善于演讲，却特别真挚，是从内心流露出的真感情。“带着一个憨厚宽容的微笑”的冯至先生，给作者最美好的回忆就是充满“善意、平等、轻松、亲和的气氛”的场景。后来作者成为冯至先生部下，接触渐多。冯至先生讲话“内容简明，观点稳当，措词严谨，态度谦虚，从不高谈阔论，大肆发挥，谈笑风生，甚至可以说是不苟言笑”。冯至的书房是作者“见到的最典雅、最精致、最整洁、最质朴的一个。明窗净几，一尘不染”。让我们随柳鸣九先生一起走近冯至先生。

一

在北大时，系主任一个学年与全系同学大概只正式见一两次，那都是在典礼上与重要活动上，不外是讲讲话。冯先生的讲话，给人的印象是极为深刻的，当年西语系的学生，恐怕今天还能记得起来。他并不善于演讲，从不长篇大论，也没有什么“起承转合”、“布局谋篇”，更没有抒情、煽情之类的辞句与表达方式，看不出是鲁迅所赞赏的“中国最杰出的抒情诗人”。他讲的都是一般性的道理，都是常理常情，甚至是一般人的老生常谈，他绝不追求个性的表述与发挥，不过，作为一个新中国的系主任，他对学生进行训导时，能不只讲点一般性的道理吗？不过，他讲起来，却完全沉浸在这些人云亦云的道理之中，特别认真，特别真挚，似乎不是讲出来的，而是从内心流出来的，头还轻轻地晃动一下，似乎有点沉醉，加以，他声音特别柔和，带有明显的颤音与感情色彩，有时还将有的片语、有的措词重复那么一下，不是在强调，而似乎是自己在体味咀嚼，因此给人的印象好像是一个心善祥和的老奶奶在虔诚地诵经，同学们对此还是颇有好感的，至少觉得他没有丝毫道貌岸然、板起脸来训人的样子。正是在同学们这种普遍的亲切感中，西语系发生了下面这么一件事。

一次，系里开师生联欢会，那是在一幢古色古香教学楼的小礼堂里，气氛十分轻松热烈，是五十年代初到五十年代中那一个特定时期宽松大环境之典型产物。节目都是师生们自己的“玩意儿”，其中最使大家觉得有趣有味的，是一个相声节目，表演者是我们法文专业高年级的两个同学，其中那个主要的，是一个“猴精猴精”的青年，平时老穿一身港式服装，一说话却是一口京油子腔，而且特别能“贫”能“闹”，周身充满了喜剧气味，他们表演的节目就是模仿冯系主任对学生的一大段讲话。毕竟是学法兰西文化的学生，颇沾上了法国人“自由、平等”的调皮劲，又学得了一些西方的幽默情趣，段子编得十分有趣，逗笑却又“谑而不伤”，声调与动作的模仿则基于长期的观察，因此表演得惟妙惟肖，逗得大家笑声不断，多次鼓掌助兴。那个节目虽然内容与表演都不无夸张，但至今我觉得并无恶意与不敬，在我看来，就有点像丰子恺画爷爷奶奶辈人物的漫画，或者像顽皮的孙子爬上了爷爷的膝头去扯他的白胡子。冯至先生就坐在前排，看着眼前这一出喜剧，面上并无尴尬之色，倒是带着一个憨厚宽容的微笑，当然，因为不好意思而有一点面红耳赤。总之，这个场景充满了善意、平等、轻松、亲和的气氛，至今仍是我对北大西语系生活的最为美好的一次回忆。

学生们欣赏、系主任本人认可的事，“组织上”并不认可，要不然怎么是“组织上”呢？大概是从这件事嗅出了一些西方味，不久，“组织上”就不客气了，在一次全系大会上，正式对此事提出了严厉的批评，非常严厉，说这事不仅是蔑视师长、丑化师长的行为，而且也是无组织无纪律的行为，是接受了西方消极腐朽思想影响的结果。我记得，当时，冯至先生并未有任何表态，在我的理解与猜度里，他作为系主任不见得是支持“组织上”这么做，因为，他肯定是丰子恺漫画的欣赏者，理解力与包容度绝对要比代表“组织上”的那么几个人深许多、大许多，那几个人其实并非“老延安”、“老八路”，而都是西语系学生干部，因为一九四九年前参加过什么“外围组织”，而获得了“进步早”、“参加革命早”的资格，因此成为了“组织上”，西语系的方针大计似乎并不取决于系主任，而基本上都是由他们来拿主意的，因为他们才是“政委”。在我的记忆里，这次严厉整肃，使得西语系里自由宽松的气氛一扫而空，似乎是一九五七年那次大“反击”的前奏与预演。

柳鸣九

1981年，柳鸣九在法国巴黎萨特墓前。

在北大期间，我对冯先生印象最为深刻的另一件事，则是在那著名的“一九五七年春夏之交”。其时也：“帮助整风”的号召，放手的“大鸣大放”，北大学生“民主、自由”情结忘乎所以的膨胀，未名湖畔的“忽如一夜春风来，千树万树梨花开”，“引蛇出洞”这样一个讳莫如深的棋局……大家都昏头昏脑。心里有底、本能有感者，恐怕只是少数“天才人物”或特殊钢材做成的人。那时，我们这班已经四年级，在西语系，醉醺醺得最厉害、闹腾得最欢、明堂也最多的，当数我们的老弟即三年级同学，什么“控诉会”啦，游行啦，还有把系领导请去听群众“大鸣大放”啦……冯至系主任被请去了。听说，在会上发生了这么一个场景：一个巧言善辩的高个子学生，在会上冲着系主任讲了一大段话，大意是，冯至先生过去一直是一个真诚的诗人，深得青年人的喜爱，是青年人的朋友，但他参加了组织之后，与青年人就疏远了，青年人再也听不到他真诚的声音，云云……这一席话，极尽煽情之能事，这是在朝你喊话呀，在向你倾诉，拿你说事，用你来论证某一个事理，而且是以全体“青年人”的名义，以真诚的名义，甚至是以诗的名义，诗人能无动于衷吗？能冷漠端坐，毫无反应吗？如果那样，那就不是冯至了。于是冯至接应了一声：“我已经变成了一个Yesman了”，Yesman这个英文单词，本意是“唯唯诺诺的人”、“听话的人”、“千依百顺的人”，而在场有一个英文专业的讲师，却推波助澜、添油加醋地插上了一句：“Yesman就是应声虫。”这一大篇讲词，这一声接应，这一句插话，成为了当时西语系的一个重大事件，很快就通过学生的大字报与墙报而传播到了全校，成为了轰动性的新闻。

我不知道后来冯至先生在党内作检讨时，是如何就此事“交待活思想”、“挖思想根源”的，我后来也从未听他提起过这件事。他当时在一念之间是怎么应了那么一声而“石破天惊”？也许是因为面对那个学生抱着“帮助党整风”的“热情”侃侃而谈，不忍心见他受到冷落寂寞而接应了一句，就是说因为心软了；也许是因为要显示出自己作为“导师”与青年人的亲近以及和青年人站在一起的勇气，既然那个学生在讲话里尊称他为“青年一代的导师”；也许是因为他作为系主任，却事事都得听取“组织上”的意见，服从“组织上”的安排而的确积累下了一些心理上的不平衡感。总之，他蹦出了当时这么一句“名言”。一个字，一个字，就像一个石子，一个石子。

很快，风云突变。蛇既然已经出洞，接下来当然就是打蛇。上述会上的那个高个子学生与那个英文教师不久就倒了大霉。而冯至先生，则听说被组织上大大“批评教育”了一番，他被认为是“严重丧失了立场”，犯了“政治错误”。同学们都为他捏了一把汗，后来，听说他作了“深刻检讨”，而“组织上”考虑他是有名望的学者，有影响的诗人，最后也就“保护他过了关”。

“一九五七年的春夏之交”在中国大地上所留下的深深痕迹，对千万个人的命运，千万家庭的际遇所蒙上的浓重阴影，都是人神共知的，我自己就亲眼看见西语系好些有个性、有才华、有志向、有锐气的学子与教师，因为一时冲动、眩晕失衡而栽了大跟头，被打入“另册”，付出了太过于沉重的代价，不少人断送了一辈子的前程，甚至是身家性命，不少人最后得以幸存也是在被整肃被折腾了二三十年之后。但更为深刻、更为隐蔽、更为不着痕迹的，是人们内心里的变化、思维方式的变化、言行举止的变化，这种变化即使是在并未被当时的浪潮打湿脚的人身上亦在所难免，何况是差一点被卷进了浪潮的漩涡之中的人呢？我说不出冯至先生在那个“春夏之交”前后究竟有什么具体的变化，但我想，变化当是相当大的。至少我在以后三四十年的长时间里，在同一个单位日常的共事与就近观察中，没有像在短短大学几年极为有限的几次接近中那样，再见到那个师生联欢会上的冯至，大鸣大放会上的冯至。

二

大学毕业后，我很快就从一个西语系的学生成为了冯至的部下，作了两年的编辑翻译工作后，我被调进了高等院校文科教材编写组，具体是参加文学理论教科书的编写。此书的主编是著名美学家蔡仪同志，整个文学教材编写组的组长是冯至，而在冯至的上面，领导整个人文社会学科教材工作的则是时任中宣部副部长的周扬。周扬对冯至是非常推崇，非常倚重的，在多次会上都尊称他为“学贯中西的学问家”，态度与语气都十分客气，完全不像上级对下级。冯至的顶头上司是周扬，他是党内文艺理论、文艺评论的权威，对文艺学有自己一整套看法，其权威的地位自然又使他要把自己的看法与意见不折不扣地贯彻下去，但却又随政治风云的变化而经常有所“调整”“变化”，而他下面具体负责编写工作的蔡仪，则是资深文艺理论家，其美学观严谨得没有任何周旋余地、容不下任何妥协折衷的隙缝，两个人的意见容易格格不入是显而易见的，因此，一部文学理论教科书的提纲就上上下下、反反复复来回了一两年还没有定下来，冯至夹在周扬与蔡仪之间，可想而知，工作是相当难做的。他常来我们文学理论编写组开会或参加讨论，虽然全组不过十几个人，但他除了传达领导的审阅意见外，很少发表自己的意见与看法，倒是很专心地听取大家的讨论并仔细作笔记，即使要讲话，他也是内容简明，观点稳当，措词严谨，态度谦虚，从不高谈阔论，大肆发挥，谈笑风生，甚至可以说是不苟言笑的。看来，他首先把自己定位定格为学术领域里的“好党员”、“好党员干部”。

青年时期的冯至

鲁迅曾经赞赏冯至为“中国最杰出的抒情诗人”。诗集有《昨日之歌》、《北游及其他》、《十四行集》等。

在我看来，那两三年对冯至先生来说，是他吸取了在西语系时的经验教训而重塑形象的时期，是他从一个党龄很短的“新党员”，历练成一个高层学术官员的时期。这也很自然、很容易理解。在学术文化上，按时下的标准，他已经是“功成名就”了，即使是在建国后的新时代，也充分获得了当局与社会的承认，但在另一个更为重要的方面，他却险而“摇摇欲坠”，他必须在这方面小心翼翼，必须弥补自己的“弱项”，他在文科教材工作岗位的那两三年，从发展来说，正好是他这种努力的开端，从工作性质来说，正好是他进行这种历练的“舞台”。

在文科教材编写组时，就已经有传闻说冯至将从北大调到中国社会科学院（当时名为“哲学社会科学部”）任外国文学研究所所长一职。他大概是在一九六四年走马上任的，我也于一九六五年从文学研究所的理论研究室调到外国文学研究所的西方文学研究室，从此就一直在冯至先生的领导下工作，直到他逝世的一九九三年，将近三十年，与他同在一个单位，印象万千，回忆纷呈，繁复不可胜数，但归结集中，概括简约，倒也焦聚明显，突显出主要的特点与鲜明的色彩，构成他在我心目中的一个明晰的形象：他是一个不苟言笑，神态庄严的前辈；是有深厚的文化底蕴、是言行严谨又得体的传统型的知识界头面人物；是严于律己，力求与国说党论、领导与组织保持高度一致的研究所所长；是具有广博的学术见识、纯正的学术品位、真诚的学术良知的学界长老；是经常受到领导上、组织上表扬赞颂的“好党员”，总之，是在政治上、学术上都符合社会主义规范、沉稳端坐于学术宫殿之中的庙堂人物。

丁聪笔下的冯至

丁聪是漫画大师，笔名“小丁”，他这一生为文学书籍创作了大量的插图。

在这将近三十年的时间里，两次“社会主义四清”，一次“十年浩劫”，一次“清除精神污染”，都是政治高温天气，有的甚至如同炽热难耐的炼狱，在这种气候下，芸芸众生或昏头胀脑，或中暑着邪；或受命奉旨，或迫于情势，或身不由己，演出了无奇不有的，可悲可怜、可笑、可憎的人世百态。赤膊上阵者有之，左右失衡者有之，蹒跚而行者有之，弯躬屈膝者有之，声嘶力竭大打出手者有之……我自己的失衡、失态与摔跤就不止一次，对于冯至先生，我也曾有过一次失手，那是“文化大

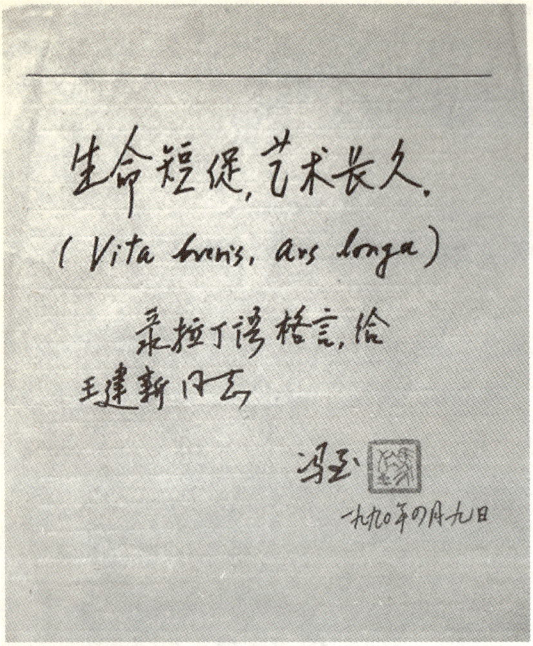

冯至手迹

革命”之初，伟大领袖号召冲击“阎王殿”之时，在一次全所群众大会上，我也跟着亢奋、喊过口号，追随革命“左派”之后，嚷了几句要充分发动群众、不要捂盖子之类的造反话，尽管在“革命群众”中我明显不属于响当当的“左派”，倒颇有些“人微言轻”，那几句破话也完全掩没在革命派激奋的声浪里，但毕竟是向冯至先生射了“一箭”，我生平之中对这位师辈犯下了惟一一次“欺师之罪”。至于冯至本人，他给我的整体印象可以说就是一个“沉”字，作为被揪出来的“走资派”与“反动学术权威”，面对冲击而来的狂潮，他是沉默的，作为深有学养的大文化人，面对自己无能为力的这一场文化灾难，他是沉郁的，作为见过大世面、已经颇有历练的官方的高级学术代表人物，他面对着狂热燥动的“芸芸众生”与像匆匆过客一样的这种群众组织、那种“战斗队”，他又是异常沉稳的。也许，其沉稳还与他内敛持重的性格有很大的关系，甚至，他高大实沉的身躯形体与出语慎少、不苟言笑的容貌本身就足以给人沉稳的印象。总之,在我的回忆中，在那动乱、狂躁的年代中，冯至始终保持着自己的稳重与尊严，没有怒目而视，也没有声泪俱下，没有燥动失衡，也没有沉沦潦倒，在“文化大革命”的那一场“挨整命运”人人有份，今天是揪这类人、明天就清除另一类人的大恶作剧中，他不像与他同类的少数“权威”或“当权派”那样，一旦自己在某一个特定阶段获得了“解放”，而另一批人成为“革命对象”时，或秋后算账，大打出手，或刁钻刻薄，乘势施虐。他像一个静观人，而不是参与者、介入者，他沉静地观察着、感受着、承受着，不动声色，但是他的内心当是心潮起伏，憎爱分明，感情炽热的，只不过外表如一潭静水，如处于休眠期的火山。

三

在研究所工作的二十多年时间里，我几乎一直是在冯至先生的直接领导下工作，这是因为：一，我一直是所重点项目的负责人或主要承当者，这些任务都是由所长直接过问的，如一九六四年周扬提出外国文学研究所“生死存亡的大事是能否编写出大部头的文学史”后，我被任命为《欧洲二十世纪文学史》编写组的“学术秘书”，操持日常工作安排。又如稍后不久，研究所根据上级的指示布置写关于《海瑞罢官》的“革命大批判文章”，我被指定为主要的执笔者。再如“文化大革命”基本终结，研究所正式恢复业务工作后，筹备与创办全所性的学术机关刊物《外国文学研究集刊》的任务，也是落在我的头上。后来，正式划分了研究室，由冯至所长亲自掌控的西方文学研究室中的一个，也是由我担任“头头”，所有这些都是直接由冯至先生领导。而在正式恢复业务工作之前的“文化大革命”末期，我邀约两位同道开“地下工场”写《法国文学史》，也是主动争取冯至先生的关怀与认可，实际上也就是找冯至这把“保护伞”来庇护自己的。总而言之，长期的业务工作关系，使我一直被视为冯至先生麾下一员“得力干将”。

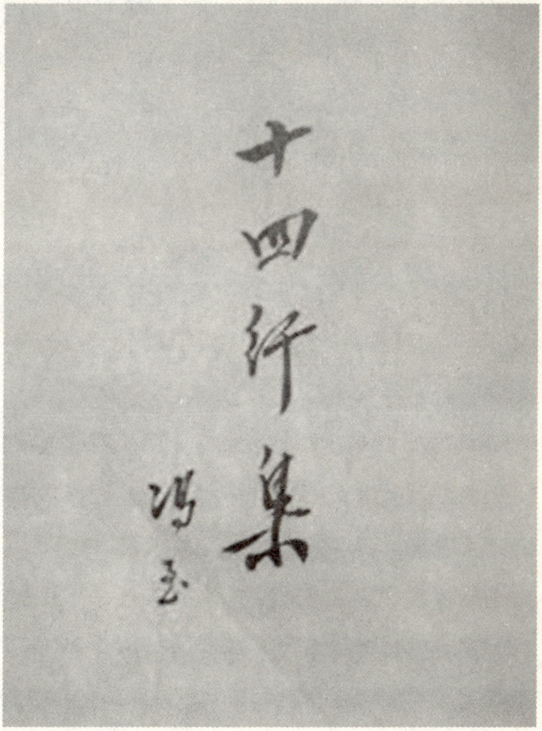

封面

图为《十四行集》的封面，1949 年由上海文化生活出版社出版。《十四行集》不仅代表了当时冯至诗歌创作的新成就，也代表着十四行体在中国的最高水平，冯至的《十四行集》是中国十四行诗成熟的标志，《十四行集》被誉为新诗的高峰。

我见过不少国内外文化名人的书房。冯至的书房是我见到的最典雅、最精致、最整洁、最质朴的一个。明窗净几，一尘不染。两大排高档的书架上整整齐齐地放着一整套一整套外文书的精装本，内容丰富，色彩缤纷。洁白的墙上挂着茅盾书写、赠送的一个条幅，除此之外，别无任何装点，窗前一张紫木的大书桌，桌面上由两个书档夹竖着为数不多的几本文化学术书籍，几乎全是外文的，随时间的不同而有所调换，一看就是他近期关注与研读的书。

冯至担任研究所所长的二十多年期间，虽然我一直是他领导下的一个重要研究室的头，但每当开所务会议时，我经常是远离中心会议桌而坐在门口，我总觉得自己既无庙堂之志，就尽可能不要有“登堂入室”之态，只求实实在在做出几件事就可以了，因此，我与冯至先生具体业务关系很多，但我与他之间的关系并不近乎，而总有着相当一段距离，这可能就是庙堂内与庙堂外的距离。当庆祝冯至先生八十八寿辰与悼念他逝世时，我这个本应写文章纪念他的“老学生”、“老部下”，却没有写出任何文字，我当时认为，这样的纪念活动与悼念活动，都是庙堂要事，我一直身处庙堂之外，唯恐自己的感受与文字不合庙堂分寸。在他逝世十一年之后的今天，而我自己也已经七十岁了，我要道出我的感念，即使是从庙堂外的远处。

二〇〇四年五月四日

私塾师

陆　蠡

【三言两语】

陆蠡（1908–1942），现代著名的散文家。陆蠡自幼资质聪颖，有“神童”之称，1922年考入之江大学附属高中；1924年升入之江大学机械系；1927年，转国立劳动大学工学院机械工程系，两年后毕业；1931年，任泉州平民中学理化教员，课余从事创作和翻译，后跟随朋友在出版社当编辑；1936年出版处女作散文集《海星》；1938年出版第二本散文集《竹刀》；1940年出版了第三本散文集《囚绿记》，三本文集的共同特色是：凝练、质朴，蕴藉而秀美；1942年因出版抗日书籍被日本宪兵杀害；1953年被追认为革命烈士。

在一个小学校里，陆蠡遇见了自己幼时的私塾老师兰畦先生。上私塾时，兰畦先生对陆蠡非常严厉，幼小的他心中对老师起了仇恨，他决定“不再理睬他，不再认他做先生，不想见他的面”。现在两人碰面了，兰畦先生依然是20年前的老样子。现在兰畦先生不再教私塾了，为了糊口，他正四处找小学教员的职位。但他并不知道很多新的知识，他自己也知道自己力不从心，不愿坑害人家子弟。陆蠡心里有了矛盾：“他没有资格教孩子，但他有生存的权利”，不去管它吧，想着如何给老师寄一顶他买不起的帽子吧。

今年的春天，我在一个中学里教书。学校的所在地是离我的故乡七八十里的山间，然而已是邻县了。这地方的形势好像畚箕的底，三面环山，前一面则是通海口的大路，这里是天然的避难所和游击战的根据地。学校便是为了避免轰炸，从近海的一个城市迁来的。

我来这里时太突兀。事前自己并未想到，来校后别人也不知道。虽则这地方离我家乡不远，因为山乡偏僻，从来不曾到过。往常，这一带是盗匪出没的所在，所以如没有什么要事，轻易不会跑到这山窝里来。这次我来这学校，一半是感于办学校的师友的盛意，另一半则是因为出外的路断了，于是我便暂时住下来。

这里的居民说着和我们很近似的乡音，房屋建筑形式以及风俗习惯都和家乡相仿。少小离乡的我，住在这边有一种异常亲切之感。倘使我不是在外间羁绊着许多未了的职务，我真甘愿长住下去。我贪羡这和平的一个角落，目前简直是归隐了，没有访问，没有通信，我过着平淡而寂寞的日子。

陆蠡

巴金在《怀陆圣泉》一文中说："他心地坦白，忠诚待人，不愿说好听的话，不肯做虚夸的事。他把朋友的意义解释得很严格，故友不多。但是对他的朋友总是披肝沥胆地贡献出他的一切。"

有一天，一位同学走进我的房间，说是一位先生要见我。

这使我很惊讶。在这里，除了学校的同事外，我没有别的朋友，因为他们还不曾知道我。在这山僻地方有谁来找我呢？我疑惑着。我搜寻我的记忆，摸不着头脑，而这位先生已跨进来了。

他是一位年近六十的老人，一瞥眼我就觉得很熟识，可是一时想不起来。我连忙让坐，倒茶，递烟，点火，我借种种动作来延长我思索的时间，我不便请教他的尊姓，因为这对于素悉的人是一种不敬。我仔细分析这太熟识的面貌上的每一条皱纹，我注意他的举止和说话的声音，我苦苦地记忆。忽然我叫起来：

"兰畦先生!"

见我惊讶的样子，他缓慢地说：

"还记得我吧?"

"记得记得。"

我们暂时不说话。这突如的会面使我一时找不出话端，我平素是那么木讷。我呆了好久。

兰畦先生是我幼年的私塾师。正如他的典雅的别号所表示，他代表一批"古雅"的人物。他也有着"古雅"的面孔：古铜色的脸，端正的鼻子，整齐的八字胡。他穿了一件宽大的蓝布长衫，外面罩上黑布马褂。头上戴一顶旧皮帽，着一双老布棉鞋。他手里拿了一根长烟管，衣襟上佩着眼镜匣子——眼镜平常是不用的——他的装束，是十足古风的。这种的装束，令人一望而知他是一个山里人，这往往成为轻薄的城里人嘲笑的题材，他们给他一个特别的名称"清朝人"，这便是"遗民"的意思。

他在我家里坐馆，是二十多年前的事。现在我想起私塾的情形，恍如隔了一整个世纪。那时我是一个很小的孩子，父亲把他的希望和他的儿子关在一起，在一座空楼内，叫这位兰畦先生督教。我过的是多么寂寞的日子啊！白天不准下楼，写字读书，读书写字。兰畦先生对我很严厉：破晓起床，不洗脸读书；早饭后背诵，点句，读书，写字；午饭后也是写字，读书；天黑了给我做对仗，填字。夜间温课，熬过两炷香。我读着佶屈聱牙的句子，解说着自己不懂而别人也不懂的字义。兰畦先生有时还无理地责打我，呵斥我，我小小的心中起了反感和憎恨。我恨他的人，恨他的长烟管，恨他的戒尺，但我最恨的是他的朱笔，它点污了我的书，在书眉上记下日子，有时在书面上记下责罚。于是我便把写上难堪字样的书面揉烂。

自他辞馆后，我立意不再理睬他，不再认他做先生，不想见他的面。真的，当我从外埠的中学念书回来，对于他的严刻还未能加以原谅。

现在，他坐在我的面前，还是那副老样子，二十多年前的老样子。他微笑地望着，望着他从前责打过的孩子。这孩子长大了，而且也做了别人的教师。他在默认我的面貌。

“啊，二十多年了！”终于我说了出来。

“二十多年，你成了大人，我成了老人。”

“身体好么？”

“穷骨头从来不生病。我的父亲还在呢，九十左右了，仍然健步如飞。几时你可以看到他。”他引证他一家人都是有极结实的身体。

“真难得。我祖父在日，也有极健康的老年。”我随把他去世的事情告诉他。

“他是被人敬爱的老人。你的父母都好么？”

“好。”

“姐妹们呢？”

“都好。”

他逐个地问着我家庭中的每一人。这不是应酬敷衍，也不是一种噜苏，是出于一种由衷的关切。他不复是严峻的塾师，倒是极温蔼的老人了。随后我问他怎样会到这里来，怎会知道我，他微笑了。他一一告诉我，他原要到离此十几里的一个山村去，是顺路经过此地的。他说他是无意中从同学口里听到我在这里教书，他想看看隔了二十多年的我是怎个样子，看看我是否认得他。他说他看到我很高兴，又说他立刻就要动身，一面站起来告辞。

陆蠡故居

陆蠡故居位于浙江省台州市天台县平桥镇。这个具有上海石库门建筑风格的三合院，是陆蠡亲手建成的。故居右厢房遭火灾后全部残毁，院子里杂草丛生。部分门窗已被人盗走，楼房板壁已经腐烂。陆蠡生前曾使用过的不少东西已经损坏，被人扔在角落里。故居现在实在是破败不堪，已岌岌可危亟待进行修复。

“住一两天不

行么？”我挽留他。

“下次再有机会，现在我得走。”他伸手去取他的随身提篋。

我望着这提篋，颇有几斤重量，而且去那边的山岭相当陡峻，我说：“送先生去吧。”

“不必，不必。你有功课，我自己去。”他推辞着。他眉宇间却露出一种喜悦，是一种受了别人尊敬感觉到的喜悦。

我坚执要送他。我说好久不追随先生了，送一程觉得很愉快。我说我预备请一点钟假，因为上午我只有一课，随时可补授的。

窗外，站着许多同学，交头接耳地议论些什么，好像是猜测这位老先生和我的关系。

我站起来，大声地向他们介绍，说这位是我的先生，我幼年的教师。他现在要到某村去，我要送他。我预备请一点钟假。

同学中间起了窃窃的语声。看他们的表情，好像说：“你有了这样的一位教师，不见得怎么光荣。”

于是我又向他们介绍：“这是我的先生。”

我们走了。出校门时，有几位同学故意问我到哪里去，送的是我的什么人，我特地大声回答：“我送他到某村去，他是我的先生。”

路上，我们有着琐碎的谈话。他问起我：

“你认得×××么？他做了旅长了。”

“不大认得。”

“××呢，他是法政大学毕业的，听说做了县长。”

“和我陌生。我没读过法政。”

“××，你应该认得的。”

“我的记性太坏。”

“××，你的同宗。”

“影像模糊，也许会过面。”

“还有××？”

“只知其名，未识其面。”

“那么你只记得我？”

“是的。记得先生。”

他微嘘一口气，好像得到一种慰藉。他，他知道，他是被人遗忘的一个。很少有人记得他，尊敬他的。他是一个可怜的塾师。

“如果我在家乡住久些，还想请先生教古文呢。从前念的都还给先生了。”我接着带笑说。

“太客气了，现在应该我向你请教了。”

这句并没有过分。真的，他有许多地方是该向我请教了。当他向我诉说他的家境的寒苦，他仍不得不找点糊口之方，私塾现在是取消了，他不得不去找一个小学教员的位置；他不得不丢开四书五经，拿起国语常识；他不得不丢下红朱笔，拿起粉笔；他不得不离开板凳，站在讲台上；他是太老了，落伍了，他被人家轻视，嘲笑，但他仍不得不忍受这一切；他自己知道不配做儿童教师，他所知道的新智识不见得比儿童来得多，但是他不得不哄他们，骗他们，把自己不知道的东西告诉他们；言下他似不胜感喟。

“现在的课本我真弄不来。有一次说到‘咖啡’两字，我不知道这是什么东西。我只就上下文的意义猜说‘这是一种饮料’，这对么？”

“对的。咖啡是一种热带植物的果实，可以焙制饮料，味香，有提神的功用。外国人日常喝的，我们在外边也常喝的。还有一种可可，和这差不多，也是一种饮料。”

“还有许多陌生字眼，我不知道怎解释也不知怎么读。例如气字底下做个羊字，或巠字，金旁做个乌字或白字，这不知是些什么东西？”

“这是一些化学名词，没读过化学的人，一时也说不清楚，至于读音，顺着半边去读就好了。”

他感慨了。他说到他这般年纪，是应该休息了。他不愿意坑害人家子弟，把错误的东西教给孩子们。他说他宁愿做一个像从前一样的塾师，教点《幼学琼林》或是《书经》、《诗经》之类。

“先生是应该教古文而不该教小学的。”我说。

“是的，小学比私塾苦多了。这边的小学，每星期二三十点钟，一年的薪金只有几十块钱，自己吃饭。倒不如坐馆舒服得多！”

我知道这情形。在这山乡间，小学仍不过是私塾的另一个形式。通常一个小学只有一个教师，但也分成好几年级，功课也有许多门：国语、常识、算术、音乐、体操等。大凡进过中学念过洋书的年轻人，都有着远大的梦想，不肯干这苦职业，于是这被人鄙视的位置，只有失去了希望的老塾师们肯就。我的先生自从若干年前私塾制废除后，便在这种“新私塾”里教书了。

“现在你到××干什么呢?”我还不知道他去那边的目的。

“便是来接洽这里的小学位置哟!”好像十分无奈似的。忽然他指着我头上戴的帽子问：“像这样的帽子要多少钱一顶?”

“大约五六块钱。”我回答。

《海星》封面

图为花城出版社1981年版《海星》封面，《海星》是陆蠡的第一本散文集。

“倘使一两块钱能买到便好了，我希望能够有一顶。”

“你头上的皮帽也很合适。”我说。

“天热起来了，还戴得住么?”

说话间我们走了山岭的一半。回头望望，田畴村舍，都在我们的脚下。他于是指着蟠腾起伏的峰岭和点缀在绿色的田野间的像雀巢般的村舍，告诉我那些村庄和山岭的名字。不久，我们踅过了山头。前面，在一簇绿色的树林中显露出几座白垩墙壁。“到了。”他对我说，他有点微喘。我停住脚步，将手中提篋交给他，说我不进去，免得打扰人家。他坚要我进去吃了午饭走，我固执地要回校。他于是吐出他最后的愿望，要我在假期中千万到他家去玩玩，住一宿，谈一回天，于他是愉快的。他将因我的拜访而觉得骄傲。他把去他家的路径指点给我，并描出他屋前舍后的景物，使我便于找寻，但我的脑里却想着他所说的帽子，我想如何能在冬季前寄给他，它应是如何颜色，如何大小，我把这些问得之后，回身下山走了。

我下山走。我心里有一种矛盾的想头：我想到这位老塾师，又想到他所教的一批孩子。“他没有资格教孩子，但他有生存的权利。”我苦恼了。我又想中国教育的基础，最高学府建筑在不健全的小学上，犹如沙上筑塔——我又联想到许多个人和社会的问题，忽然听到脑后有人喊。

“喂，向左边岔路走哪。”

原来我信步走错了一条路。这路，像个英文的 Y 字母，来时觉得无岔路，去时却是两条。我回头，望见我的先生，仍站在山头上，向我挥手。

“我认识路的，再见，先生。”我重向他挥手。

我的三位老师

陈白尘

【三言两语】

陈白尘（1908–1994），江苏淮阴人，剧作家和小说家。主要著作有：短篇小说集《风雨之夜》；中长篇小说《一个狂浪的女子》、《罪恶的花》、《归来》；散文集《五十年集》、《云梦断忆》、《寂寞的童年》；剧作《结婚进行曲》、《升官图》、《岁寒图》、《阿Q正传》等。

在这篇文章里，作者回忆了自己小时候上学时的情景。他前后一共跟从三位启蒙先生学习，每位先生都各有特点。第一位先生给他留下的印象太坏——“狗窦洞开”，镇压老鼠的猫，总之都不是什么好词汇。第二位先生对学生很严格，他这才真正开始认真学习。他对对子学得很好，可惜没能“善终”，不过他却交到了一位“忘年交”。第三位先生据说是饱学之士，也屈尊来教他。他每天只上午来教书，下午却去喝茶听书，对学生颇为放心，但小学生也还是很鬼的，也有办法“对付”。不管如何，童年的生活毕竟是天真有趣的，诚如作者所说，“我的寂寞生活固然寂寞，可回忆起来，也颇有足述者”。

大概从六岁起，我便进私塾“开蒙”认“字方”了。那时我三哥正从花门楼的万二先生读，我是附从。万二先生佚其名，给我的印象，如今只剩下他那口残缺不全的大黄牙了。失敬得很，后来读《幼学琼林》时，其中好像有一句叫“笑人齿缺，谓之狗窦洞开”。在我以后多年中，我一想起这位老师，不知怎么总同时想到“狗窦洞开”这四个字，真是

陈白尘

有失尊师之道。

老实说，我对这位开蒙老师实在无法尊重，他的主要精力全放在像我三哥这般年龄的大学生身上。他们不是读《书经》（编注：即《尚书》），便是读《诗经》，什么“关关雎鸠，在河之洲”，念得震天价响。而对我辈小学生认认“父”、“母”、“日”、“月”之类“字方”，自然不屑一顾。有时便叫我三哥代教。他当时十四岁，大概已懂得“窈窕淑女，君子好逑”了，哪里顾得管我？第二年，万二先生搬了家，私塾迁到东门里北侧斗姥宫前城脚下两间瓦房里，而我三哥辍学，习手艺去了。我这个小学生便没人管，于是每天一次借口解手，登上城楼远眺一阵；或者在通往斗姥宫的九曲桥上徘徊往返，但不敢闯进斗姥宫去。我知道那是小小的一个孤岛，周围也不过大约二十亩左右的水池，但在我可当做瑶池仙境的呀！至于小便，则随时可以出书房来透气。其实我们都是早在家里解过大便的了。大小学生无不如此，做塾师的也只好听之任之。横竖不管“大”“小”，都以竹牌为凭，这可叫做轮流休息法。至于老师呢，自然也是要解手的，他当然不要领竹牌子。这时候，则不管大小学生可都一律“解放”，大跳大闹一阵子了。这可算是法外的休息。我真不明白这些私塾老师，为什么一定要将自己的学生当做老鼠似的看守着，而自居于镇压鼠辈的猫的地位？到头来没有什么学生不恨他。我不知道大的学生如何，在我辈六七岁学生中可用《百家姓》来咒骂这些可恶的教书先生了：

赵钱孙李——先生没理；周吴郑王——先生没床；冯陈褚卫——先生没被；蒋沈韩杨——先生没娘！……

我父亲“迷妈”了二年，才发现我学无长进之处，或者是发现万二先生并非高明，而为我另择一位严师了。

我的第二位老师被尊称为顾老先生而不名。其实我也从未敢于请教过他的“大名”和“雅篆”。他当时已年过半百，鼻架一副铜边眼镜，有两撇花白胡须。伴随这胡须的是一块永远沾了水的土布手巾，以便随时捋抹它，似乎防它干燥而脆断一般。这些，在我当时看来，都有几分庄严之感。只可惜他的头发不免令人感到滑稽：辫子是剪去了，却还留有四五寸长的残余；前额呢，还是按前清遗制，剃光了。这在我们家乡，被称为“鸭屁股”，是种贬词，其意接近“封建遗孽”之类。它是比我的“马桶盖”更为落后一点，因为我是防患于未然，而他可是未忘旧朝。更何况我此时已全头剃光，成了百分之百的“革命党”呢！

但我对他还是敬畏的。第一，他是淮安人，淮安的读书人比我们淮阴多。第二，他不是像万二先生般教“散馆”，而是淮阴城里大户人家全公馆礼聘来的西席（编注：古时对老师的尊称），专教全家大少爷全珍宝的，而我和另外两位小学生则是全大少爷的伴读。而伴读之中还有二等，我家对门鼎吉祥绸布庄的总管事朱三太爷的螟蛉子（编注：即义子）朱斌卿才是正式伴读，鼎吉祥的鼎盛时期每年营业额达六七十万大洋，则其总管事的少爷以财产论是堪与全大少爷媲美的。至于我和另一姓查的学生则又是朱大少爷的伴读，是二等的了。师以徒尊，我不能不加以敬畏。

学生少而老师严，我这才认真读书了。可是学生有主从之分，顾老先生的教授自以全大少爷为主。这时他已约有十四五岁，朱斌卿和他相似。我又小于他们六七岁，只有以小从大了。比如顾老先生教他俩学对联，什么“天对地，雨对风，大陆对长空，山花对海树，赤日对青松……”我也得跟着背诵。因此我除了死读《三字经》和《大学》、《中庸》之外，也略懂对联的规律了。第二年，从两个字对到五个字，顾老先生说，我可以读《千家诗》了。但到年底，全公馆读书生活突然结束了。不然的话，从五言到七言，都能对仗工稳，诌几首五律、七律，如今也可以附庸风雅，不至于在骚人墨客雅集中，每每避席逃会了！

但全公馆的西席顾老先生何以突然中止教读，至今也不明所以。但据我后来的推理，大概是那位纨绔子弟的全珍宝学兄无心读书，学了贾宝玉，与什么姐姐、妹妹结婚去了。因为这位少爷虽无贾宝玉的天资，却颇耽于女色。从每天必来书房几趟的一位俏丫鬟的眉眼上，也从少爷那斫丧过度的苍白脸色上，看得出消息来。再证之以朱斌卿少爷次年的结婚大典来说，大概是不差的了。

说到这位朱少爷，可和全家少爷完全不同，从来不对我摆少爷架子，虽然也大我六岁，却是我童年生活中惟一的朋友。他原来的出身也许是贫家子，所以生得聪明伶俐，能说会道。见我母亲、嫂子们，都是大妈长、嫂子短的，叫得亲热无比，丝毫没有嫌贫爱富之处。因此，我们全家上下也都喜欢他。他对我更特别亲热，只叫“四弟”，而不直呼学名。他无兄弟，我无伴侣，于是成了忘年之交。每天下午放学归来，特别是新年放假期中，他几乎都拖我这小朋友去玩耍。走累了，他抱我；下雨天，他背我。吃什么，他让我；看什么，他扛我在肩。真是形影不离，如胶似漆。可是全家书房一散伙，我另从良师，便少来往了。或者说，他也“君子好逑”了。再过一年，果然说他要娶亲了。那时代十六岁结婚是正常的。

但他在结婚之前，居然不忘旧友，对他父母提出要求：请我去为他“压床”。所谓压床者是淮阴的旧俗：在婚期前夕，请一位童男子和新郎同床而眠，以预兆早生男孩之意。还有附带条件：这童男子必须父母健在，兄弟姊妹俱全。而我是百分之百的合格人选。我的双亲自然应允，我也欣然同意。这一晚被称为“暖房”，我自然是位小小贵宾了。当夜新房中灯烛辉煌，自不必说，而崭新的牙床、崭新的缎被、崭新的褥垫和绣枕，都让我提前享受，也很得意。只是床上撒满了枣子、染成红绿色的花生和桂圆、瓜子之类，颇为讨厌。可我这位学兄告我：枣者，早也；花生者，生也；桂圆者，贵也；瓜子，自然是子也。是取“早生贵子”而且“瓜瓞绵绵”之意。于是我们就大吃其“早生贵子”，以至昏昏入睡！“压床”之俗并不灵验，而朱三太爷却去世了。我这位学兄于是大肆挥霍，吃喝嫖赌，样样精通，而且还吸上了鸦片烟。几年之后，家产荡尽，潦倒而逝了！——这是后话。因此，我童年中惟一的大朋友也没有了！

话说回来，再谈我的第三位老师。他姓汪，佚其名，字维洲。据我父亲说，他是当时私塾先生中饱学之士了。何以为证呢？淮阴的最高学府应数第六师范。而六师的学生还请他补习国文，便是铁证。但我父亲未免太“迷妈”了，他如此饱学，岂能屈尊教我这“略识之无”的小学生？开学之后，果然见有三五位十七八岁的大学生，每天早晨来向他求教一二小时而去。然后才来管我及另一个姓任的小学生的功课。他的管教，先是背一背前一天教的书，然后才点教一段新书，并不讲解，命令第二天再背新书。新书增，旧书照背，如此二年，所背诵之书，高二尺有余了。他所不同于顾老先生者，即在《四书》之外，要我们读点“实学”——即如《幼学琼林》、《秋水轩尺牍》之类而已。

大约中午十一时，汪先生便赋归去了。至于我们这两位小鬼何时回家午饭，他倒概不追究。至于下午呢？他老先生却到茶楼品茗、听书去也！我俩是否在塾读书，他却深信我们的自觉性的。

汪先生当时年未半百，五官端正，虎背熊腰，确有正人君子之风。我辈小子自然惟命是从，遵守师训，虽是下午，也是照常到塾读书不误，可是日久玩生，大约半个月之后，才明白汪老先生下午绝不再来的了，我等小鬼二人也就生出鬼主意来了。

说也难怪，这私塾所在地的环境实在不佳。淮阴城内东大街之南，有一条与之平行的游府街，经过商会再往西，有个小广场。每到下午，广场上有徐海一带的江湖艺人说唱鼓书，敲锣打鼓，吸引听众百数十人，颇为热闹。在这书场西侧，有座大院，似乎是户大户人家。在这大院里有个小小的独院，单开门，院内有两间书房，这便是我们汪老先生杏坛所在。里间是汪先生和大学生的起座处，外间便是我俩读书的书桌。每到下午，我们两个小学生读几遍新书，背熟了，无事可做，便研究起这个环境来。这一来不打紧，却发现两张书桌对面的墙壁上方，悬吊着神龛，其上设有香炉、烛台和牌位之类。这是什么人家的祖宗牌位么？何以放在我们书房里？于是两个小鬼以“探险家”的精神，挪近书桌，加上坐凳，爬了上去，探个究竟。谁知不探犹可，这一探，虽未魂飞天外，也都全身颤抖起来。原来那牌位上并非谁家祖宗，而是供的“大仙太爷”！

我不知现在我的家乡是否还有什么“大仙太爷”的“神话”，在我幼年，耳朵里是充满关于他的传说的。所谓“大仙”者，是狐仙的尊称，径称为狐，是要受惩罚的。正如皇帝的名字应该忌讳一样。所谓狐仙，究竟是因为先有《聊斋志异》而后才有传说的呢？抑或是蒲松龄老先生也听到传说才笔之于书的呢？这是文学史考据家的事，我自然不管。但有一点，我们家乡的狐仙可与蒲先生笔下的有异。他写的狐狸精很多是幻身为美女的，我虽幼小，也颇懂得美女之可爱，恨不能亲身一见。至于我们这儿的“大仙太爷”，却听说都是白胡子老翁，他每每率领全家族寄居在你府上——虽然凡人的眼睛一般是看不见，却又听得见，感得到。比如，你对他老人家稍有不敬，他可以施行法术，捣毁你家一切财物，以至锅碗瓢盆都会满天飞舞，仿佛有隐身人在搞“打砸抢”一般，而且还有斥骂之声，也如“造反派”的声势汹汹。——自然，这都是我祖母辈以至一切善男信女们所传云云，我还是无缘得见。尽管如此，我也是有点相信的，否则何至于全身颤抖呢？这也足可证明，我当时还不是一个彻底的唯物主义者！

我俩连滚带爬下了书桌，惊魂未定，却又追悔起来。按当地习俗，对于“大仙太爷”每逢初一、十五日，是要敬之以熟鸡蛋二枚的，当时心慌意乱，可没看清是否有蛋或蛋壳。再次探险么，确实不敢，只好存疑了，而最现实的问题是：我们这两个小鬼难道要等到白胡子老翁式的“大仙太爷”出来显灵呢，还是敬鬼神而远之呢？这时，大门外广场上说唱鼓书的锣鼓已响，我们自然包起书包，被吸引到广场的边缘上去了。但两天以后，对这“方言文学”不感兴趣了，而且我们似乎还有了觉悟：我们的汪老先生每到下午不来书房，是否也是害怕“大仙”呢？再加深究，他之租赁这两间书房，是否正因为它闹“大仙太爷”而不付或少付租金呢？那他更是其心可诛了！我们两个小鬼便定下“攻守同盟”，即从今以后，每天下午，决不来读书，以示抗议。如果谁来了，或者向汪先生告密，那就该“天诛地灭”！

从此以后，我俩下午各自东西，来个“逃之夭夭”——长期逃学了。这一秘密直到近两年以后才被我父亲发觉，冤哉枉也，挨了他一顿屁股！我父亲也真是太“迷妈”了！但在这近两年中，我的寂寞生活固然寂寞，可回忆起来，也颇有足述者哩！

一九八四年四月一日

圣　者

——献给已故的先生和友人许

丽　尼

【三言两语】

丽尼 (1909–1968)，现代作家。1935年与巴金等人创办文化生活出版社，出版了第一本散文集《黄昏之献》；抗战时期出版散文集《鹰之歌》和《白夜》。1950年，任武汉中南人民出版社编辑部副主任，后历任该社副社长兼总编辑、武汉大学中文系教授；1965年调任广州暨南大学中文系教授。“文革”时，他遭受迫害，1968年病逝于广州。

丽尼的文章总是这么别致，这么具有文学的美感和魅力。怀念“先生和友人许”，也是这么哀婉动情。我们能感受到丽尼内心的痛苦和对“许”的惋惜，文章好似蘸着血泪挥就。“圣者”被病痛折磨却从未想到死神会走向他，他教育着一代又一代的人，把希望都寄托于后来的年轻人，他对世界充满着热情。但他却忘记了自己，忘记了命运对他的不公。“从这个城市你漂流到那个城市，贫困，没有依助，寂寞，病痛，没有家，没有妻室，也没有儿女，像这样，你生活着，熬着，磨着，忍受着，被人轻蔑而且讪笑着”。但他临终前想说什么，却沉默了！

寂寞，难受的奴役，被夺的自由，无尽的秋冬，执拗的疾病……唉，可怜的，可怜的亚夫尼尔——

（自屠格涅夫的《死》）

丽尼

巴金说:“在我靠边的期间有人从广州来‘外调’丽尼的事情,我所知有限,他不曾做过什么惊天动地的大事,谈起来,他只是一个心地善良的老好人,一个清清白白、寻寻常常的人。但是他的默默的死亡对我们的文学事业也是一个损失,倘使他能留下一本、两本新的散文,那有多好啊。”

读着别人对于旧友的追忆,我就会记起你来,深陷的眼睛,瘦削的脸,强韧的骨骼,然而,病弱的身体。而且,那是一世的折磨,永恒的受难。虽然在你的肩上你能担起无限的重负,然而,你不是被压抑得永远也不曾吐出一口轻松的气息来么?要说死是残酷的,但是,对于你,一死,也许是得到解脱的吧?但是,你是不愿意死的,而且,在苦难侵蚀着你的身体的时候,你并不曾知道你会像这样来得到你的解脱。你忘记了你是一个快被折磨了五十年的人,你对你的朋友宣说,“我还不老。”你对青年的人们发出鼓励,让他们看着你而欣幸自己的青春。当你用着因为沉重的肺病而嘶哑了的喉咙宣说着你还要挣扎的时候,你可知道死神已经站在你的面前,不再容你逃避了呢?而当你躺在那乡村的病榻上,看着疯癫的妻发着残酷的傻笑,惟一的孩子已被装入了棺木,你自己已经自知生死的仗已经败北,而从枯干的眼里渗出眼泪来的时候,你那时想要告诉为你送终的朋友的,是一些什么言语呢?你沉默了,永远地沉默了,将你的最后的言语关闭在你的紧锁的口里,带到坟墓里去了。

将光明带到世界上来,而自己却活在黑暗里的,是你。将希望寄与了年轻的一代,而自己的心底里却寂寞着的是你。孩子们绕在你的周围,因着你的教育和影响而长大起来,变得强壮,变得健康,而你,你却如同一株老树,在眼看着孩子们来到你的荫下的时候,自己反被生活的雷雨所摧毁了。

你教育了一代人，但是，你却是无名的。孩子们用眼泪来记念着你，但是，你却是无名的。乡村蒙塾里的先生，儿童学校里的教师，地方报纸副刊的编辑——没有谁会知道你，除了你的友人，没有谁会感激你，除了你自己所教育的后代。在乡村的茅舍里，在阴暗的、古庙一般的小学里，在嘈杂的、有小印刷机喧闹着的报馆小楼的一角里，你如同一个囚徒蹲踞着，抽着廉价的烟卷，捧着你的朋友所寄给你的，或者你自己用那从些微薪俸里挣节下来的钱所买来的新出的书报，一字一字地读着，热心地读着，在不断的呛咳里，感激得流下眼泪。你把你所知道的告诉给年轻的人们，他们爱你，如同爱自己的亲密的友人，他们尊敬你，如同尊敬自己的严厉而且仁慈的父兄。在看着一个一个的孩子长大起来，离开了你，向着更广大、更宽阔的天地里奔去的时候，你有着衷心的，喜悦的微笑，然而，在你的微笑里，你却又是多么寂寞，而且多么地伤感。

你看着世界，忘记了自己。世界对于你，是多么光明，多么有着无限灿烂的未来。你热情地、感激地信任着一个未来，一个光荣的未来。你深信着年轻的一代的勇敢，你一点也不怀疑从那勇敢会结成怎样有用的果实。你为着被残废的年轻的生命们热情地哭泣，在你的老眼里你流着为被虐杀的人们而流下的眼泪。

然而，你自己呢？你忘了你自己。你忘了命运给了你怎样的一条道路。从这个乡村你行脚到那个乡村，从这个城市你漂流到那个城市，贫困，没有依助，寂寞，病痛，没有家，没有妻室，也没有儿女，像这样，你生活着，熬着，磨着，忍受着，

今天的暨南大学

1965年，丽尼曾在广州暨南大学中文系任教授。

被人轻蔑而且讪笑着——然而，你忘却了你自己。一直到四十岁，你才为自己找到了一个疯狂的女人作为你的伴侣，并且生下一个病弱的孩子作为你的系累。在那些不堪的贫民窟里，在那些暗黑的、凌乱地缭绕着窒人胸肺的炊烟的房屋里，你是怎样地住过来的呢？疯狂的女人残酷地傻笑着，你也笑，你的笑是苦的，如同饮着一杯苦的毒汁；病弱的孩子哭着，你也哭，你的哭声是哽窒的，正像你早已知道这个孩子不能如同别个孩子一样，他永远也不会成长起来。你蒙着你自己的头，如同亲眼看见了地狱，你战栗着，不忍逼视你眼前的实在。你像被追逐的饿狼一样，你逃跑，但是，你能逃到什么地方去呢？等待着你的，是一个大的陷阱，等你临到那个陷阱的前面，你是再也不能还有力量停驻你的脚步了。生活的利齿已经咬紧了你的衣裾，结核菌已经蚀完了你的肺，你的胸，你的脑，你的全身的骨髓。你被人从你工作的报馆送回你所出生的乡村，你的病体被安放在你父亲所遗留给你的茅屋，你在那里等着死。然而，直到那时，你还是不知道死神已经临近了你的面前的。你的喉咙哑了，你不能说；你的手僵了，你不能写。你没有遗嘱，只有一个无名的坟堆隆起在你的村头。

“敬爱的先生。”你的孩子们这样啼哭。

“无名的圣者。”你的友人们这样磋叹。

然而，那一世的苦难，那最后的语言，却随着你的紧闭的唇，把它们掩埋在你的坟墓里去了。

一九三六年六月

我的初中

汪曾祺

【三言两语】

作者笔下的几位老师，大都是些贫困潦倒、怀才不遇的人，装腔作势的校长，认真严厉的国文老师，孤僻的代数老师，自负的几何老师……他们都有着自身难言的苦痛，有的受着政治的影响，有的为着生活所迫，在穷乡僻壤里度着自己不得志的生涯。作者笔下桑树农家，荒野河流的宁静的画面背后，隐隐地浮现着这样一群为社会所压迫的落魄的知识分子。然而，世界在前进，中国也在前进，当抗日的高昂情绪传送到这个闭塞的县城时，诞生了以高北溟先生为代表的知识分子觉醒的"救国策"，更有着以汪曾浚为代表的新时代的热血青年的无畏呐喊。

初中全名是高邮县立初级中学，是全县的最高学府。我们县过去连一所高中都没有。

地点在东门。原址是一个道观，名曰"赞化宫"。我上初中时，二门楣上还保留着"赞化宫"的砖额，字是《曹全碑》体隶书，写得不错，所以我才记得。

赞化宫的遗物只有：一个白石砌的圆形的放生池，池上有石桥。平日池干见底，连日大雨之后有水。东北角有一座小楼，原是供奉吕祖的。年久失修，岌岌可危。吕祖楼的对面有一土阜。阜上有亭，倒还结实。亭子的墙壁外面涂成红色。我们就叫它"小亭子"。亭之三面有圆形的窗洞。拳起两脚，坐在窗洞里，可以俯看墙外的土路。小亭之下长了相当大一丛紫竹。紫竹皮色深紫，极少见。我们县里好像只有这一丛紫竹。不知是何年，何人所种。小亭子左边有一棵楮树，我们那里叫“壳树”。楮树皮可造纸，但我们那里只是采其大叶以洗碗。因为楮叶有细毛，能去油腻。还有一棵很奇怪的树，叫“五谷树”，一棵结五种形状不同的小果子，我们家乡从哪一种果子结得多少，以占今年宜豆宜麦。

初中的主要房屋是新建的。靠南墙是三间教室，依次为初一、初二、初三，对面是教导处和教员休息室。初三教室之东，有一个圆门，门外有一座楼，两层。楼上是图书馆，主要藏书是几橱万有文库。楼下是“住读生”的宿舍，初中学生大部分是“走读”，有从四乡村镇来的学生，城区无亲友家可寄住，就住在学校里，谓之“住读”。

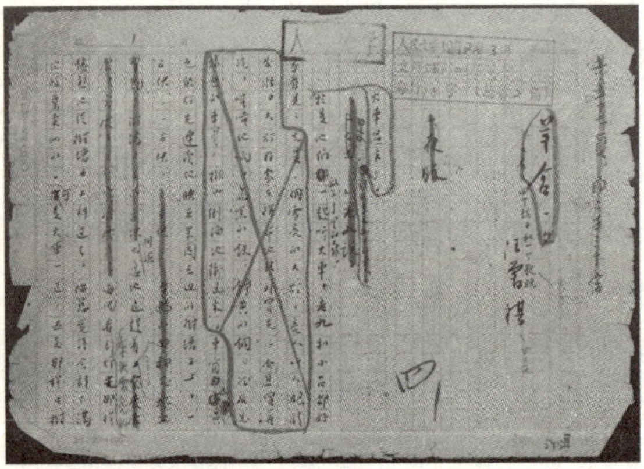

《羊舍一夕》手稿

1958年秋，汪曾祺作为被补划的右派分子下放到张家口沙岭子农业科学研究所劳动。1960年摘帽后，他因无处可去，继续留在研究所协助工作。他积蓄了10年的创作能量一夕爆发，11月25日便完成了这篇《羊舍一夕》，这是他解放后所写的第一篇小说。

初中的主课是“英（文）、国（文）、算（数学）”。学期终了结算学生的总平均分数，也只计算这三门。

初一、初二的英文没有学到什么东西，因为教员不好。初三却有一门奇怪的课：“英文三民主义”。不知道这是国民党的统一规定，还是我们学校里特别设置的。教这一课的是校长耿同霖。耿同霖解放后被枪毙了，不知道他有什么罪恶，但他在当我们的校长时看不出有多坏。他有一个习惯，讲话或上课时爱用两手抹煞前胸。

他老是穿一件墨绿色的毛料的夹袍。在我的想象里，他被枪毙时也是穿的这件夹袍。

初一、初二国文是高北溟先生教的。他的教学法大体如我在小说《徙》中所写的那样。有些细节是虚构的，如小说中写高先生编过一本

《字形音义辨》，实际上他没有编过这样一本书，他只是让学生每周抄写一篇《字辨》上的字。但他编过一些字形的歌诀，如“戌横、戍点、戊中空”。《国学常识》是编过一本讲义的，学生要背：“三坟五典八索九丘”，“乾三连、坤六断、震仰盂、艮覆碗”……他讲书前都要朗读一遍。有时从高先生朗读的顿挫中学生就能体会到文义。“小子识之：苛政猛于虎也!”“永州之野产异蛇，黑质而白章……”他讲书，话不多，简明扼要，如讲《训俭示康》：“……‘厅事前仅容旋马’，闭目一想，就知道房屋有多狭小了。”这使我受到很大启发，对写小说有好处。小说的描叙要使读者有具体的印象。如果记录厅事的尺寸，即无意义。高先生教书很严，学生背不出来，是要打手心的。我的堂弟汪曾炜挨过多次打。因为他小时极其顽皮，不用功。曾炜后来发愤读书，现在是著名的心脏外科专家了。我的同班同学刘子平后来在高邮中学教书，和高先生是同事了。曾问过高先生：“你从前为什么对我们那么严?”高先生叹了一口气，说：“我现在想想，真也不必。”小说《徙》中写高先生在初中未能受聘，又回小学去教书了，是为了渲染高先生悲怆遭遇而虚构的，事实上高先生一直在高邮中学任教，直至寿终。

教初三国文的是张道仁先生。他是比较有系统地把新文学传到高邮来的。他是上海大夏大学毕业的。我在写给张先生的诗中有两句：“汲源来大夏，播火到小城。”一九八六年，我和张先生提起，他说他主要根据的是孙俍工的一本书。

教初二代数的是王仁伟先生。王先生少孤。他的父亲曾游食四方。王先生曾拿了一册他的父亲所画的册页，让我交给我父亲题字。我看了这套册页，都是记游之作。其中有驴、骡、骆驼，大概是在北方的时候多。王先生学历不高，没有上过大学。他的家境不宽裕，白天在学校上课，晚上还要在家里为十多个学生补习，够辛苦的。也许因为他的脾气不好，多疑而易怒，见人总是冷着脸子。我的代数不好。但王先生却很喜欢我。我有一次病了几天，他问我的堂哥汪曾浚(他和我同班)：“汪曾祺的病怎么样?”我那堂哥回答：“他死不了。”王先生大怒，说：“你死了我也不问!”

教初三几何的是顾调笙先生。他同时是教导主任。他是中央大学毕业的，中央大学是名牌国立大学，因此他看不起私立大学毕业的教员，称这种大学为“野鸡大学”，有时在课堂公开予以讥刺。他对我的几何加意辅导。因为他一心想培养我将来进中央大学，学建筑，将来当建筑师。学建筑同时要具备两种条件，一是要能画画，一是要数学好，特别是几何。我画画没有问题，数学——几何却不行。他在我身上花了很多工夫，没有效果，叹了一口气说：“你的几何是桐城派几何！”桐城派文章简练，而几何是要一步步论证的，我那种跳跃式的演算，不行！顾先生走路总是反抄着两手，因为他有点驼背，想用这种姿势纠正过来。他这种姿势显得人更为自负。

教美术的是张杰夫先生。“夫”字的行草似“大人”两个字合在一起，学生背后便称之为“杰大人”。他不是本地人，是盐城人，上海艺专毕业。他画水彩，也画国画。每天写大字一张，临《礼器碑》。《礼器碑》用笔结体都比较奇峭，高邮人不欣赏。他的业绩是开辟了一个图画教室，就在吕祖楼东边的一排闲房里。订制了画架，画板（是银杏木的）。我们这才知道画西洋画是要把纸钉在画板上斜立在画架上画的（过去我们画画都是把纸平放在桌子上画的）。三年级以后，画水彩画，我开始知道分层布色，知道什么叫“笔触”。我们画的次数最多的是鱼，两条鱼，放在瓷盘里。我们最有兴趣的是倒石膏模子。张先生性格有点孤僻，和本地籍的同事很少来往。算是知交的，只有一个常州籍教地理学的史先生。史先生教了一学年，离开了。张先生写了一首诗送他：“侬今送君人笑痴，他日送侬知是谁？”这是活剥《葬花词》，但是当时我们觉得写得很好，很贴切。大概当时的教员都有一点无端的感伤主义。

教音乐的也是一位姓张的先生，他的特别处是发给学生乐谱不是简谱，是五线谱；教了一些外国歌。我学会《伏尔加船夫曲》就是在那时候。张先生郁郁不得志，他学历不高，薪水也低。

东门外是刑场。出东门，有一道铁板桥，脚踏在上面，咚咚地响。桥下是水闸，闸上闸下落差很大，水声震耳，如同瀑布。这道桥叫做“掉魂桥”，说是犯人到了桥上，魂就掉了。过去刑人是杀头的。东门外南北大路也有四五个圆的浅坑，就是杀人的遗迹。据说，犯人跪在坑里，由刽子手从后面横切一刀，人头就落地了。后来都改成枪毙了，我们那里叫做“铳人”。在教室里上着课，听着凄厉的拉长音的号声，就知道：铳人了。一下课，我们就去看。犯人的尸首已经装在一具薄皮棺材里，抬到城墙外面的荒地里，地下一滩泛出蓝光的血。

东门之东，过一小石桥，有几间瓦房。原来大概是一个什么祠，后来成了耕种学田的农民的住家。瓦房外是打谷场。有一棵大桑树。桑树下卧着一头牛。不知道为什么，我一想起桑树和牛，就很感动，大概是因为看得太熟了。

城墙下是护城河，就是流经掉魂桥的河。沿河种了一排很大的柳树。柳树远看如烟，有风则起伏如浪。我第一次体会到什么是“烟柳”、“柳浪”，感受到中国语言之美。可以这样说：这排柳树教会我怎样使用语言。

往南走，是东门宝塔。

除了到打谷场上看看，沿护城河走走，我们课余的活动主要有：爬城墙、跳河。

操场东面，隔一道小河，即是城墙。城墙外壁是砖砌的，内壁不封砖，只是夯土。内壁有一点坡度，但还是很陡。我们几乎每天搞一次登山运动。上了陡坡，手扶垛口，心旷神怡。然后由陡坡飞奔而下，这可是相当危险的，无法减速，下到平地收不住脚，就会一直窜到河里去。

操场北面，沿东城根到北城根，虽在城里，却很荒凉。人家不多，很分散。有一些农田，东一块，西一块，大大小小，很不规整。种的多是杂粮，豆子、油菜、大麦……地大概是无主的地，种地的也不正经地种，荒秽不治，靠天收。地块之间，芦荻过人。我曾经在一片开着金黄的菊形的繁花的茼蒿上面（茼蒿开花时高可尺半）看到成千上万的粉蝶，上下翻飞，真是叫人眼花缭乱。看到这种超常景象，叫人想狂叫。

这里有很多野蔷薇，一丛一丛，开得非常旺盛。野蔷薇是单瓣的，不耐细看，好处在多，而且，甜香扑鼻。我自离初中后，再也没有看到这样多的野蔷薇。

稍远处有一片杂木林。我有一次在林子里看到一个猎人。我从来没有看到过猎人。我们那里打鱼的很多，

打猎的几乎没有。这个猎人黑瘦瘦的，眼睛很黑，他穿了一身黑的

衣裤，小腿上缠了通红的绑腿。这个猎人给我一种非常猛厉的印象。他在追逐一只斑鸠。斑鸠已经发觉，它在逃避。斑鸠在南边的树头枝叶密处，猎人从北往南走。他走得从容不迫，一步，一步。快到树林南边。斑鸠一翅飞到北边树上。猎人又由南往北走，一步，一步。这是一种无声的紧张，持续的意志的角逐。我很奇怪，斑鸠为什么不飞出树林。这样往复多次，斑鸠慌神了，它飞得不稳了。一声枪响，斑鸠落地。猎人拾起斑鸠，放进猎袋，走了，他的大红的绑腿鲜明如火。我觉得斑鸠和猎人都很美。

这一片荒野上有一些纵横交错的小河，我们几乎每天来比赛“跳河”。起跑一段，纵身一跳，跳到对岸。河阔丈许，跳不好就会掉在河里，但我的记忆中似没有一人惨遭灭顶。

跳河有大王，大王名孙普，外号黑皮。他是多宽的河也敢跳的。

赞化宫之外，有一处房屋也是归初中使用的：孔庙。孔庙离赞化宫很近，往西三分钟即到。孔庙大门前有一个半圆形的“泮池”，常年有水，池上围以石栏。泮池南面是一片大坪场，整整齐齐地栽了很多松树，都已经很大了。孔庙的主体建筑是“明伦堂”，原是祭孔的地方，后来成了初中的大礼堂。至圣先师的牌位被请到原来住“训导”、“教谕”的厢房里去了，原来供牌位的地方挂了孙中山。明伦堂的东西两壁挂了十六条彩印的条幅，都是民族英雄，有苏武牧羊、闻鸡起舞、班超投笔、木兰从军……其余的，记不得了。为什么要挂这样的画？这时“九·一八”事变已经发生，全国上下抗战救国情绪高涨。我们的国文、历史课都增加培养民族意识的内容，作文也多出这方面的题目。有一次高北溟先生出了一道作文题：“救国策”，我那堂哥汪曾浚辟头写道：“国将亡，必欲救，此不易之理也。”他的名句我一直记得。他大概读了一些《东莱博议》之类的书，学会了这种调调。这有点可笑，一个初中学生能拿出什么救国之策呢？但是大敌当前，全民奋起，精神可贵。我到现在还觉得应该教初中、小学的学生背会《木兰词》，唱“苏武留胡节不辱”，这对培养青少年的情操和他们的审美意识，都是有好处的。

一九九二年八月二十四日

我的老师

魏　巍

【三言两语】

魏巍（1920–2008），生于河南郑州，当代诗人、散文作家和小说家。1937年抗战爆发参加八路军；1938年加入中国共产党；1950年奔赴朝鲜前线，和志愿军一起生活、战斗，回国后发表了一批文艺通讯，其中《谁是最可爱的人》在全国引起了广泛影响；1978年，创作抗美援朝题材长篇小说《东方》，获得首届茅盾文学奖。

魏巍从一个孩子的视角来给我们描述他心目中可敬可爱的老师。蔡老师假装发怒，蔡老师教孩子们跳舞，蔡老师教孩子们观察蜜蜂，蔡老师教孩子们读诗，这是写蔡老师对学生的关心和教育，略写；蔡老师解除作者和同学之间的矛盾，作者梦里寻师，这是写蔡老师对作者的爱和影响，详写。从“面”到“点”，师生感情步步加深。整篇文章洋溢着作者对蔡老师深切的想念之情。

最使我难忘的，是我小学时候的女教师蔡芸芝先生。

现在回想起来，她那时有十八九岁。右嘴角边有榆钱大小一块黑痣。在我的记忆里，她是一个温柔和美丽的人。

她从来不打骂我们。仅仅有一次，她的教鞭好像要落下来，我用石板一迎，教鞭轻轻地敲在石板边上，大伙笑了，她也笑了。我用儿童的狡猾的眼光察觉，她爱我们，并没有存心要打的意思。孩子们是多么善于观察这一点啊！

魏巍

魏巍是一位长期生活在部队中的颇负盛名的优秀作家。他的诗歌、报告文学、小说、散文、杂文都及时反映现实生活，洋溢着饱满的政治热情；并擅长把叙事、写景、议论、抒情巧妙地融为一体；语言朴实优美，深受广大读者的喜爱。

在课外的时候，她教我们跳舞，我现在还记得她把我扮成女孩子表演跳舞的情景。

在假日里，她把我们带到她的家里和女朋友的家里，在她的女朋友的园子里，她还让我们观察蜜蜂；也是在那时候，我认识了蜂王，并且平生第一次吃了蜂蜜。

她爱诗，并且爱用歌唱的音调教我们读诗。直到现在我还记得她读诗的音调，还能背诵她教我们的诗：

圆天盖着大海，
黑水托着孤舟，
远看不见山，
那天边只有云头，
也看不见树，
那水上只有海鸥
……

今天想来，她对我的接近文学和爱好文学，是有多么有益的影响！

像这样的教师，我们怎么会不喜欢她，怎么会不愿意和她亲近呢？我们见了她不由得就围上去。即使她写字的时候，我们也默默地看她，连她握铅笔的姿势都急于模仿。

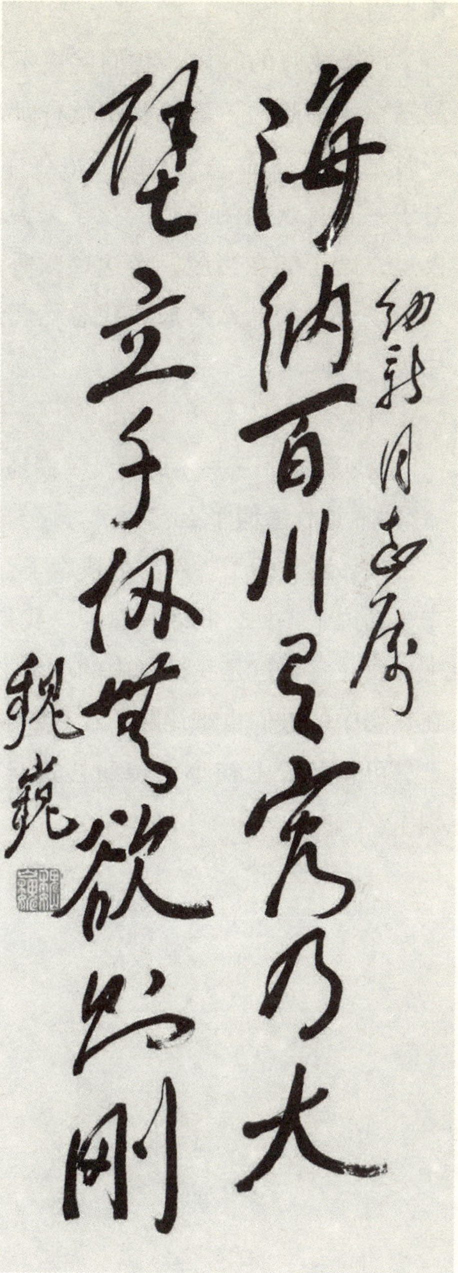

魏巍的书法作品

魏巍一生酷爱书法，他的书法颇得唐代的书法家颜真卿的韵致。

有一件小事，我不知道还值不值得提它，但回想起来，在那时却占据过我的心灵。我父亲那时候在军阀部队里。好几年没有回来，我跟母亲非常牵挂他，不知道他的死活。我的母亲常常站在一张褪了色的神像面前焚起香来，把两个有象征记号的字条卷埋在香炉里，然后磕了头，抽出一个来卜问吉凶。我虽不像母亲那样，也略略懂了些事。可是在孩子中，我的那些小“反对派”们，常常在我的耳边猛喊：“哎哟哟，你爹回不来了哟，他吃了炮子儿啰！”那时的我，真好像死了父亲似的那么悲伤。这时候蔡老师援助了我，批评了我的“反对派”们，还写了一封信劝慰我，说我是“心清如水的学生”。一个老师排除孩子世界里的一件小小的纠纷，是多么平常；可是回想起来，那时候我却觉得是给了我莫大的支持！在一个孩子的眼睛里，他的老师是多么慈爱，多么公平，多么伟大的人啊！

每逢放假的时候，我们就更不愿离开她。我还记得，放假前我默默地站在她的身边，看她收拾这样那样东西的情景。蔡老师！我不知道你当时是不是察觉，一个孩子站在那里，对你是多么的依恋！至于暑假，对于一个喜欢他的老师的孩子来说，又是多么漫长！记得在一个夏季的夜里，席子铺在当屋，旁边燃蚊香，我睡熟了。不知道睡了多久，也不知道是夜里的什么时辰，我忽然爬起来，迷迷糊糊地往外就走。母亲喊住我：

“你要去干什么？”

“找蔡老师……”我模模糊糊地回答。

“不是放暑假了么？”

哦，我才醒了。看看那块席子，我已经走出六七尺远。母亲把我拉回来，劝说了一回，我才睡熟了。我是多么想念我的蔡老师啊！至今回想起来，我还觉得这是我记忆中的珍宝之一。一个孩子的纯真的心，就是那些在热恋中的人们也难比啊！什么时候，我能再见一见我的蔡老师呢？

可惜我没上初小，转到县立五小上学去了，从此，我就和蔡老师分别了。

华老师，你在哪儿？

王　蒙

【三言两语】

王蒙，1934年生于北京，中国当代作家、学者。1948年加入中国共产党；1963年起赴新疆生活、工作十多年；1983年至1986年任《人民文学》主编；1986年当选中共中央委员，任中国作协副主席、书记处书记等职。主要著作有：小说《青春万岁》、《活动变人形》、《青狐》；散文集《轻松与感伤》、《一笑集》；专著《红楼启示录》、《王蒙评点〈红楼梦〉》、《王蒙话说〈红楼梦〉》等。

王蒙回忆了儿时的两位老师，一是“对学生采取放羊政策”的葛老师，一是让学生感到“很厉害”的华老师。虽然华老师经常对一些“坏学生”进行训诫体罚，但上课、阅作业却非常认真，同学们一致认为华老师是一个比葛老师强百倍的老师。华老师对王蒙进行了两次批评教育，对他来说都是意义深远的，以至于多年之后，他仍在心底深情地呼唤：“华老师，你在哪儿？”

在我快要满七周岁的时候，升入当时的北平师范学校附属小学二年级，那是一九四一年，日伪统治时期。

我至今还记得“北师附小”的校歌：

北师附小是乐园，
汉清百岁传，

……

向前，向前，

携手同登最高巅。

第二句“汉清”两个字恐怕有误，如果这个学校是从汉朝办起的，那就不是“百岁传”，而是一千几百年了，大概目前世界上还没有那么古老的学校。

在小学一年级，我们的级任老师姓葛，葛老师对学生是采取放羊政策的，不大管，一遇到天气冷，学校又没有经费买煤生火炉，以至有的小同学冻得尿了裤子（我也有一次这样的并不觉得不光荣的经历），葛老师便干脆宣布提前散学。

二年级换了一位老师叫华霞菱，女，刚从北平师范学校（简称北师）毕业，二十岁左右，个子比较高，脸挺大，还长了些麻子，校长介绍说，她是“北师”的高才生，将担任我们班的级任老师。

她口齿清楚，态度严肃，教学认真，与葛老师那股松垮垮的劲头完全相反。首先是语音，她用当时的“国语注音符号”一个字一个字地校正我们的发音，一丝不苟。我至今说话的发音，还是遵循华老师所教授的，因此，有些字读的与当代普通话有别。例如“伯伯”，我读“bebe”，而不肯读“bobo”，“侦察”的“侦”，我读为“蒸”，“教室”的“室”，我读上声而不肯读去声等等。为“伯”、“磨”之类的字的读法我还请教过王力教授，他对我的读音表示惊异。其实我出生就在北京，如果和真正的老北京在一起，我也会说一些油腔滑调的北京的土话的，但只要一认真发言，就一切按照华老师四十多年前的教导了，这童年的教育可真重要。

华老师对学生非常严格，经常对一些“坏学生”训诫体罚（站壁角、不准回家吃饭），我们都认为这个老师很厉害，怕她。但她教课，看作业实在是认真极了，所以，包括被处罚得哭了个死去活来的同学，也一致认为这是一个比葛老师强百倍的老师，谁说小孩子不会判断呢？

小学二年级，平生第一次作造句，第一题是“因为”。我造了一个大长句，其中有些字不会写，是用注音符号拼的。那句子是：

“下学以后，看到妹妹正在浇花呢，我很高兴，因为她从小就不懒惰。”

华老师在全班念了我这个句子，从此，我受到了华老师的“欣赏”。

但是，有一次我出了个“难题”，实在有负华老师的希望。华老师规定，“写字”课必须携带毛笔、墨盒和红模字纸，但经常有同学忘带，致使“写字”课无法进行，华老师火了，宣布说再有人不带上述文具来上写字课，便到教室外面站壁角去。

偏偏刚宣布完我就犯了规，等想起这一节是“写字”课时，课前预备铃已经打了，回家再取已经不可能。

我心乱跳，面如土色。华老师来到讲台上，先问：“都带了笔墨纸了吗？”

我和一个瘦小贫苦的女生低着头站了起来。

华老师皱着眉看着我们，她问：“你们说怎么办？”

我流出了眼泪。最可怕的是我姐姐也在这个学校，如果我在教室外面站了壁角，这种奇耻大辱就会被她报告给父母……天啊，我完了。

全班都沉默着，大家感到了问题的严重性。

王蒙

王蒙的作品反映了中国人民在前进道路上的坎坷历程。他由初期的热情、纯真趋于后来的清醒、冷峻，而且乐观向上、激情充沛，并在创作中进行不倦的探索和创新，在国内首开新时期国内意识流小说创作先河，倡导作家学者化、学者作家化，掀起人文精神大讨论，是中国当代文学走向现代写作技巧的开拓者。

那个瘦小的女同学说话了：“我出去站着去吧，王蒙就甭去了，他是好学生，从来没犯过规。”

听了这个话，我真是绝处逢生，我喊道：“同意！”

华老师看了我一眼，摇摇头，叹了口气，厉声说了句：“坐下！”

事后她把我找到她的宿舍，问道：“当×××（那个女生的名字）说她出去罚站而你不用去的时候，你说什么来着？”

我脸一下子就红了，我无地自容。

这是我平生受到的第一次最深刻的品德教育，我现在写到这儿的时候，心仍然怦怦然，不受教育，一个人会成为什么样呢？

又有一次考“修身”课，其中一道答题需有一个“育”字，我头一天晚上还练习过好几次这个“育”字，临考时却怎么也想不起来了，觉得实在冤枉，便悄悄打开书桌，悄悄翻开了书，找到了这个育字，还自以为无人知晓呢。

发试卷时，华老师说：“这次考试，本来有一个同学考得很好，但因为一些原因，他的成绩不能算数。”

我一下子又两眼漆黑了。

又是一次促膝谈心，个别谈话，我承认了自己的错误，华老师扣了我10分，但还是照顾了我的面子，没有在班上公布我考试作弊的不良行为。

华老师有一次带我去先农坛参加全市小学生运动会，会前，还带我去一个糕点铺吃了一碗油茶，一块点心，这是我平生第一次“下馆子”，这种在糕点铺吃油茶的经验，我借用了写到《青春万岁》里苏君和杨蔷云身上了。

运动会开完，天黑了，挤有轨电车时，我与华老师失散了，真挤呀，挤得我脚不沾地。结果我上错了车，我家本来在“西四牌楼”附近，却坐了去“东四牌楼”的车，到了东四，仍然下不来车，一直坐到了北新桥终点站……后来我还是找回了家，从此，我反而与华老师更亲了。

我们上学时候的小学，每逢升级，级任老师就要换的，因此，一九四二年以后，华老师就不再教我们了，此后也有许多好老师，但没有一个像华老师那样细致地教育过我。

一九四五年抗日战争胜利以后，国民党政府从北平号召一部分教师去台湾任教以推广“国语”，华老师自愿报名去了，据说从此她一直在台北。

目前我得知北京师大附小的特级教师关敏卿是当年北师附小的“唱游”教师，教过我的，我去看望了关老师。我与关老师谈了很多华老师的事。关老师在北师时便与华老师同学。后来，关老师还找出了华老师的照片寄给我。

华老师，你能得知我这篇文章的一点信息吗？你现在可好？您还记得我的第一次造句（这是我的“写作”的开始呀）吗？您还记得我的两次犯错误么？还有我们一起喝油茶的那个铺子，那是在前门、珠市口一带吧？对不对？我真想念您，真想见一见您啊！

纪念我的老师王玉田

史铁生

【三言两语】

史铁生，1951年生于北京。主要作品有：《我的遥远的清平湾》、《礼拜日》、《命若琴弦》、《务虚笔记》等。散文《我与地坛》在文坛上影响很大。

王玉田老师的工作影响了一代人，他的工作既伟大又平凡，是美的事业，他勤恳不息，三十五年如一日，他挥洒着自己的青春和汗水，只为理想的实现。

九月八号那天，我甚至没有见到他。老同学们推选我给他献花，我捧着花，把轮椅摇到最近舞台的角落里。然后就听人说他来了，但当我回头朝他的座位上张望时，他已经倒下去了。

他曾经这样倒下去不知有多少回了，每一回他都能挣扎着起来，回到他所热爱的学生和音乐中间。因此全场几百双眼睛都注视着他倒下去的地方，几百颗心在为他祈祷，期待着他再一次起来。可是，离音乐会开始还有几分钟，他的心弦已经弹断了，这一次他终于没能起来。

唯一可以让他的学生和他的朋友们稍感宽慰的是：他毕竟是走进了那座最高贵的音乐的殿堂，感受到了满场庄严热烈的气氛。舞台上的横幅是“王玉田从教三十五周年作品音乐会”——他自己看见了吗？他应该看见了，同学们互相说，他肯定看见了。

主持人走上台时，他在急救车上。他的心魂恋恋不去之际，又一代孩子们唱响了他的歌；恰似我们当年。纯洁、高尚、爱和奉献，是他的音乐永恒的主题；海浪、白帆、美和创造，是我们从小由他那儿得来的憧憬；祖国、责任、不屈和信心，是他留给我们永远的遗产。

我只上过两年中学，两年的班主任都是他——王玉田老师。那时他二十八九岁，才华初露，已有一些音乐作品问世。我记得他把冼星海、聂耳、格琳卡和贝多芬的画像挂在他的音乐教室，挂在那进行教改探索：开音乐必修课、选修课；编写教材，将歌曲作法引进课堂；组织合唱队、军乐队、舞蹈队、话剧队……工作之余为青少年创作了大量优秀歌曲。如果有人诧异，清华附中这样一所以理工科见长的学校，何以他的学生们亦不乏艺术情趣？答案应该从附中一贯的教育思想中去找，而王老师的工作是其证明之一。要培养更为美好的人而不仅仅是为更有效的劳动力，那是美的事业……在这伟大（多少人因此终生受益）而又平凡（多少人又常常会忘记）的岗位上，王老师三十五年如一日默默无闻地实现着他的理想。三十五年过去，他白发频添，步履沉缓了……

九月八日，我走进音乐厅，一位记者采访我，问我：“王老师对你有怎样的影响？”

我说：“我最终从事文学创作，肯定与我的班主任是个艺术家分不开，与他的夫人我的语文老师分不开。在我双腿瘫痪后，我常常想起我的老师是怎样对待疾病的。”

音乐会进行到一半的时候，主持人报告说：“王老师被抢救过来了！”每个人都鼓掌，掌声持续了几分钟。

那时他在急救中心，一定是在与病魔作着最艰难的搏斗。他热爱生命，热爱着他的事业。他曾说过：“我真幸福，我找到了一个最美好的职业。”

据说他的心跳和呼吸又恢复了一会儿。我们懂得他，他不忍就去，他心里还有很多很多孩子们——那些还没有长大的孩子，和那些已经长大了的孩子——所需要的歌呢。

音乐会结束时，我把鲜花交在董老师手中。

一个人死了，但从他心里流出的歌还在一代代孩子心中涌荡、传扬，这不是随便谁都可以享有的幸福。

安息吧，王玉田老师！

或者，如果灵魂真的还有，你必是不会停歇，不再为那颗破碎的心脏所累，天上地下你尽情挥洒，继续赞叹这世界的美，浇灌这人世的爱……

人散后，一钩新月天如水

张清平

【三言两语】

张清平毕业于河南大学中文系，现在河南教育报刊社从事编辑工作，先后为河南广播电视大学副教授、河南教育报刊社副编审，著有《中国现代作家及文学现象》、《林徽因》等作品。

《人散后，一钩新月天如水》一文中介绍了丰子恺先生的同名漫画，介绍了20世纪初期“一时间群星璀璨，群贤毕至”的春晖中学。“新月升空，友人尽散，清幽的夜色，清雅的房舍，清静的心境如泠泠的古琴声在画幅间流淌”的意境。既让人惊叹，又令人沉醉迷恋。清和的笔触，浑然带有一种翻看老照片的感觉，热血报国的经亨颐、敦厚温和的夏丏尊、灵气四溢的丰子恺、深刻平和的朱自清等，这一位位为中国的文学和教育鞠躬尽瘁的学者，用他们特立独行、睿智精深的教育思想，在历经硝烟而兀自清隽的春晖中学掀起了中国教育的新篇章。

友人虽散，但彼此共同的教育志向、先天下之忧而忧的思想仍在小院里回荡，岁月沉淀下一份淡泊的同时，亦将这里曾有过的似锦繁花印刻在了历史的丝帛之上。回首遥望，那一弯新月如初。

凡是喜欢丰子恺漫画的人，都会记得这幅作品——疏朗简洁之极的笔触勾勒出房舍廊前的景致，廊上是卷上的竹帘，廊下有木桌茶具，画面大片留白，一弯浅浅的月牙高挂，题款是：“人散后，一钩新月天如水。”

人散后，一钩新月天如水（丰子恺绘）

这幅如宋元小令般意境悠远的水墨漫画，是上世纪二十年代丰子恺第一幅公开发表的作品，当时，他正在浙江省上虞县白马湖畔的春晖中学任教。

那时的春晖中学，是一所私立的农村中学。“五四”新文化运动后的二十年代初期，其全新的教育理念犹如引力巨大的磁场，吸引得象山脚下、白马湖畔一时间群星璀璨，群贤毕至。春晖中学的校史记载着，从一九二一年到一九二五年，在这里任教的有：夏丏尊、朱自清、丰子恺、朱光潜、匡互生、王任叔（巴人）、杨贤江、刘董宇等。而到过春晖中学居住、讲学的有蔡元培、李叔同、何香凝、黄炎培、柳亚子、张闻天、俞平伯、吴觉农、蒋梦麟、于右任、吴稚晖……

那是上个世纪二十年代中国教育史、文化史的独特景观，其余韵源远流芳，至今犹令人回望不已。

教育救国与经亨颐

春晖中学的创办人是近代著名教育家经亨颐。经亨颐，字子渊，浙江上虞人，早年受维新思想影响，为革故鼎新奔走呼号。戊戌事变后，曾因参与反对慈禧废光绪立大阿哥的联名电诤而遭严缉。一九〇三年，他与许寿裳、钱家治、陈衡恪等一道东渡日本留学。从日本回国后，任浙江两级师范校长、浙江第一师范校长。“五四”期间，浙江一师成为新文化运动的中心，经亨颐为当局所不容。一九二〇年，他从苦心经营十三载的浙江一师去职，受上虞富商陈春澜资助，回家乡筹办春晖中学。做了多年“教育救国”的梦，他终于有了一块实验的田园。从校舍的选址设计，到教员的聘请，再到《春晖中学计划书》的完成，他一一亲力亲为。短短几年间，这所位于乡野的农村中学呈现出崭新的气象。之后，他离开浙江，投身国民革命，成为国民党左派中坚。晚年对国民党极其失望，与何香凝、于右任、张大千等同道好友组成“寒之友社”，潜心于书画。

经亨颐一生历任浙江一师、上虞春晖中学和宁波省立四中校长，而最能体现其教育思想和教育实践主张的，当首推春晖中学。春晖中学私立的性质，使其在学校建设方面不再受制于当时的政府；春晖中学办在乡村，官厅的压力和守旧势力的干涉相对城市有所减弱。多年来，经亨颐对“政府摧残教育”“乱我清静教育界”不满，春晖依其“以哲人统治之精神自谋进行”的思路办学，“一洗从来铸型教育之积弊”。其兴学目标是：发展平民教育，培养有健全人格的国民。他常对学生说：“什么是人格？人格是做人的格式。”“求学何为？学为人而已。”他期望学生弘扬古人修身、齐家、平天下的精神，从改造自己做起，以达到改造社会的目的。他为浙江一师制定的校训是：勤、慎、诚、恕。即：学习要勤奋，生活要勤俭；举止行为要慎独、严谨；为人要诚实、诚信；处世要严己恕人。他在《春晖中学校学则》中，阐明学校以“实施基础训练，发展个性，增进知能，预备研究高深学问，并适应社会生活为宗旨”。经亨颐以西方的教育思想和教育实践反观中国教育，认为中国的教育是一种“铸型教育”。即教育原则故步不前，教育手段千篇一律，教育方法一成不变，教育对象不分差别，教育目标只顾眼前。针对其弊端，他倡导学校教育与社会教育相结合，即“以社会教育个人，以个

经亨颐塑像

人教育社会”。春晖之“所以设在白马湖者，是想感化乡村”，“至少，先使闻得你钟声的地方，没有一个不识字的人”。为了使自己的教育思想在春晖得到实施，经亨颐尝试推行教员专任，学生自治，教学自主，学制改革，男女同学，还为教师提供了优越的教学环境和优厚的待遇。这一切迥然有别于其他学校的举措，吸引了大批人才汇集。

一所好的学校，不仅能使学生得到很好的成长，使教师得到很好的发展，还能在一定程度上影响一个地方的社会文化风尚。生机勃勃的春晖中学，一时间有了很高的声望。一九三〇年，浙江省教育厅的报告中称：在数量上以及在校师生人数上，私立均超过了公立，质量方面，私立者也多不亚于公立，如春晖等学校，在造就人才方面，贡献很大。二十世纪的二三十年代，中国教育界留下了“北有南开，南有春晖”的美谈。

一九三八年，经亨颐病逝于上海，时年六十一岁。建国后，他的女儿经普椿（廖承志夫人）遵其遗愿，将其遗骨从八宝山移灵安葬于春晖园内，墓前有他生前手书的墓碑——“长松主人与妻袁氏长眠处”，墓旁埋葬着她女儿经普椿的骨灰。

柳亚子在一首《题白马湖图》的诗中写道：“红树青山白马湖，雨丝烟缕两模糊。欲行未忍留难得，惆怅前溪闻鹧鸪。”

“爱的教育”与夏丏尊

春晖中学开办后，时在湖南长沙第一师范学校任教的夏丏尊辞职来到春晖。他在象山脚下筑屋定居，六间粉墙黛瓦的房舍，一个小小的院子，名之为“平屋”。

春晖中学老校舍

夏丏尊为人实在敦厚，他不尚空谈，希望能为教育做些实际的事情。曾经有大学请他任教，被他谢绝，他认为中小学教育更能影响一个人的一生。他在春晖教国文，正值社会弥漫复古思潮的时期。为让学生得真才实学，他自己精编教材。所选课文除部分优秀古典作品外，其余大多采自《新青年》、《新潮》、《创造季刊》。他要求学生做文章要“言之有物，不准讲空话，要老实写”，使学生割除了穿靴戴帽、陈陈因袭的积习。他把阅读和写作结合起来，通常当面批改学生习作，循循善诱，不厌其烦。授课之余，他翻译了意大利作家亚米契斯的小说《爱的教育》，这本书印行后，一版再版，创下了当时外国译著印数的最高纪录。他以自己的一生，实践了“爱的教育”的理想。有同事回忆他执教春晖的情形，“……穿一件竹布长衫，略蓄短须，看到学生眯着眼微笑……”，可一旦他察觉到学生有什么不当的言行，就会一遍又一遍地念叨，有人把他的教育方式称为“妈妈的教育”。假日学生出门，他会殷殷地拉着学生叮嘱：“勿吃酒！铜钿少用些！早些回校！”他在浙江两级师范学堂任教时，因学校原来的舍监被学生气得辞职而去，他就毛遂自荐，兼任舍监一职。每天清晨，起床铃一响，他就来到学生宿舍，把睡懒觉的一一叫起。晚上熄灯后，他再到学生宿舍一一查看。遇私点蜡烛的，他熄灭蜡烛后予以没收，和衣而眠的，他促起脱衣盖被。有学生在点名、熄灯后溜出校门玩耍，他知道后也不加责罚，只是恳切地劝导。如果一次两次不见效，他就会呆在宿舍守候这个学生，无论多晚都守候着。等见到了学生，他仍不加以任何责罚，只是更加苦口婆心地劝导，直到这个学生心悦诚服，真心悔过。他当舍监七八年之后，学生养成了良好的生活习惯。他高兴地看到，“几乎可以无为卧治了”。

夏丏尊

夏丏尊在《爱的教育》译者序言中批评当时的教育："单从外形的制度方法上，走马灯似的更变迎合，而于教育的生命，从未有人培养顾及。好像掘池，有人说四方形好，有人说圆形好，朝三暮四地改个不休，而对于池所以为池的要素的水，反无人注意。教育上的水是什么？就是情，就是爱。教育没有了情爱，就成了无水的池。任你四方形也罢，圆形也罢，总逃不了一个空虚。"

夏丏尊在浙江一师任教时，和李叔同先生是同事，也是好朋友。夏丏尊曾对人说，李叔同先生教图画音乐课，学生对图画、音乐看得比国文、数学还重。这是因为李先生有丰厚的知识做背景。他教图画音乐，可他懂得的不仅是图画音乐。他的诗文比国文先生的好，他的书法比习字先生的好，他的英文比英文先生的好。好比是一尊佛像，背后有光，故能令人敬仰。夏丏尊这样评价李叔同先生，其实他自己又何尝不是如此呢？他早年留学日本，口语、笔译堪称娴熟，回国后长年教国文，可科学、佛典、金石、书法无一不通。丰子恺说，凡熟识夏先生的人都知道，夏先生是个先天下之忧而忧的人。学校有了什么问题，别人都当作例行公事处理，他却当作自家的问题，真心地担忧。"国家的事，世界的事，别人当作历史小说看的，在夏先生都是切身的问题……"

一九四六年四月二十三日，六十岁的夏丏尊病逝于上海。好友王统照在悲痛中写了《丏尊先生故后追忆》。文中写道："……先生已逝矣！高山无语，流水不回，人往风微，吾谁与归？"其家人遵其遗嘱，将他安葬于象山之腰，与春晖中学隔湖相望。

美的教育与丰子恺

当时的春晖，有两个最大的教室，那就是美术教室和音乐教室，丰子恺任这里的美术、音乐教师。他教导学生，艺术能够陶冶性情，使生活富有意义，能够使人超脱卑微、痛苦、迷茫的生活。他教学生画石膏头像，教学生互为模特儿写生素描。春晖的学生，有各种艺术团体，"天然图画，点写不尽，音歌啸傲，山谷共鸣"。丰子恺自己也常在白马湖畔写生作画，有时来了音乐灵感，手头没有五线谱纸，他就用画笔在自己的白衬衫上画五线谱。春晖中学早年的校歌，便是他以孟郊的《游子吟》为词谱写的。在宽松、自由、充满个性色彩的教育氛围里，呼唤出了学生对美的向往和创造的热情。“碧梧何荫郁，绿满庭宇，羽毛犹未丰，飞向何处？乘车戴笠，求无愧于生。清歌一曲，行色匆匆。”这是春晖中学当年的毕业歌，唱着这样的毕业歌离开校园的春晖学生，会拥有怎样的精神世界和心灵？蔡元培先生在春晖的演讲中肯定和赞美了春晖中学这种“美的教育”。他说：“美的东西，虽饥不可以为食，寒不可以为衣，可是却省不来……求美也和求知一样，同是要事。”

丰子恺居住的“小杨柳屋”与夏丏尊的“平屋”相距很近。他在春晖任教时，常常随手描画一些画稿，内容多取材于孩童的稚趣、学校的日常情景以及乡村的家居生活。他的这些画作得到了夏丏尊、朱自清的肯定和欣赏。于是，丰子恺有了新作就贴在小杨柳屋“一颗子”似的客厅墙壁上。微风吹过，画页发出飒飒的声响。朱自清每当看到佳作，便要求丰子恺再画一幅送他。他说，看丰子恺的画如同咀嚼橄榄，有无穷的回味。一次，丰子恺、夏丏尊在朱自清家闲谈，孩子们跑进跑出地玩耍。桌上是现成的笔墨，丰子恺顺手为朱自清的女儿画了一幅漫画肖像。朱自清爱不释手，请夏丏尊写几个字。夏丏尊即在画的上方题了“丫头四岁时子恺写丏尊题”。朱自清将此画用作了散文集《背影》的插图。

丰子恺

丰子恺举家迁到白马湖之后，曾写过一篇散文《山水间的生活》。文中写道：“我对于山水间的生活，觉得有意义……上海虽热闹，实在寂寞，山中虽冷清，实在热闹。上海是骚扰的寂寞，山中是清净的热闹。”

丰子恺一生最崇敬的人是老师李叔同，李叔同出家后云游到宁波一带，曾说：“我和白马湖是有缘的”。云水萍踪的李叔同居无定所，身体时好时差。经亨颐、夏丏尊、丰子恺、刘质平等人商议后，集资修建了“晚晴山房”，供先生常住。“晚晴山房”位于丰子恺的“小杨柳屋”和经亨颐的“长松山房”之间，与何香凝的“寥花居”相邻。倚山面水，坐北朝南，满目修竹茂林，湖山苍翠。李叔同先生在这里居住时，闭门修行，书写佛经佛号，每天由夏丏尊家里的人送去斋饭。

《人散后，一钩新月天如水》便写成于在春晖的日子。画作表达了小杨柳屋友人相聚后的心境。新月升空，友人尽散，清幽的夜色，清雅的房舍，清静的心境如泠泠的古琴声在画幅间流淌。朱自清极为欣赏这幅作品，将其收录进自己主编的《我们的七月》中。这是丰子恺公开发表的第一幅作品。郑振铎见到了，辗转找到了丰子恺，从此，“TK”（子恺）的画便经常发表在他主编的《文学周报》上。郑振铎把这些画作冠之以“漫画”，从此，中国才有了“漫画”的名称。后来，郑振铎想给丰子恺出一本画集，便和叶圣陶、胡愈之一起去选画，结果，他们带走了丰子恺所有的画作。郑振铎说：“……当我坐火车回家时，手里夹着一大捆子恺的漫画，心里感着一种新鲜的、如同占领了一块新高地般的愉悦。”就这样，丰子恺的第一本漫画集《子恺漫画》出版了，漫画这一画种在中国的画坛立住了脚。

“有信仰的教育”与朱自清

一九二四年，一个“微风飘萧的春日”，朱自清来到春晖中学任国文课教员。“走向春晖，有一条狭狭的煤屑路。……山的容光，被云雾遮了一半，映在湖里。我的右手是个小湖，左手是个大湖。湖有这样大，使我觉得自己小了。”

来到春晖不久，朱自清在《春晖》半月刊上发表了《教育的信仰》一文。他在文章中谈到，教育界中人，无论是办学校的、做校长的、当教师的，都应当把教育看成是目的，而不应该把它当作手段。如果把教育当作手段，其目的不外乎名和利；结果不仅不利于学生的“发荣滋长”，而且还会“两败俱伤，一塌糊涂”。那么，什么是教育的目的呢？

朱自清在春晖中学任教时的住所

“教育有改善人心的使命”。他认为，如果学校太“重视学业，忽略了做人”，学校就成了“学店”，教育就成了“跛的教育”，而“跛的教育是不能行远的，正如跛的人不能行远一样”。所以，他说：“教育者须先有健全的人格，而且对于教育，须有坚贞的信仰，如宗教信徒一般。”

在这篇文章中，朱自清以自己近五年中学教员生涯中的所见所闻，写出了“以教育为手段”的种种行状。教育主管部门以教育为手段，通常会在学校安排自己的亲信熟人，于是学校里就有了许多不学无术的人，蝇营狗苟的人，“又圆又滑又懒惰”的人。学校校长以教育为手段，通常在受命之后，首先忙的是到处拉关系，“串门子”；然后是向什么大学里请几个什么毕业生“装装门面，新新耳目”；第三是算账，看看收入如何；“第四则才是例行公事，所谓教育”。而学校教师以教育为手段，则是“植党”。“有了同类，一面可以辖制校长，一面便可招徕学生”。他们以分数诱惑学生，用好处收买学生，“使本该清净的教育界，成了个浑浊的世界”。当然，教育界的很多问题属于体制的问题，但是任何体制都是通过人来实现的。在一个具体的教育环境中，校长的作为，教师的“师”“范”作用，可以在一定程度上改善教育的品质。所以，朱自清对经亨颐校长的“人格教育”思想深以为然。“教育者和学生共在一个情之流中”，“纯洁之学生，惟纯洁之教师可以训练”。

朱自清在春晖，一反“师道尊严”的传统，要求学生克服见了老师就“矫情饰伪”的毛病，培养做人“纯正的趣味”。无论遇到什么问题，他都和学生平等地讨论。据校刊《春晖》记载，一次，有人报告学生中有几人聚赌。如此公然地违纪事件，朱自清不主张学校处理学生。他和

朱自清雕像

别的教师商量后，采取的做法是：教师先找学生谈话，学生认识到错误后，就交由学生协治会处理。学生协治会是学生自己的组织，他们的处罚方式是，罚犯错误学生写大字和打扫学生宿舍卫生一个月。舍务主任匡互生则认为学生犯错与自己监管不力有关，自罚一个月薪俸并每天和学生一起做劳务。

朱自清的教学，是系统知识的浸润，是现身说法的影响，其方式是民主的、平等的。这一年，俞平伯应邀来到春晖，他在当天的日记里写道：“他（指朱自清）去上课，我旁听了一堂，学生颇有自动的意味，胜第一师范（指浙江第一师范）及上海大学也。”

一次，朱自清的学生王福茂写了一篇作文，题目是：《可笑的朱先生》。文章写道：“他是一个肥而且矮的先生，他的脸带着微微的黄色，头发却比黑炭更黑。近右额的地方有个圆圆的疮疤，黄黄的显出在黑发中；一对黑黑的眉毛好像两把大刀搁在他微凹的眼睫上……他的耳圈不知为何，时常同玫瑰色一样。当他在黑板上写字的时候，看了他的后脑，似乎他又肥胖了一半。最可笑的，就是他每次退课的时候，总是像煞有介事的从讲台上大踏步地跨下去，走路也很有点滑稽的态度。……”朱自清在这篇作文下面画了许多双圈，并在课堂上读给大家听。他说，我平时教大家怎样写作，王福茂给大家一个榜样，这就是描写人要让人读后如见其人，最好还应如临其境，如闻其声。

当教育传达出对学生的善意、信任和关爱时，唤醒的是学生的向学之心和向善之志。

让朱自清快乐的是，当时的春晖“邀集了一批气味相投的朋友执教”。他与夏丏尊、丰子恺、朱光潜、匡互生等人志同道合，朝夕相处，友情甚笃。匡互生是湖南人，“五四”运动中，他冲在游行队伍的前面，是火烧赵家楼的勇士。在春晖，他任舍务主任，为人耿直热忱，深得同事和学生的爱戴。朱光潜教英文，与朱自清身材相似，性情相投，许多人以为他们是兄弟。他的第一篇美学论文《无言之美》，就是在朱自清、夏丏尊的鼓励下写成于春晖。夏丏尊一向好客，房子又比他们几个人的大一些，加之丏尊太太做得一手好菜，他们便常在夏家聚会。从学校的事情，谈到社会，谈到文艺，直谈到夕阳西下，月上东山，“天上偶见几只归鸟，我们看着它们越飞越远，直到不见为止。”“在没有月亮的夏夜，可以在田野里看到萤火虫……那是成千成百的萤火。一片儿飞出来，像金线网似的，又像要着许多火绳似的……”

当时的情形在俞平伯的日记中也有记载。他应朱自清之邀到春晖小住。“……下午夏丏尊来，邀至他家晚饭。去时斜风细雨，衣服微湿。他屋颇洁雅素朴，盆栽花草有逸致。约明日在校讲演，辞之不获。饭后偕佩笼灯而归。傍水行，长风引波，微辉耀之，踯躅并行，油纸伞上‘沙沙’作繁响，此趣至隽，惟稍苦冷与湿耳。畅谈至夜午始睡。……”

白马湖畔春晖中学

1921年，夏丏尊到家乡上虞白马湖春晖中学任教，他邀来朱自清、丰子恺、刘薰宇等前来执教，何香凝、蔡元培、叶圣陶、李叔同、胡愈之等前来讲学，春晖中学一时名扬海内，有“北南开，南春晖”的美誉。

白马湖畔的岁月，是饱经离乱之苦、最后在贫病饥饿交加中死去的朱自清先生“一生中难得的惬意时光”。

春晖同仁多么希望这样的时光能持续下去，如同朱自清在《春晖的一月》中所说：“我只照我喜欢的做就是了。这就是自由了。”可这世界上哪里又有世外桃源呢？随着校长经亨颐长年奔波在外、校务由代理校长掌管后，校方和学生、教师的矛盾终于爆发了，春晖神话破灭在一个冬天的早上。

一九二四年深冬的一天，春晖中学的学生黄源在出早操时戴了一顶黑色的绍兴毡帽。体育老师认为不成体统，勒令除去，黄源不肯，师生由此发生争执。校方坚持要处分黄源，舍务主任匡互生力争无效，愤而辞职。全体学生罢课，校方开除了为首的二十八名学生并宣布提前放假。此举激起教师的公愤，教员集体辞职以示抗议。夏丏尊、丰子恺、朱光潜、朱自清等人先后离开了白马湖。

“人散后，一钩新月天如水”。丰子恺在春晖如诗如画的岁月留下了这幅作品，既像是写实，也像是预言，而留给后人的则是无尽的怀想和叹息。

后记

音容笑貌忆当年，多载无相见。每逢下笔况阑珊，往事不堪回首泪潸然。

耳提面命终嫌少，师恩总难报。何期离别太匆匆，自是人生长恨水长东。

——调寄《虞美人》

自古滴水之恩当涌泉相报，何况师恩；一日为师，终身为父。先生都愿学生青出于蓝而胜于蓝，而自己学而不厌，诲人不倦，以为榜样；作为后辈，当传承衣钵，不负厚望，为国为民献上一己微薄之力，报师恩于万一。

“但不知怎地，我总还时时记起他，在我所认为我师的之中，他是最使我感激，给我鼓励的一个”，“他的照相至今还挂在我北京寓居的东墙上，书桌对面。每当夜间疲倦，正想偷懒时，仰面在灯光中瞥见他黑瘦的面貌，似乎正要说出抑扬顿挫的话来，便使我忽又良心发现，而且增加勇气了”。鲁迅为国为民，拳拳之心，始终不渝，是藤野先生给他前进的力量和勇气。

前人的文字就像春雨，润物细无声，有潜移默化的影响。让我们沐浴在这场春雨中，感受师恩师德。

本书作为“名人忆老师”系列之一种，编辑在选编原稿过程中，重点挑选了一些可读性的美文汇编而成。经过多方面的艰苦努力，本选集中的绝大部分作品都得到了著作权人的许可，感谢何为、冯钟璞、黄宗江、黄宗英、袁鹰、黄裳、杨静远、陈恕、李小林、周立明、许水涛、沈宁、冯姚平、柳鸣九、徐城北、丰一吟、严扬、缪元朗、杨子耘、汪小梁、黄小鹰、李维永、王克平、胡高雁、金木婴、俞昌实、孙晓达、张宗超、梁培宽、楚泽涵、刘凌、汪飞白、郭云、陈好林、朱欣、叶小沫、舒乙、周吉仲、邓小岚、邓壮、李墨波、叶刚等知名学者、作家、教授、老师及朋友的支持和帮助，也感谢那些未曾谋面却实实在在给了我们支持和帮助的朋友，但是，亦有少量作品的著者虽然我们多方努力，但亦未能够在出版前及时与著作权人取得联系，特此致歉，并请著作权人获悉后速与编辑联系，来函（dexuanxin@126.com）或来电（010-65726132）皆可。在编辑过程中，编辑遴选了一些名家的精美图片，未及一一联系，特此致谢。本书在编辑过程中，鉴于编辑水平有限，可能存在错讹之处，敬请读者不吝指教。

德玄馨

二〇〇九年十一月